CB033857

# a mulher da minha vida

CARLA GUELFENBEIN

# a mulher da minha vida

Tradução de
MARIA ALZIRA BRUM LEMOS

EDITORA RECORD
RIO DE JANEIRO • SÃO PAULO
2008

CIP-Brasil. Catalogação-na-fonte
Sindicato Nacional dos Editores de Livros, RJ.

G439m Guelfenbein, Carla, 1957-
A mulher da minha vida / Carla Guelfenbein; tradução de Maria Alzira Brum Lemos. – Rio de Janeiro: Record, 2008.

Tradução de: La mujer de mi vida
ISBN 978-85-01-08079-0

1 Romance chileno. I. Brum, Maria Alzira. II. Título.

08-2858
CDD – 868.992313
CDU – 821.134.2(729.1)-3

Título original chileno:
LA MUJER DE MI VIDA

Copyright © 2005 by Carla Guelfenbein

Editoração eletrônica: Abreu's System

Todos os direitos reservados. Proibida a reprodução, no todo ou em parte, através de quaisquer meios.

Direitos exclusivos de publicação em língua portuguesa somente para o Brasil adquiridos pela
EDITORA RECORD LTDA.
Rua Argentina 171 – Rio de Janeiro, RJ – 20921-380 – Tel.: 2585-2000
que se reserva a propriedade literária desta tradução

Impresso no Brasil

ISBN 978-85-01-08079-0

PEDIDOS PELO REEMBOLSO POSTAL
Caixa Postal 23.052
Rio de Janeiro, RJ – 20922-970

Para meus pais e meus filhos
Isidoro, Eliana, Micaela e Sebastián.

Antonio canta, Theo canta, eu canto. Tudo surge e desaparece no caminho, os parques com suas pracinhas, as avenidas de castanhos, as folhas tocadas pela luz. A Inglaterra desliza diante de nós como um pano de fundo fugaz. Abandono-me ao prazer de existir, ao gozo de sermos amigos. Não são muitas as certezas que tenho, mas se estou segura de alguma coisa é de que somos três e que esse caudal de tempo que se estende amplo diante de nós é poderoso e é nosso.

*Diário de Clara, julho de 1986*

# I. Dezembro, 2001

# 1

DOIS HOMENS BAIXARAM SUAVEMENTE O CAIXÃO DE ANTONIO ATÉ O fundo da cova e o cobriram de terra. Clara resgatou uma flor azulada e a jogou sobre a sepultura. Quis abraçá-la, mas alguma coisa nela me impediu. Melhor dizendo, tudo nela me impediu. Levei as mãos aos bolsos para conter o impulso de abraçá-la. O vento adquiriu uma dureza invernal e ao longe o lago começou a se agitar. Um relâmpago anunciou a tempestade. Descemos o monte por um caminho coberto de hera; Clara na frente, a cabeça erguida e uma expressão inescrutável. Não fosse pela chuva, diriam que éramos um grupo passeando. Diminuí a marcha para me afastar do resto. Se alguém rompesse meu silêncio e me perguntasse o que estava fazendo ali, não poderia dizer que Antonio havia sido o melhor amigo que cheguei a ter, que nos traímos há 15 anos e que depois disso não voltamos a nos encontrar.

Depois de uma pronunciada curva do caminho, nossa pequena caravana parou. Clara olhou para mim. Tinha esperado sua atenção o dia todo, mas nesse instante não soube o que fazer com os seus olhos nos meus. Depois de alguns segundos recomeçou a caminhada. Não chegou a andar dois passos quando uma substância amarelada emergiu da sua boca. Sua mãe tentou em vão segurá-la, enquanto os outros, perplexos, ficaram olhando Clara cair na lama. Nunca imaginei que uma coisa pudesse doer tanto.

# 2

TRÊS DIAS ANTES TINHA TOMADO UM AVIÃO PARA O CHILE. ERA A primeira vez que viajava ao país de Antonio e Clara. Tinha tido a oportunidade de fazer essa viagem muitas vezes como jornalista, mas sempre dei um jeito de evitar, para fugir das lembranças. Foram anos saturando minha memória de vivências mais imediatas. No entanto, bastou um único gesto para que a minha determinação virasse pó. Um gesto que observei impotente, como se fosse um fenômeno natural, catastrófico e inevitável. Reconheci assim que ouvi. Ali estava, ao telefone, depois de 15 anos, Antonio com sua voz taxativa.

— Theo, não se lembra de mim? — perguntou, diante do meu silêncio.

Logo o meu desconcerto deu lugar às perguntas de praxe. Enquanto o ouvia falar, as lembranças, batendo suas asas de aço, vieram com a nitidez dos primeiros tempos. Por um momento pensei em desligar, mas não o fiz. Talvez tenha me inspirado a cortesia, talvez a curiosidade, ou foi minha fraqueza o que me deteve. Não só não desliguei como aceitei seu convite para passar o Natal no Chile.

Queria me justificar dizendo que faltavam apenas duas semanas para o Natal e que provavelmente estaria sozinho nessas datas. Poucos dias atrás, tinha recebido um e-mail de Rebecca, a mãe da minha filha Sophie, me explicando com centenas de palavras, quando bastariam dez, que nesse ano Sophie não poderia passar o Natal comigo em Londres. Russell, o rico texano com quem vivia em Jackson Hole, comemoraria seus 60 anos. Meu Natal se apresentava como um passeio invernal pelos aspectos mais patéticos da vida dos solteiros e separados.

Aceitei sem pensar, sem medir conseqüências, sem me perguntar por que, depois de todo esse tempo, Antonio me convidava para ir ao fim do mundo, como ele disse. Aceitei sem pensar nos meus esforços para esquecer tudo, sem me perguntar sequer se Clara estaria lá.

*

Dois meses depois trancava a porta do meu apartamento e viajava para o Chile. Assim que subi no avião tomei dois uísques e um comprimido para dormir. Na tarde de um 24 de dezembro, depois de uma conexão em Santiago, aterrissei em Puerto Montt. Enquanto recolhia minha mala da esteira rolante, me dei conta de que a intensidade com que o coração saltava tinha seus fundamentos. Eu não estava preparado para o que me esperava. Para me encontrar com Clara e muito menos para vê-los juntos. Por que Antonio tinha ocultado sua presença?

Quando a conheci não tinha mais de 20 anos. Depois de 15 anos seu corpo de bailarina permanecia intacto, e seus suaves traços daquela época tinham dado lugar a uma maturidade mais aguda. Abracei-a com cerimônia. As emoções tinham emigrado do meu corpo, protegendo-me do ridículo.

— É incrível ter você aqui — disse, e me estreitou com força.

Antonio me deu dois tapinhas nas costas e em seguida, como movido por um impulso, me abraçou. Olhamo-nos por um instante, nos examinando, desejando inconscientemente, ou talvez com plena consciência, que fosse o outro quem tivesse sido mais prejudicado pela lima do tempo. Antonio guardava sua imagem imponente. Embora não tivesse engordado, certo peso nos seus movimentos fazia pensar numa vida sedentária.

Subimos numa caminhonete e logo o aeroporto ficou para trás. Conversamos sobre minha viagem, o lugar para o qual nos dirigíamos, e o privilégio que era passar as festas de fim de ano longe das cidades. Clara ia sentada no banco de trás e, ao me virar para tentar falar com ela, o sol da tarde refletindo nos óculos escuros me impedia de ver seus olhos. Assim que tive chance, contei-lhes que tinha uma filha. Mostrei-lhes inclusive uma foto de Sophie. Precisava fazer isso. Queria que os dois soubessem que eu não estava sozinho no mundo. Desejava, além disso, pôr minhas cartas na mesa para que eles fizessem a mesma coisa. No entanto, Antonio não disse nada que me desse uma idéia da vida que levavam, nem do laço que os unia. Contou histórias aparentemente banais, detendo-se em detalhes dos quais parecia tirar prazer, mas que para mim careciam de sentido. Era como entrar num labirinto sem um fio que me guiasse de volta à luz. Clara, no entanto, com um plácido sorriso que não se separava dos seus lábios, parecia desfrutar do meu desconcerto, das armadilhas que, como o Minotauro, Antonio me estendia, para que eu, sua presa, me desesperasse. Segui cada um dos seus movimentos, os dos dois, desde o instante em que os vi no aeroporto, esperando que seus corpos se tocassem, que um olhar revelasse a natureza do seu vínculo. Fiquei sabendo pelo menos que Clara tinha largado a dança e que agora escrevia e ilustrava contos para crianças. Lembrei-me dos desenhos que enchiam as páginas do seu diário vermelho, aquele que levava com ela para todos os lugares.

A estrada se converteu num caminho de terra mal traçado que subia e descia através de colinas cheias de bosques e pradarias. As residências de verão desapareceram, dando lugar a um ou outro casebre, de cuja única janela dois olhos negros nos observavam passar. Depois de incontáveis voltas e saltos, nos encontramos no topo de um monte, onde se elevava uma casa de madeira. Abaixo avistei a extensão azul de um lago.

Pensei que ao me trazer para o seu reduto, ao lugar que compartilhava com Clara, Antonio talvez estivesse se vingando de mim.

Na casa nos aguardavam Marcos, um velho amigo de Antonio que eu tinha conhecido em Londres, e Pilar, sua mulher. Pelo seu entusiasmo, era evidente que fazia algum tempo que tinham iniciado a comemoração natalina. A casa não era grande, embora a janelona que se abria para o lago e as colinas desse uma sensação de amplitude. Acostumado às estreitas janelas das casas de campo do meu país, essa súbita exposição me causou um sentimento de pudor. Um sofá com inúmeras e coloridas almofadas dominava a sala. Numa das paredes estava pendurado um pedaço da hélice de um avião.

Marcos se lançou na minha direção num gesto descontrolado que quase o fez perder o equilíbrio. O suéter jogado nos ombros e o contraste da sua pele bronzeada com a abundante cabeleira cinza davam-lhe um aspecto de galã maduro, muito diferente do revolucionário que eu tinha conhecido em Londres.

Pouco depois, Antonio me acompanhou ao quarto onde eu ficaria alojado. O quarto tinha um único quadro: uma gravura que mostrava Darwin conversando com indígenas da Patagônia. Dois espelhos ovais nas portas de um armário refletiam nossas imagens. Enquanto eu tirava algumas coisas da mala, Antonio se sentou na cama e, olhando pela janela, disse:

— Não sei por que sempre imaginei isso.

— A que você se refere, a este lugar, a este encontro? — perguntei desorientado.

— Algum dia devo ter lido para você o poema que Horácio escreveu para o seu melhor amigo. Fala de um lugar, Tarento, onde seu tédio encontra um fim. Lembra dele?

— Sim, um pouco. "Você, que está disposto a me acompanhar até...".

— "Até Gades, até o remoto Cantábrico e até o fim do mundo...". Lembra como termina?

— Para falar a verdade não.

— "Lá você orvalhará com uma lágrima ritual as cinzas ainda quentes do seu amigo poeta" — Antonio concluiu a frase.

— Você e suas tragédias. Não mudou nada — disse.

Ele soltou uma gargalhada e se levantou para me abraçar.

— Ainda bem, não acha? Que certas coisas nunca mudem — disse com expressão satisfeita.

# 3

TENHO CERTEZA DE QUE TODO INSTANTE CONTÉM OS INSTANTES futuros, só que não podemos decifrá-los. É ao olhar para trás que a composição oculta das coisas se torna patente, e nesse instante nos dizemos que tudo aconteceu da forma que *tinha de acontecer*. Um olho mais atento, um olho capaz de ver através do invisível, teria percebido os sinais. Mas, com exceção do crítico diálogo que mantive com Antonio nessa tarde, nada pressagiava o que aconteceria dias depois.

Assim que Antonio me deixou no quarto, liguei para Sophie para desejar feliz Natal. Entusiasmada, contou-me que na festa de Russell haveria fogos, músicos e que a estradinha que levava ao rio estaria iluminada com estrelas coloridas. Perguntou-me se o seu presente chegaria nesse mesmo dia ou teria de esperar até o seguinte. Com a agitação da viagem ao Chile e a inquietação que me causava, tinha me esquecido de enviá-lo por *courier*. Não era a primeira vez que acontecia uma coisa desse tipo. Sua voz ficou cortante. Imaginei-a olhando para a frente com altivez, do alto dos seus 8 anos. Disse-me que tinha de terminar uma coisa que estava fazendo e que ligasse mais tarde. A voz de Sophie e suas acusações ocultas, tão próprias de um adulto, me transtornaram. Não era fácil ser pai a distância. Cada descuido, cada palavra, materiais volúveis e reversíveis no cotidiano, adquiriam um peso que depois era difícil rebater.

Antonio, Marcos e Pilar me esperavam no terraço. Clara tinha descido para tomar banho no lago.

— Clara lhe deixou isto — disse Antonio, estendendo-me uma taça de *pisco sour* —, preparou-o especialmente para você.

Avistei ao longe a silhueta de Clara entrando na água. Lembrei-me das suas pernas bem formadas de bailarina, do seu abdômen marcado dos dois lados por um par de músculos, e dos seus belos seios. Não podia ver nada disso, mas veio à minha memória, como tinha vindo milhares de vezes no decorrer desses anos.

O sol ao baixar destacou a paisagem, revelando seus detalhes: os troncos alaranjados e sinuosos dos *arrayanes*, o verde profundo dos boldos, a filigrana do carvalho chileno; árvores que Antonio foi nomeando uma a uma, como se ao designá-las as fizesse suas. Logo depois, avistamos Clara, que subia a colina em direção à cabana. Então, como tinha feito com as árvores, Antonio a nomeou:

— Clara. — Pegou a taça pela base, ergueu-a à altura dos olhos e continuou olhando para ela através do vidro opaco.

— Está tudo bem? — perguntou ela, sem olhar para ninguém em particular, quando já estava conosco no terraço. Em seguida, dirigindo-se a mim, acrescentou: — Desculpe, Theo, por eu ter desaparecido assim, pensei que queriam ficar um pouco a sós.

Percebi que era ela quem precisava ficar a sós antes de continuar; talvez a situação fosse tão difícil para ela quanto para mim. Seja como for, ela levava vantagem sobre mim. Sabia da minha visita de antemão. Eu, em compensação, ainda não conseguia assimilar sua inesperada presença.

Clara e Pilar entraram na cozinha. Terminei a taça de *pisco sour* e as segui. Minha intenção era ajudá-las, mas as duas recusaram. Pela janela vislumbravam-se os campos extensos e esverdeados.

— Faz muito tempo que vocês têm esta casa?

— Uns cinco anos — respondeu Clara — o Marcos e a Pilar nos trouxeram aqui pela primeira vez.

Pilar me contou a história da vizinhança. Com satisfação, afirmava que ela e Marcos tinham sido os primeiros forasteiros a chegar ali e se estabelecer.

— Qualquer dia vamos dar um passeio até a casa deles, você vai adorar — disse Clara enquanto se dedicava às suas tarefas.

Num dado momento, se virou e olhou para mim com atenção, como se tentasse apanhar uma lembrança.

— Você mudou, Theo — disse sorrindo.

No fim das contas, tudo se reduzia a identificar e discernir entre o que tinha ficado intacto e o que se alterara com o tempo, como se fosse na vida transcorrida dos outros que pudéssemos medir a nossa. Eu teria dito que ela não havia mudado muito, mas isso significaria expressar que os meus sentimentos também não se modificaram. Fiz um gesto de resignação que tentava ser engraçado e saí da cozinha.

Sentei-me perto de Antonio e Marcos. Conversavam diante da paisagem escurecida. Da lareira chegava o calor da lenha. Antonio encheu o meu copo. Contou que seu plano era sair da cidade, mudar-se para essa casa, e dali continuar escrevendo as colunas que publicava em diversos jornais. Quando tentei averiguar que tipo de colunas escrevia, os dois riram. Parecia que o seu trabalho principal era falar mal de tudo. Tentei saber também o que tinha acontecido com os seus ideais de antigamente, mas ele fugiu da minha pergunta mencionando os clássicos, que, ao que parece, tinham deixado de ser um hobby, como eram nos tempos da universidade, para se transformar numa verdadeira paixão.

— Cícero divide os homens entre aqueles que treinam para alcançar a glória, os que procuram comprar ou vender, e os que se dedicam a contemplar o que acontece e de que forma. Parece que me transformei num destes últimos — disse com um sorriso irônico. — Não acha, Marcos?

Marcos fez um gesto vago, que bem podia ser de concordância, e se levantou para atiçar o fogo. Antonio acendeu um charuto. A lua, de algum lugar, iluminava as serras que mergulhavam no lago.

— E o seu pai? — perguntei-lhe então, sabendo que mencioná-lo era trazer uma lembrança que incomodaria os dois.

— Morreu faz mais de dez anos. Câncer de pâncreas — disse sem olhar para mim.

Sua aspereza foi eloqüente. Entendi que com essa explicação tinha concluído.

Eram muitas as coisas que não se podiam nomear, muitos os momentos que nenhum dos três queria lembrar e que estavam ainda ali, depois de todos esses anos, espreitando nos rincões da nossa memória, da nossa consciência, esperando o instante para sair.

— Conte mais sobre sua filha, Sophie. Quem é a mãe dela? — perguntou então, levando nossa conversa para terrenos mais inócuos. Pronunciou as palavras "filha" e "Sophie" com delicadeza. Inclinou-se para a frente e, olhando para mim, esperou que eu falasse.

Na minha longa viagem de avião tinha relembrado um a um os momentos memoráveis da minha vida como correspondente de guerra. Tinha sido Antonio quem me iniciara, por ele e por Clara tinha reunido a garra, o idealismo e a raiva suficientes para ficar nas trincheiras todo esse tempo. E, agora que Antonio estava na minha frente, tinha uma imperiosa e pueril necessidade de me mostrar como um homem valente, disposto a dar a vida por um punhado de certezas. Mas nada disso parecia ter lugar no seu reduto. No momento, não tinha outra alternativa a não ser contar como Rebecca tinha chegado a ser a mãe da minha única filha. Poderia ter me calado, mas, independentemente da porta de entrada que Antonio escolhesse, ao final teríamos de desembocar no lugar que tinha permanecido fechado durante 15 anos. Era impensável que tivesse me chamado a esse local remoto para compartilhar alguns drinques e conversar sobre coisas que em última instância não eram da sua conta.

Clara saiu da cozinha e entrou num quarto contíguo ao meu. Antonio interceptou meu olhar e sorriu.

Tive vontade de transformar Rebecca numa dessas mulheres que marcam a vida de homens e países, e ocultar sua verdadeira identidade, a de uma norte-americana cujo maior atributo era um corpo capaz de deixar qualquer um louco.

— Conheci Rebecca no México. Eu estava lá para cobrir as eleições e ela era cantora na boate do hotel onde a maioria dos jornalistas estava hospedada. Ficamos juntos três semanas. Durante o dia, fazia o meu trabalho, e à noite a ouvia cantar no hotel. Os primeiros dias foram excitantes, mas logo Rebecca perdeu seu mistério. Revelou-se uma dessas mulheres que dizem as coisas com muita franqueza e que reduzem tudo a algumas premissas com cheiro de sabonete. — Os dois concordaram com um sorriso, estabelecendo aquela cumplicidade própria dos homens quando se referem às mulheres e que não me causou uma sensação agradável. — Depois das eleições, fui para Londres — continuei. — Rebecca me levou ao aeroporto. Quando estávamos nos despedindo, me contou sobre sua gravidez. Nove meses depois Sophie nasceu.

— Você mora com sua filha? — perguntou-me Antonio.

— Não, não moro com ela.

Tocava no ponto mais doloroso. Não vivia com Sophie, nem nunca tínhamos passado juntos mais de duas semanas seguidas. Apesar das múltiplas justificativas, como a natureza do meu trabalho e o apego de Sophie à mãe, isto era uma coisa que eu remoía na minha consciência e que não estava disposto a compartilhar com Antonio.

Felizmente, Clara e Pilar apareceram na sala. Clara vestia calças largas e sandálias. Um lenço colorido cobria seu peito, deixando descoberto seu ventre plano e seco. Prendeu o cabelo num coque.

— Está linda — disse Antonio cravando os olhos em mim.

Supus que me correspondia dizer alguma coisa, mas calei. Os olhares de Antonio começavam a me irritar. Precisava do meu desejo por Clara para avivar o dele? Ou eu era o espectador que ele precisava para que sua vida adquirisse consistência? Fosse como fosse, era difícil não olhar. A graça dos seus gestos, o vigor do seu corpo, o ímpeto do seu olhar, todos aqueles traços que numa adolescente pareciam excessivos, com a maturidade se suavizaram, tornando-se mais poderosos.

Clara se sentou ao lado de Antonio. Num gesto de posse, ele começou a acariciar seu pescoço. Clara permaneceu rígida. Marcos, como se também lhe correspondesse uma expressão de afeto, puxou sua mulher por uma das mãos e insistiu que ela se aproximasse. Embora eu tenha percebido alguma coisa falsa em toda aquela exibição de intimidade, era difícil para mim suportá-la. Senti uma cãibra no estômago e vontade de ir ao banheiro. Era a minha única salvação: me encerrar protegido pela familiaridade dos meus intestinos.

Quando saí do banheiro, não resisti à tentação de espiar o quarto de Antonio e Clara. Diferentemente do restante da casa, praticamente espartana, o quarto tinha um ar acolhedor. As paredes estavam forradas com um tecido escuro e no chão se destacava um tapete de lã rústico. Ao lado de uma poltrona de couro, uma luminária irradiava um brilho acobreado. Mas o que me provocou verdadeira comoção foi avistar sobre um criado-mudo o caderno de capa vermelha de Clara. Por que o levava consigo depois de todos esses anos? Como eu queria pegá-lo. Se de alguma coisa tinha certeza era de que Clara tinha escrito nesse caderno, dia a dia, o que aconteceu naquele verão de 1986.

De volta à sala, o jantar estava servido. Antonio insistiu que eu me sentasse à cabeceira.

— Antonio e Clara sempre falam de você — disse Pilar. — Parece que se divertiam muito naqueles tempos.

— Eu tento me divertir sempre — respondi.

Um cão faminto apareceu na janela balançando o rabo com veemência.

— Ouviu, Marcos? Essa sim é uma boa premissa de vida — interveio Pilar, enquanto levava um pedaço de pão à boca.

— Às vezes, por mais que tentemos, isso não dá certo — afirmou Marcos sem olhar para ninguém em particular.

— Está tudo na sua cabeça, não vê? — declarou Pilar.

Enquanto pronunciava estas palavras não olhava para Marcos, seu marido. Seus olhos estavam fixos em Antonio com uma insistência que beirava a rabugice.

— Não concorda comigo, Antonio? — perguntou.

Marcos começou a balançar na sua cadeira e a marcar o ritmo da música com a sola do sapato.

— Não é necessário, Pilar, na verdade... — interveio Clara com uma seriedade repentina.

Antonio, sem responder, levantou-se com um pedaço de carne na mão, abriu a janela e o deu ao cão enquanto acariciava seu lombo ossudo.

Sem ligar para as palavras de Clara, Pilar continuou:

— Faz algum tempo que você está na idade de se conformar com o que tem. E de aproveitá-lo. Como isto, por exemplo — levantou o queixo e olhou para um ponto indefinido, referindo-se não a ela, imagino, mas ao momento que compartilhávamos. Mais uma vez olhou para Antonio.

Não tinha certeza, mas tinha a forte impressão de que essa forma de Pilar encarar o marido era só uma forma de falar com Antonio sem ter que jogar as palavras na cara dele. Em todo caso, sua maneira de falar me pareceu tão inapropriada que senti vergonha por ela.

Nesse meio tempo, a lua apareceu pela janela. Ficamos por alguns instantes em silêncio, observando a luz que se estendia no lago e alcançava as colinas vizinhas. As últimas palavras de Pilar, em sua leitura mais ampla, não soavam tão vazias. Ali estávamos diante de um jantar de Natal nada desprezível, e a lua, sem acanhamento, recordava-nos isso.

Quando terminamos de comer nos sentamos na sala. Depois de servir o café, Clara se sentou no sofá ao lado de Antonio e acendeu um charuto. Um disco de Joni Mitchell abafou os latidos do cão que, postado na janela, aguardava outra recompensa como a que tinha obtido há alguns instantes.

— Lembra-se de quando o levei pela primeira vez a Wivenhoe? — perguntou-me Antonio.

Ele sabia que era impossível que eu tivesse me esquecido.

— Como não vou me lembrar, sobretudo da teoria da francesa exibida sobre Parmênides — falei para acrescentar alguma coisa.

— E o argentino tentando seduzir a Clara — interveio Antonio com um sorriso distante, suficiente, como se ele, entre todos, tivesse sido o único homem imune aos seus encantos.

Clara se levantou do seu lugar com rispidez e se colocou contra a janela. Antonio jogava comigo e com Clara. Manejava os fios da conversa, dos nossos gestos, dos nossos pensamentos. Da mesma forma que em outros tempos.

Consciente da irritação de Clara, Antonio me perguntou por Londres, pelos lugares que costumávamos freqüentar. Tinha encontrado uma forma de voltar ao passado projetando-o no presente; traçava uma rota por onde podíamos atravessar as lembranças sem nos magoar. Não economizei detalhes. No entanto, de repente me dei conta que minhas palavras não lhe interessavam, que estava longe.

Clara, em compensação, olhava para mim atenta, como se em meio àquele vendaval de emoções soterradas se agarrasse a alguma coisa mais ou menos sólida. Perguntou-me se tinha visitado recentemente seu bairro, Swiss Cottage. Contei-lhe que estava cheio de construções novas, bastante luxuosas para os padrões de antigamente. Num certo momento guardei silêncio, tentando me lembrar de alguma história mais específica.

— Faz um século tudo isso, não? — observou.

— Um século e meio — precisei.

Nós dois rimos sem deixar de nos olhar.

Por um instante, tive a sensação de que somente ela e eu estávamos ali. Juntos outra vez.

— Theo é correspondente de guerra, sabiam? — disse de repente Antonio dirigindo-se a Marcos e Pilar.

— Você tinha falado alguma coisa. Acho realmente incrível — declarou Marcos.

Antonio cruzou as pernas e se recostou.

— Sempre me perguntei o que leva as pessoas a fazer uma coisa dessas. Refiro-me a levar essa vida nômade, solitária, perigosa... Para mim, é difícil entender, e digo isso com todo respeito — continuou Marcos.

— Informar. Você bem sabe que, quando os bons não fazem nada, os maus triunfam — disse, sabendo que estava sendo insuportavelmente correto.

— Parece coisa de filme — disse Pilar.

— Para falar a verdade, são as palavras de uma correspondente da CNN quando tentava, depois da morte de um bom amigo em

Serra Leoa, justificar para si mesma o fato de abandonar seu filho para partir mais uma vez para a guerra.

Tinha por fim a oportunidade de relaxar com as histórias que tinha preparado, mas um nó na garganta me impediu de continuar falando. O amigo a quem me referia era Miguel Gil, um repórter espanhol que tinha morrido numa emboscada há pouco mais de um ano. Sua morte, ao lado de Kurt Schork, tinha calado fundo em nós. Mas não tinha sentido continuar. Qualquer coisa que dissesse careceria de substância. É o que acontece quando se tenta trazer o horror às conversas de sobremesa. Cria-se uma membrana sólida, que não apenas deixa de fora a miséria humana como transforma em presunção a ínfima dose de realidade que consegue atravessar a barreira.

— Há outras coisas — disse, sem saber por onde fugir.

— Como o quê? — perguntou Clara.

— Não sei, por exemplo ter plena consciência de que se está vivo e que talvez isso baste.

O que havia dito não era verdadeiro, nem falso, mas pelo menos não comprometia minha memória, nem nada que me importasse.

— Isso soa New Age... eu gosto — interveio Pilar.

— Ao final, tudo se reduz mais ou menos à mesma coisa — disse: — optar por viver em vez de morrer, e no caminho imaginar que não se está tão sozinho, que o que a gente faz e é importa a alguém...

Minhas palavras eram apenas a repetição de uma rotina; no entanto, Antonio, que tinha mantido a atitude distante e satisfeita do anfitrião, interveio de repente:

— Acho incrível que as coisas tenham se tornado tão simples para você, Theo. Sério. Quem dera eu pudesse dizer a mesma coisa.

Não quis responder, sobretudo porque vi que Clara mordia o lábio inferior e cravava os olhos no chão. Pela primeira vez desde minha chegada reconheci as marcas que o tempo tinha deixado no seu rosto. Era como se debaixo da sua pele, ainda firme mas não tão brilhante como na juventude, jazesse um fundo de cansaço, inclusive de dor.

— Conte-nos alguma coisa fascinante — pediu Pilar agitando os braços num gesto teatral. — Adoro as histórias de guerra — acrescentou, e deixou escapar um assobio.

Pensei que a certa idade as mulheres devem evitar se expor dessa forma, porque tudo o que em uma jovem parece sensual, nelas fica patético. Minha expressão deve ter me delatado.

—Todo mundo tem direito de se divertir, *darling* — disse.

Antes que eu conseguisse abrir a boca, Antonio se interpôs.

— Wivenhoe. Que tempos, verdade? — Voltava obcecado àquele lugar. — Lembra quando fomos ao supermercado? Nunca vou me esquecer da sua cara de terror, Theo. Nunca. — Neste ponto soltou uma gargalhada.

A raiva que suas palavras me provocaram deve ter ficado evidente; quis dizer alguma coisa, desafiá-lo a que me revelasse a razão pela qual me agredia daquela forma tão vulgar, mas, como sempre, me contive.

Clara segurou a mão de Antonio. Mais um gesto de contenção do que de ternura propriamente.

—Desculpe, Theo — murmurou Antonio com uma expressão que se tornou aflita. Perturbado, abraçou o meu ombro.

Ninguém mais voltou a falar. Marcos, com os olhos injetados, mexia a cabeça de um lado para o outro como se lamentasse alguma coisa.

Logo depois, o casal foi embora. Sua casa não era longe. A lua se instalou no firmamento com sua luz quase diurna.

Clara acendeu outro charuto e se sentou nos degraus do terraço. Antonio percorreu a casa apagando as luzes com aquela solenidade tão característica dele. Imaginei-o como um vigia que percorre as ruas de madrugada apagando os lampiões. Depois, com seu copo de uísque, sentou-se ao lado de Clara. Ela fechou os olhos como quem encosta uma porta. Eu, enquanto isso, movido por um crescente mal-estar, mergulhei na cozinha e comecei a lavar a louça.

Não tinha avançado muito no meu trabalho, quando vi Clara apoiada no batente da porta com seu charuto na mão.

— Deixe, Theo. Amanhã vem uma mulher para lavar e arrumar tudo. Lembre-se de que estamos no Terceiro Mundo.

— Isso me relaxa.

A escuridão da sala às suas costas apagava seus contornos. Larguei a louça e me aproximei dela. Estávamos frente a frente.

— Antonio foi dormir — disse sem sair do lugar.

Seu cabelo começava a escapar do coque e num movimento acabou de soltar-se. Desejava tocá-la.

— Acho que vou fazer a mesma coisa. Estou esgotado. — Enxuguei as mãos nas calças e sem a olhar saí da cozinha.

— Você é muito importante para o Antonio, sabia? — Ouvi-a dizer da porta da cozinha, onde tinha permanecido sem se mover.

Sua voz tinha uma modulação vulnerável e ao mesmo tempo controlada, como se falasse da verdade mas só uma minúscula parte dela aparecesse através das palavras.

— Ele não me avisou que você estaria aqui. Sabia disso? —perguntei por minha vez.

— Achou que se dissesse, você não viria — afirmou Clara, enquanto apagava o charuto num cinzeiro.

— E não teria sido melhor?

— Sem dúvida que não. Você verá, este lugar é maravilhoso, podemos passar muito bem aqui. Depende de nós.

— Você está parecendo sua amiga Pilar.

Nós dois rimos.

— Você sabe bem a que me refiro — afirmou com serenidade.

—Sei sim. Pode ser um inferno, sobretudo se Antonio se empenhar nisso — disse, como vingança.

— Ele teve um ano difícil, não ligue tanto para as suas inconveniências; além disso, você o conhece, elas são parte da natureza dele.

— Acho que sim, embora não tenha tanta certeza se o conheço. Passaram-se tantos anos.

— Nisso você tem razão. Mas não se preocupe, eu me encarregarei de que estes dias sejam esplêndidos. Deixe que eu cuido disso.

Dedicou-me um sorriso, estendeu uma das mãos e roçou meu rosto num gesto que me pareceu quase maternal; em seguida, virou-se lentamente e mergulhou na escuridão do corredor.

Pensei que talvez o que Clara estivesse tentando me dizer era que se todos nos empenhássemos em aparentar que nada tinha acontecido entre nós, ao final conseguiríamos nos convencer de que era assim.

A uns poucos passos a segui. Abriu a porta e parou um instante. Percebi em sua expressão uma imensa tristeza, e nessa tristeza, um brilho, como se alguma coisa se movesse dentro dela.

Entrei no meu quarto e me sentei na beirada da cama. As luzes ainda acesas da margem oposta se fixavam no vazio. Uma indiferença conhecida voltou a me invadir; uma coisa tênue, uma apatia que havia corroído meu coração ao longo dos anos, mas que nunca imaginei que sentiria diante de Clara. Compreendi em seguida que era uma vitória e ao mesmo tempo uma derrota. Eu tinha me tornado insensível a Clara, e isso era sem dúvida uma vitória; mas também, se sua tristeza não era capaz de me comover, talvez já nada conseguiria.

# 4

A PRIMEIRA COISA QUE VI AO DESPERTAR NAQUELE 25 DE DEZEMBRO foi um retângulo de sol desenhado no chão do meu quarto. Demorei alguns segundos para estabelecer as coordenadas de tempo e de lugar. Umas batidas que provinham do exterior mitigavam o silêncio do amanhecer. Olhei pela janela. No jardim, um homem cortava um tronco em pequenas partes. Uma menina de cabeleira negra recolhia galhos nas proximidades, devia ser filha dele. Fiquei observando-a. Seus movimentos precisos, calmos, sua total abstração daquilo que transcorria a seu redor, fizeram-me pensar que talvez nessa tarefa tão essencial se achava o botão secreto que parava o tempo.

Coloquei um suéter e saí do meu quarto. Antonio dormia no sofá da sala. Devia ter saído do quarto tarde da noite, porque eu não o ouvira. Seus pés descalços apareciam pelas dobras de uma manta. No chão, junto a um copo vazio, havia um livro aberto. Peguei-o com cuidado para não despertá-lo. As páginas estavam marcadas por traços, círculos e notas à margem, compondo uma rota paralela que percorria o texto. Não era um trabalho limpo; pelo contrário, dava a impressão de ser um livro caído nas mãos de uma criança. Detive-me numa frase marcada várias vezes: *Cada um tem a sua vaidade, e a vaidade de cada um é o esquecimento de que há outros com uma alma similar.* Ao acaso escolhi outra página. Antonio tinha sublinhado duas frases: *Todos temos com o que ser desprezíveis. Cada um de nós traz consigo um crime perfeito ou o crime que sua alma lhe pede para cometer.*

O texto me abalou, e também a certeza de que se continuasse xeretando descobriria alguma coisa de Antonio que não tinha por que ficar sabendo. Deixei o livro no lugar onde o encontrara e saí ao terraço. A névoa borrava o fundo de montanhas. Quando entrei de volta na sala, Antonio continuava dormindo.

Voltei para meu quarto, me joguei na cama e tentei ler. Depois de alguns instantes ouvi ruídos. Clara e Antonio tomavam o café-da-manhã na cozinha. Ao me ver, Antonio se levantou e me abraçou. Senti um cheiro ácido e sua respiração no meu ouvido. Clara me deu um beijo no rosto e apertou minha mão. Tive a impressão de que procurava me dizer alguma coisa incomunicável. Enquanto ela preparava o café, Antonio me perguntou quantos homens eu tinha visto morrer, e eu respondi que tinha perdido a conta. Em seguida, quis saber se eu me apaixonara num campo de batalha. Sua pergunta me incomodou. Ele sabia que estava passando dos limites. Pelos movimentos bruscos e pelo silêncio de Clara, era evidente que as perguntas de Antonio também a contrariavam. Mas não o detinha.

Depois do café-da-manhã liguei para Sophie. O sinal não estava bom e tive que falar do jardim. Suas reprimendas deixaram em mim um gosto amargo. Pediria desculpas e prometeria enviar-lhe um presente assim que pudesse. Felizmente, Sophie já tinha esquecido o assunto do presente e agora suas preocupações se centravam no nascimento próximo de um potro. Contou-me também que há alguns dias tinham visitado a fazenda de um novo amigo de Rebecca, e que ele a tinha deixado montar uma égua árabe. — E quem é esse amigo? — perguntei-lhe.

Não que as intimidades de Rebecca me interessassem, mas sempre temia que destruísse a vida folgada que levava com Russell e, por conseguinte, a de Sophie.

— É criador de cavalos — disse.

Quando desliguei tive plena consciência da escassa importância que eu tinha na vida de Sophie. Aquilo era uma faca de dois gumes: por um lado, diminuía o peso dos meus atos, garantindo minha liberdade; mas por outro, o sentimento de pertencimento que ela provocava em mim, e que me segurava nos momentos mais difíceis, enfraquecia. Olhei para a cabana, Clara me observava pela janela.

— É a primeira vez que passo o Natal sem a minha filha — disse-lhe quando entrei.

— Na foto que nos mostrou parecia muito bonita. Tenho certeza de que além disso deve ser muito engraçadinha.

— Como eu? — perguntei, fazendo uma careta.

Clara, rindo, concordou com um movimento de cabeça.

— Você também poderia ter uma menina belíssima.

— Ajude-me com isso — pediu, mudando bruscamente de assunto —, quero preparar o piquenique mais inglês que você já provou na vida.

*

Depois que Clara e eu preparamos o lanche, os três saímos para caminhar. Um atalho levemente traçado na grama descia e em seguida subia pelas outras colinas. Ao longe, as cristas das montanhas se perdiam nas nuvens. Antonio levava um cigarro na boca que, assim que consumia, substituía por outro. Penetramos num bosque. Felizmente, a beleza do entorno relaxava em parte a tensão, ao mesmo tempo que encobria nosso obstinado silêncio. Nenhum dos três parecia disposto a rompê-lo. No meu caso, esta impossibilidade de fazer as perguntas necessárias se devia ao pudor próprio da minha educação, mas também ao fato de que pedir explicações teria significado admitir a dor que os dois tinham me causado.

Num determinado momento o atalho começou a subir. O bosque e sua vida própria ficaram para trás. Ao nos aproximarmos do topo, vimos a névoa aos nossos pés, por cima da qual o sol iluminava a paisagem. Com exceção da cúspide branca de um vulcão que se avistava ao longe, estávamos no promontório mais alto do lugar.

Comemos nosso lanche e retornamos à tarde. Os montes, ao longe, eram tão pálidos e imprecisos como os de um mundo imaginário. Da mesma forma que a ida, o retorno foi longo e silencioso. Pouco antes de chegar à casa, Clara passou na nossa frente. Ambos a observamos avançar a passo rápido e seguro.

— Tinha razão quando me disse que aqui era o fim do mundo — afirmei.

Pressenti que, com sua fuga, Clara tentava gerar as condições para que Antonio e eu conversássemos.

— Impressionou-me que ligasse para mim, depois de tantos anos — disse.

— É incrível que esteja aqui — respondeu rindo. Era uma risada estranha, de tons baixos e febris.

— Por que me convidou, Antonio? — Era a pergunta que tinha me feito desde que recebera sua ligação, e que conforme passavam as horas se tornou mais premente e inevitável. Alguma coisa jazia debaixo daquele monte de aparências, de conversas deslocadas e cheias de significados ocultos, atrás da rabugice de Antonio, sob a atitude esquiva de Clara e seus olhares aflitos. Era nossa história, sem dúvida, e nossa incapacidade de retomá-la, mas também era algo mais.

— Achei que era uma boa idéia — disse e olhou para mim.

Lembrei-me da força que suas pupilas irradiavam nos nossos tempos de universidade, do seu olhar poderoso que parecia me tocar. Eram os mesmos olhos agudos, mas alguma coisa neles tinha desaparecido, talvez a juventude.

— Só isso?

— Clara está feliz de vê-lo — afirmou com o mesmo bom humor.

— E eu estou feliz de vê-los e você está feliz de me ver etc., etc.

— Então, você não acha isso suficiente?

— Você não me respondeu — insisti.

— Acho que fiz isso porque me pareceu apropriado ou simplesmente porque tinha vontade de fazer.

— Eu não teria pensando nisso. O que você quer que eu diga, nunca me pareceu o tipo de pessoa que faz as coisas dessa forma. A menos que a vida para você tenha se tornado um amontoado de fatos apropriados. Duvido muito.

— E por que não? Pensando bem, a vida pode ser um amontoado de coisas muito piores.

Afastávamo-nos do assunto e entrávamos no terreno das abstrações, em que Antonio poderia se refugiar sem me responder.

— Sinto muito, amigo, é que na sua escala de valores que eu conhecia, apropriado e pior estavam mais ou menos no mesmo nível. Lembra?

Antonio sorriu para mim. Tive a impressão de que me estendia uma ponte.

— Nessa época eu não era nada, nenhum de nós era, faltava-nos tempo para nos tornarmos alguma coisa — disse.

— E o que você se tornou?

— Não muito, Theo, não muito — falou depois de alguns segundos, soltando uma risada áspera e irônica que me abalou.

Havia recolhido a ponte. Era impossível segui-lo naqueles vaivéns que iam do abatimento à ironia. Na nossa juventude, sua posição teria me parecido rude. No entanto, com os anos, tinha me dado conta de que a ironia nada mais é do que uma forma de fugir da dor.

Continuamos caminhando. No atalho que levava ao lago vimos Clara com a menina que estava recolhendo galhos pela manhã. Tinha um ar sereno. A Clara das minhas lembranças; a que enfiava a cabeça pela janela para pegar os escassos raios de sol do inverno; a que parava no meio da rua porque um cheiro lhe lembrava alguma coisa prazerosa; a que estava sempre atenta porque, conforme dizia, cada instante contém um lado oculto que só os mais corajosos se atrevem a explorar.

*

Jantamos cedo. Depois do café Antonio foi se deitar. Clara acendeu um charuto e se sentou no sofá. Tudo voltava a acontecer da mesma forma que na noite anterior. Outra vez a lua que não retrocedia, Clara fumando silenciosa e eu, de pé diante da janela, estendendo o tempo. Pensei em todas as vezes que, estreitando o corpo de alguma mulher, fechei os olhos e imaginei Clara. Essa era a verdade. Por mais que olhasse para quem estava ao meu lado, sorrisse e lhe dissesse alguma coisa amável, deixando inclusive escapar às vezes aquelas três palavras que têm efeito apaziguador nas mulheres; por mais que pensasse que não estava mentindo, porque dizer "eu te amo" não é nada mais do que a declaração do desejo momentâneo de possuir alguém; por mais que esse estado me resultasse cômodo, até satisfatório, Clara estava sempre ali. E agora, agora que a tinha tão perto, ao mesmo tempo que era tão inacessível, alguma coisa começava a desmoronar.

— Vou dormir — disse.

— Ao menos poderia me fazer companhia até que termine — alegou, me mostrando o charuto que segurava entre os dedos.

— Se é o que você quer...

Sentei-me no outro canto do sofá disposto a esperá-la. Clara se aproximou de mim. Não chegou a me tocar, mas sua proximidade era suficiente para ouvi-la respirar e notar seu perfume. Encolhida, ela se balançava olhando para a frente.

Tinha imaginado centenas de vezes esse momento, inclusive tinha formulado as perguntas. Mas sobretudo, e talvez o mais patético, tinha alimentado a secreta esperança de que se novamente estivesse com ela na intimidade, tudo mudaria. No entanto, o mínimo brilho de lucidez que ainda conservava me dizia que não devia tentar descobrir isso. Se o fizesse, corria o risco de que a esperança de todos esses anos morresse e começasse a se corromper dentro de mim. Jogados no sofá, permanecemos calados. Um silêncio atravessado por nossa história. Por aquele longo verão de 1986.

# II. Verão, 1986

# 5

ANTONIO ESTAVA NO TERCEIRO ANO DE *GOVERNMENT* — OU ciências políticas, como ele gostava de dizer — e eu no segundo, quando nos conhecemos na Universidade de Essex. Eu sabia sobre ele, mas o mais provável é que ele nunca tivesse ouvido falar de mim. Seu único irmão era um dos líderes estudantis mais importantes do Chile, vínculo que aos nossos olhos o tornava praticamente um herói. Apesar dos seus evidentes esforços para ser amável, trocar comentários e sorrisos nos corredores, Antonio era inacessível. Parecia estar sempre de passagem, como se sua verdadeira vida estivesse em outra parte. Era comum que alguém o rondasse, desejando conversar com ele, sobretudo os membros do *Student Union.* Expressavam-se com urgência, atordoados, conscientes de que logo sua atenção teria emigrado para outro lugar de maior peso que suas choramingações estudantis. Quando conseguiam suscitar seu interesse, Antonio falava em tom baixo, provocando nas pessoas uma efêmera mas poderosa sensação de intimidade. Seus silêncios nessas ocasiões importavam tanto quanto seus comentários.

Os alunos do segundo e terceiro anos faziam juntos uma disciplina dada por Maclau, um argentino especialista em teoria do conhecimento e lingüística. Antonio intervinha em raras ocasiões, mas todos nós sabíamos que quando o fazia, Maclau sentava na mesa, levava a mão ao queixo e o ouvia. Maclau afirmava que o marxismo tinha perdido validade para entender o mundo atual. Antonio, por outro lado, sustentava que o Marx humanista, o jovem Marx, como era chamado antes de se tornar materialista histórico, era apropriado para explicar a nossa época e produzir as mudanças necessárias para acabar com a injustiça. Era tal sua veemência, que muitas vezes acabávamos olhando com desconfiança para as elevadas teorias de Maclau. Antonio era o único aluno capaz de rebatê-las; conseguia inclusive provocar nele uma mistura de prazer e ira. Às vezes, o rosto de Maclau se avermelhava, os músculos do seu pescoço se dilatavam; então, Antonio parava, como se no clímax do seu argumento decidisse se encolher, sem chegar nunca a cumprir o desejo de vitória que um tinha sobre o outro, e por conseguinte afrouxar a tensão que este desejo provocava. Ao estilo dos amantes cruéis. Às vezes, no final da aula, Maclau se aproximava dele e conversavam, enquanto abandonávamos a sala observando-os de soslaio, desejando que algum dia Maclau demonstrasse por um de nós a milésima parte do interesse que manifestava por Antonio.

Além de nessa aula, nos encontrávamos com freqüência no pub da universidade. Eu o via encostado na parede, bebendo concentrado sua cerveja, erguendo os olhos de vez em quando, como se precisasse checar o ambiente para voltar a mergulhar nos seus pensamentos. Mais de uma vez nossos olhares se cruzaram e esperei que me dissesse alguma coisa. Mas seus olhos passavam por mim como pelo ar. Desejava ser seu amigo. Ser o único que franqueasse sua muralha. Tudo me empurrava para ele. A ferocidade do seu olhar, sua aura trágica. Mas como chamar sua atenção? Eu não possuía atributo algum.

Poderia ter sido qualquer um dos meus colegas de universidade a ter essa sorte. Mas fui eu. Tínhamos nascido no mesmo dia com um ano de diferença. Descobrimos isso numa manhã, quando estávamos olhando no mural de um corredor uma lista onde estavam impressos os nomes dos alunos de *government*.

Estendeu-me a mão, e como se me visse pela primeira vez, cumprimentou-me com um "How dou you do?", um modo formal e próprio de certo grupo ao qual, sem muito orgulho, pertenço. Imagino que intuir minha origem e o selo indelével dos colégios privados provocou aquele cumprimento tão pouco juvenil. Era a primeira vez que ele me dirigia a palavra, e eu estava decidido a que não fosse a última.

Uma semana depois voltamos a nos encontrar. Estávamos sozinhos, cada um em um canto do balcão e era nosso aniversário. Do seu canto, Antonio levantou seu copo de cerveja.

— Happy birthday — disse-me.

Elevei minha taça de vinho branco e o convidei para beber comigo a garrafa que tinha pedido para comemorar. Mais tarde, iria me reunir com um grupo de amigos numa discoteca de Colchester, mas logo depois estávamos envolvidos numa conversa e me esqueci deles. Pulávamos de um assunto a outro. Tive a impressão de que Antonio era igualmente tímido e tinha tanta vontade de ter um amigo quanto eu. Quando todos tinham ido embora e estavam apagando as luzes do bar, saímos para o silêncio de concreto do Square One. Os quatro blocos de salas sólidos e cinzas que rodeavam o pátio faziam com que tanto a superfície terrena quanto a abertura que deixavam no céu parecessem quadradas. Se a gente estivesse um pouco bêbado ou chapado, isso se transformava numa verdadeira alucinação: um buraco para a imensidão, um orifício por onde se jogar no vazio. "Feliz aniversário", ouvi Antonio me dizer com o olhar fixo no céu. "Feliz aniversário", repeti, sabendo que aquele momento era importante, porque já não me sentia tão sozinho.

Duas semanas depois caí de cama com um resfriado terrível. Uma garota com quem eu dividia o apartamento se encarregou de me trazer alguns remédios, mas a febre não cedeu. Transpirava e mal conseguia abrir os olhos. Na terceira manhã vi Antonio aparecer na porta do meu quarto.

— Estive lhe procurando. Por que não me avisou que estava doente?

— Não sei...

A verdade é que essa idéia nunca teria me passado pela cabeça, e o simples fato de que ele estivesse na porta me observando naquele estado lamentável me dava vergonha.

— Pois já sabe para a próxima vez — disse num tom alegre.

A partir desse instante cuidou de mim até que melhorei. Trazia comida, sucos de fruta e música para que eu ouvisse na sua ausência. Depois das aulas, me fazia companhia por longas horas. De vez em quando, eu o olhava de esguelha, enquanto ele — sentado na única poltrona do meu quarto — estudava, anotava, resumia livros. Para Antonio aquelas matérias não eram meros conteúdos acadêmicos, como para a maioria de nós, mas instrumentos que segundo ele seriam úteis na sua vida mais tarde.

Às vezes lia em voz alta um parágrafo de algum livro; custava-me acreditar que estivesse ali, para mim, e secretamente desejava não melhorar nunca. No quarto dia já estava bem. Ninguém, com exceção da minha mãe, fizera algo desse tipo por mim.

Depois começamos a passar a maior parte do tempo juntos. Pela manhã nos encontrávamos na piscina municipal de Colchester e nadávamos pelo menos uma hora. Durante o dia nos encontrávamos com freqüência, mas nossas vibrantes conversas aconteciam à noite, quando ficávamos no meu quarto dividindo uma garrafa de vinho italiano, enquanto Antonio me explicava a teoria de Reich sobre o surgimento do fascismo, ou imaginávamos sua alucinante máquina acumuladora de energia orgônica, que exaltava nossas fantasias eróticas, para terminar, já exaustos, na madrugada, nos lamentando da fatalidade que pesava sobre Althusser, como se tivesse sido um de nós que tivesse sufocado sua mulher com um travesseiro. Antonio investia horas descrevendo para mim matérias que até então me eram incompreensíveis, não porque me faltassem neurônios, mas porque nunca tinha encontrado estímulo suficiente para aspirar a entendê-las. Freqüentemente falávamos do Chile, estava a par do que acontecia lá dia a dia. Dois meses depois do nosso primeiro encontro, organizamos juntos um recital de música, com o fim de angariar recursos para o que ele chamava de "A Resistência".

Nossa amizade se tornou ao mesmo tempo imprescindível e contraditória para mim. Por um lado, eu gostava que nos vissem juntos, mas, por outro, procurava isolá-lo, com medo de que alguém o tirasse de mim. Nosso vínculo também suscitava sentimentos desencontrados nos outros. Constituíamos um universo independente. Não precisávamos nos refugiar, como outros, em façanhas esportivas nem em imposturas de nenhum tipo. Nossa aliança me dava a sensação de uma grande potência e, sobretudo, de realidade. O resto era um arremedo, um pequeno teatro de pseudo-sabedoria. Antonio trazia o mundo, trazia um motivo, uma causa.

Incontáveis vezes tentei descobrir o que ele via em mim. Por que tinha me escolhido. No entanto, não conseguia chegar a uma resposta definitiva e sempre ficava com uma profunda sensação de insegurança.

# *Diário de Clara*

Há semanas que queria fazer isso. Jogar-me na grama, me perder nos buracos azuis que as nuvens deixam, ouvir ao longe a vibração dos automóveis, os gritos dos jogadores de críquete, o rumor das folhas. Há semanas queria flutuar na planície verde, entrecerrar os olhos, imaginar que transito sem memória, sem tempo. Um esquilo se aproxima do meu reduto e me olha. Um véu branco e gelatinoso cobre seus olhos. Talvez esteja cego e o mova o instinto. Sei que este contato ficará retido nas minhas pupilas, despojado de tempo. Capturo esse olho de esquilo que se deteve em mim.

Assusta-me que tudo seja tão simples. Sempre me fizeram acreditar que as coisas simples desaparecem rápido. As folhas da tília da qual me aproximei se movem com o vento; algumas caem plácidas na superfície da terra. A natureza não tem tempo para o tédio nem para a dor, concentrada que está em levar adiante a si mesma. Se eu pudesse saber qual é o segredo que faz deste momento o que é, então poderia reproduzi-lo quando quisesse. Poderia fechar os olhos e dizer: Agora! Será por que ninguém está me vendo e assim, a sós, consigo existir? Será que nesta curva do Regent's Park o insignificante é aquilo que vale? Abro os olhos. Nada acontece. Nunca conseguirei, o segredo é invisível. Terei de me conformar sabendo que, dentro de mim, a salvo das asperezas cotidianas, as coisas têm mais sentido. Por isso me calo. Para que seus dardos não me alcancem.

Não sou um deles, nem quero ser. Conheço-os. Crescem nas universidades, nas bibliotecas, alimentam-se de crenças, de discursos, de casos, murcham quando a dúvida os alcança, florescem quando olhos admirados pousam neles, exaltam-se quando se encontram com seus pares, desembainham seus sabres e desenvolvem suas destrezas. Experimentam o máximo regozijo confirmando o que já sabem, ou apanhando um novo matiz que entesouram satisfeitos num compartimento de sua cabeça. Afasto-me deles, afasto-me de suas pregações, dos seus livros encostados nos cantos, das suas batalhas.

Gosto de pensar que sou o único ser que transita com este corpo, com esta história, com esta composição genética que cultiva a virtude da ignorância. Por isso danço, por isso desenho garranchos neste caderno vermelho e tento encontrar o sentido oculto das palavras, aquele que não está nos dicionários e que jaz entre letra e letra. Desses segredos, às vezes surgem gestos. Como esse pó de borboleta que encontrei na boca de alguém, que converti em sensação e depois em movimento. Mas não posso dizer isso. Não posso revelar os meus tesouros, os que embalo sem nomear, porque o contato com o ar os oxida.

É inútil. Suas garras sempre me apanham.

"É uma pena que Clara seja tão superficial", disse minha mãe para Antonio, pensando que eu não estava ouvindo. Superficial. Mal sei o que isso significa. É muito bonito ter uma mãe que cativa com sua inteligência, que ouve Bob Dylan, que se emociona quando a guitarra de Jimmy Hendrix trepida nos ouvidos dela, mas não é tão bom ouvi-la falar de mim com meu melhor amigo e que suas palavras machuquem meu coração. Eles não sabem quem sou, e eu não vou lhes dizer nada. Já passei por isso mil vezes. "É uma pena que Clara seja tão superficial". Esperei que Antonio dissesse alguma coisa, que sacasse suas armas verbais para me defender, mas não disse nada.

Sou filha de um desaparecido. Isto implica uma responsabilidade, um desejo de justiça. Mas não é assim. Não que não me importe a história, só que ela está muito longe. A história me encontrou crescendo e, como levou o meu pai, também levava minha mãe em ondas cada vez mais freqüentes, tive que me concentrar em crescer sozinha. Minhas pernas cresciam muito rápido e meu corpo de menina parecia suspenso num par de pernas de pau que me tornavam inacessível. Cresciam meus peitos, saltavam entre as minhas costelas, atrapalhando minhas subidas nas árvores, dificultando meu desejo de permanecer criança. Crescia também o espectro dos meus sentimentos, estranhas sensações me assaltavam. Mas a história era mais forte. Meu pai tinha desaparecido. Era preciso procurá-lo. Era preciso percorrer mar e terra, organizar-se, protestar, unir-se a outros que viviam o que minha mãe e eu vivíamos. Partir para outro país. Enquanto isso, eu crescia concentrada e, às vezes, feliz.

# 6

CONHECI A VERDADEIRA DIMENSÃO DA VIDA DE ANTONIO NUM FIM de semana em que viajamos juntos no meu Austin Mini a Londres. Um pouco depois de sair dos limites da universidade acendi um baseado e o ofereci.

— Não fumo isso, Theo — disse sem olhar para mim. Não havia ameaça de disputa na sua voz, mas no seu rosto se instalou uma expressão de desprezo.

Um minuto depois, consciente da gravidade de suas palavras, abriu um sorriso. Em seguida, riscou uma linha no vidro embaçado da janela, acrescentou uma flecha apontando para a terra e perdeu o olhar nos campos verdes onde se começava a ver a primavera.

Observei-o de soslaio. Vi seu nariz reto, a solidez do seu queixo, a profundidade do cenho que fazia pensar nos restos de uma antiga ferida. Pela primeira vez me falou do irmão. Antonio era sete anos mais novo que ele.

— Cristóbal é o que o meu velho gostaria de ser — disse-me a certa altura. — Um homem que prescinde de qualquer laço que o desvie do seu caminho. Imagine que nunca conhecemos uma namorada dele, e seus amigos são sempre parte do grupo que o segue. Imagina? Quando criança eu sonhava com que me acontecesse alguma coisa muito grave, alguma coisa que me prostrasse na cama de um hospital, e o Cristóbal cuidasse de mim. Parecia impossível. Ele raramente estava em casa e quase nunca sabíamos onde se encontrava. Meus pais partiam da idéia de que fazia coisas importantes, dignas, e que não tinham direito de impedi-lo. Suponho que estavam certos.

Percebi que sua admiração estava tingida por um matiz de raiva, que não cra evidente, mas que aparecia entre uma palavra e outra.

Eu lhe contei que, quando criança, na falta de um verdadeiro, tinha inventado um irmão que velava por mim. Nosso diálogo imaginário era muitas vezes mais real do que tudo o que me acontecia durante o dia. Meu grande temor era que um dia ele desaparecesse da minha vida, e seu véu de proteção me abandonasse.

Tamanho era o nosso grau de concentração na conversa que de repente estávamos em Londres, no coração de Brixton, bairro onde há alguns anos tinham explodido ferozes revoltas. Estacionamos em frente a um conjunto de edifícios baixos de tijolos, enterrado no fundo de uma rua sem saída. No ar fresco, uma quietude de povoado enchia o ambiente. Alguns meninos jogavam bola e várias mulheres maduras fumavam na calçada. A combinação das suas presenças extrovertidas com a arquitetura austera produzia estranheza. Estávamos em Londres, mas também em outro lugar.

— Quer entrar? — perguntou-me Antonio —. Podemos tomar uma cerveja.

Nunca tinha conhecido o mundo privado de nenhum dos meus colegas. Isso era uma coisa que se reservava para as pessoas com as quais tínhamos crescido. Descemos do automóvel e caminhamos em direção aos blocos. Os minúsculos jardins dos primeiros andares tinham sido transformados em hortas. Alfaces e tomates sobressaíam na superfície de terra molhada. Pulamos uma cerca e entramos pela cozinha. Ouvia-se o murmúrio metálico de uma voz em castelhano. Quando entramos na pequena sala vi um homem curvado, quase encostado nos próprios joelhos, ouvindo um rádio que estava no chão.

— Antonio! — exclamou o homem, e se levantou de um salto erguendo os braços e elevando o torso como um galo de briga chamado à sua roda. Durante os primeiros segundos não me dirigiu o olhar, mas depois, com um sorriso e num inglês quase incompreensível, expressou:

— Você deve ser o Theo.

— O Theo fala espanhol — disse Antonio com um sorriso condescendente. — Estudou no colégio. Quem teria idéia de fazer uma coisa assim? Podendo escolher francês, alemão...

O pai de Antonio, apesar da sua envergadura, dos braços curtos e poderosos, tinha a aparência de um homem prematuramente devastado. Um espesso bigode atravessava seu rosto partindo-o em dois quadrados e em seguida descia pelos cantos do rosto. Sua voz era cortês, mas deixava transparecer certa rudeza.

— Pedro e Marcos devem estar chegando. As coisas não vão muito bem. — Olhou para Antonio com um gesto interrogante. Era evidente que o olhar tinha relação comigo.

— Não tem problema, imagino que não vamos organizar uma insurreição armada nesta tarde tão bonita — afirmou Antonio num tom leve e ao mesmo tempo taxativo.

— Os estudantes saíram à rua. Há quatro mortos — anunciou seu pai, e em seguida desapareceu pela porta da cozinha para voltar com uma caixa de latas de cerveja.

Logo chegaram Pedro e Marcos. Ambos cumprimentaram Antonio com tapinhas nas costas. Suas expressões denotavam preocupação. Marcos estava na casa dos 30, era maciço, ombros largos e vestia calças verdes ao estilo de um militar em campanha. Pedro, da nossa idade, usava uns panos palestinos enroscados no pescoço que ocultavam em parte seu ar frágil e nervoso.

O rádio continuava ligado num canto. De vez em quando, uma voz feminina interrompia o locutor dizendo: "Ouça Chile, aqui é Rádio Moscou." Pedro tentou sem êxito comunicar-se por meio de uma telefonista com alguém do seu país. Marcos, Pedro e dom Arturo — era assim que os outros dois homens se referiam ao pai de Antonio — andavam inquietos pela sala; Antonio em compensação, permanecia imóvel em frente à janela. As risadas mais altas das mulheres na calçada chegavam até nós.

Nenhum deles parecia notar minha presença. Não me atrevia a ir embora. Seria preciso invadi-los com um ato banal como o de me despedir. A luz branca de uma lâmpada nua feria os olhos e deixava nossas expressões a descoberto. Olhei ao meu redor como quem olha para uma vida. Sobre uma mesa de canto vi uma fotografia dele ao lado de uma mulher vestida com elegância, de traços finos e olhar poderoso. Devia ser sua mãe. Antonio me tinha dado poucas referências sobre ela. Separou-se do seu pai quando tiveram que sair do Chile. Conforme contou, sua mãe não passava de uma pequeno-burguesa, coisa que em sua escala de valores estava no mesmo nível que a traição de Judas. Senti curiosidade por saber mais sobre ela. À primeira vista era uma mulher de traços cativantes, de onde, não cabia dúvida, ele tinha herdado os seus. Antonio acendeu um cigarro. Lançou uma baforada de fumaça e ficou vendo-a se desmanchar. Depois de um bom tempo, alguém desligou o rádio. As vozes das mulheres também se extinguiram.

*

Cristóbal, o irmão de Antonio, era um dos estudantes mortos na manifestação. Soubemos algumas horas mais tarde quando alguém ligou do Chile. Antonio recebeu a notícia. Movido por aquele espírito compassivo que beira a perversão, não parei de observá-lo nem um segundo. Seu rosto mal se contraiu. Disse algumas palavras e em seguida desligou. Marcos e Pedro abraçaram um de cada vez dom Arturo, deram tapinhas nas suas costas, da mesma forma que tinham feito com Antonio ao chegar. Dom Arturo, com o queixo tremendo, disse:

— Morreu lutando.

— Você deveria estar orgulhoso dele — acrescentou Marcos.

— Estou — disse, e cobriu o rosto por um segundo.

Apesar dos seus esforços para esconder, o desespero estava ali, no seu queixo trêmulo, na cor da sua pele que se tornou cítrica de repente, nos seus gestos vacilantes. Antonio apertou seu ombro e em seguida se sentou cabisbaixo num canto da sala, com os cotovelos sobre os joelhos e os olhos enterrados no chão.

Um silêncio detestável pairou sobre nós. Permanecemos assim longo tempo, até que nosso mutismo, somado ao da rua, ficou tão rígido e premente quanto uma camisa de força. Em algum momento, dom Arturo, sem dizer uma palavra, levantou-se lentamente. Antonio olhou para ele com uma expressão serena, puxou-o pelo braço e ambos desapareceram na escuridão do corredor. Marcos balançava a cabeça de um lado para o outro, Pedro permanecia imóvel. Depois de uma hora, Antonio voltou à sala. Seus olhos estavam vermelhos.

— Cuidem do velho. Volto logo, preciso de um pouco de ar — disse, pegando seu casaco.

Os dois homens concordaram. Pedro lhe perguntou se queria que o acompanhasse, mas Antonio respondeu que não era necessário. Eu, o forasteiro, o estrangeiro, era o eleito para escoltá-lo.

*

Uma densa e elevada névoa apagava as estrelas matinais. Subimos no meu Austin Mini e empreendemos viagem. Digo viagem porque aquela madrugada virou um intrincado périplo pelas ruas de uma Londres opaca. Com exceção de suas observações diretas, Antonio guardava silêncio. Fumava seus Camel sem filtro, um atrás do outro, com a cabeça jogada para trás, enquanto a fumaça ia cobrindo seu rosto, ocultando-o e ao mesmo tempo protegendo-o.

Estacionamos em frente a uma dessas lanchonetes que estão sempre abertas e cujos donos parecem morar atrás do balcão de fórmica. Um homem com os olhos irritados por uma conjuntivite recebeu Antonio com familiaridade.

Sentamos numa mesa em frente à janela. Antonio evitava meus olhos, como temendo encontrar compaixão neles. Uma jovem de salto agulha se aproximava cambaleando do bar. O homem nos serviu café. Até esse instante, Antonio e eu mal tínhamos trocado duas palavras.

— Duro o dramalhão que você teve que presenciar — disse-me com o olhar enfocado na garota que agora abria a porta.

Não soube o que responder.

— Cristóbal não merecia isto — continuou. — Ninguém merece uma coisa assim, mas ele menos do que ninguém. Tinha certeza de que podíamos voltar para a democracia sem derramar uma gota de sangue — disse com um sorriso triste e ao mesmo tempo sarcástico. — Eu queria continuar acreditando nisso, mas não sei se posso.

Desviei a vista para a garota, incapaz ainda de dizer alguma coisa. Ele passou as duas mãos no rosto, tremendo.

— O sangue traz mais sangue — afirmei depois de alguns segundos.

— Era meu irmão — frisou enquanto fazia dançar o café no fundo da xícara. — Sabe? A única coisa que quero é acreditar que valeu a pena. Só isso. Que valeu a pena sua vida, e a do velho. Você o viu, está consumido.

— E você? —perguntei-lhe.

— E eu o quê?

— Bem, resta você. Não está tudo perdido para você.

— Quer que eu lhe diga a verdade? — perguntou, modulando as palavras com lentidão. — Quando tivemos de sair do Chile, Cristóbal disse que ficaria. Queria lutar contra a ditadura dentro do país. Foi o que ele disse. Desafiou meu pai e se tornou grande. Se soubesse como meu pai se vangloriava dele, do seu filho "dirigente"... Eu venho com o velho e ele se deixa matar. Eu engulo a porcaria e ele, o pérola, morre como um herói. Não sei por que estou lhe dizendo essas coisas, desculpe... — disse, e se calou.

— Continue — pedi num murmúrio.

— Estou com muita raiva, Theo. Por tudo.

Sua expressão era temerária e ao mesmo tempo necessitada. Pegou um cigarro e o acendeu.

— Vou entrar no Chile — declarou com a voz quebrada.

A garota pálida tremia visivelmente. De vez em quando, Antonio olhava para ela. Parecia velar por suas convulsões, aguardar o momento crítico para intervir.

— Compadre, por que não serve um café à senhorita?

— Senhorita? Essa mulher está empestada, Antonio. Eu se fosse você nem me aproximaria, é capaz de contagiá-lo. — O homem tinha uma risada que parecia de velha. Falavam em espanhol.

— Sirva-lhe um café. Eu o levo à sua mesa para que não se contagie. --A voz de Antonio se tornou áspera e autoritária.

O homem, incomodado, levou um café à garota. Antonio e ela se entreolharam. Um esboço de sorriso apareceu no seu rosto.

— Leve também um dos seus asquerosos sanduíches; dá para ver que ela está com fome.

Quando o homem, a contragosto, colocou o prato em cima da mesa, a garota ergueu os olhos, olhou para Antonio e sorriu para ele.

— Chama-se Caroline, foi colega de trabalho de uma amiga. Se Clara a visse... faz tempo que não sabíamos dela — sussurrou balançando a cabeça.

Perguntei-me por que Antonio, num momento como o que estava vivendo, preocupava-se com aquela garota. Talvez fosse uma forma de evitar que a emoção o dominasse.

Depois de um tempo saímos para a rua. Um vento frio nos obrigou a subir a gola dos nossos casacos. Cristóbal Serra estava morto e seu irmão olhava para as calçadas ainda desertas, sem se mexer, sem dizer uma palavra. Ouvi um suspiro que emergia da sua garganta, que se transformava em um som rouco, um lamento que quebrava o ar. Devia fazer alguma coisa. Não foi fácil, mas o abracei. Senti seu corpo estremecer. Foram apenas alguns segundos. De repente, Antonio se desprendeu de mim, estava com o rosto banhado em lágrimas. Olhou para cima, respirou fundo, como se tentasse recuperar seu centro, e seguiu rua abaixo sem dizer uma palavra.

# 7

DEPOIS DA MORTE DO IRMÃO, ANTONIO CONTINUOU FREQÜENTANDO a universidade, mas de forma irregular. Mesmo assim, conseguiu passar em todos os exames e terminar a graduação com boas qualificações. Aproximava-se o verão e o fim do ano acadêmico. Apesar de suas extensas ausências, nossa amizade ficou mais sólida durante aquele período. Eu lhe contava minhas patéticas histórias estudantis, das quais ríamos, enquanto ele me punha a par dos seus movimentos em Londres. Todos os seus atos se encaixavam num grande quebra-cabeças. Não só trabalhava com o Partido e nas campanhas de solidariedade pelo Chile, mas também fazia cursos de artes marciais. Seu corpo mudava, preparava-se para a guerra. Isso era o que ele dizia brincando, embora nós dois soubéssemos que suas palavras encerravam uma férrea certeza. Depois do verão, entraria no seu país. O Partido o apoiava.

No dia em que Antonio recebeu suas últimas notas, tomamos uma garrafa de champanha no Square One — o quadrado de cimento do nosso aniversário olhando para o céu, agora repleto de estrelas. Uma sonata de piano provinha de algum bloco. Antonio sorria. A música parecia transportá-lo para um espaço secreto onde eu não podia alcançá-lo. Não era a primeira vez que acontecia uma coisa assim. Duas semanas antes tínhamos assistido a um concerto no Royal Albert Hall. Quando lhe contei que meus pais tinham me dado duas entradas, mostrou um exagerado entusiasmo. Assim que o concerto começou, me dei conta de que Antonio tinha ido embora. Pareceu-me inclusive ouvir entre as notas de um violoncelo a batida da porta se fechando.

— Saúde — disse, e ergui a garrafa de champanha para chamar sua atenção.

— Que planos você tem para as férias? — perguntou.

— Ainda nenhum, por quê?

Não estava sendo honesto, posto que meu pai, como todos os anos, tinha alugado uma casa na região de Florença, onde passaríamos as primeiras semanas do verão com minha irmã e sua família.

— Poderia me acompanhar a Edimburgo? Preciso de um carro.

— Quer um carro ou que eu o acompanhe? — perguntei incomodado.

— Tinha me esquecido de que você é um homem extremamente sensível — respondeu abraçando meu ombro. — As duas coisas, na verdade. Preciso de um carro, mas também de você.

— Como isca para os lobos?

— Não. Como irmão.

*

No dia previsto para a nossa viagem, Antonio chegou à universidade acompanhado de Caroline, a garota drogada do café. Como era tarde, decidimos partir no dia seguinte. Naquela noite fomos ao pub da universidade. Caroline pediu uma cerveja e se sentou num canto, onde ficou imóvel, fumando um cigarro atrás do outro. Antonio, do balcão, não tirava os olhos de cima dela.

— Faz três dias que não toma nada. Por enquanto vai bem. É admirável.

— E de onde você a tirou? — perguntei-lhe sarcástico.

— Não a tirei de nenhum lugar. Encontrei-me com ela naquele café onde o levei. Não se lembra dela?

— Voltou para procurá-la.

— Na verdade não. Fui com minha amiga Clara tomar um café e nos encontramos com ela por acaso — disse com voz brusca. — Já lhe contei, foram colegas de trabalho numa pizzaria, eram bastante próximas, mas um dia Caroline desapareceu. Nós a convencemos a fazer um tratamento. Temos um amigo que trabalha numa clínica de reabilitação, e ele nos ajudou a lhe conseguir uma vaga. Em alguns dias interna-se, mas se enquanto isso se droga, não a aceitam. Está vendo? As coisas não são tão obscuras como você imagina.

— Eu não imagino nada, amigo — disse-lhe e sorri. Interceptei no seu rosto o desejo de encontrar em mim um gesto de admiração. Antonio, como todo mundo, não era imune ao que pensássemos dele.

Nessa noite, Caroline, Antonio e eu dormimos no meu quarto da Torre Três. Não era grande coisa: uma cama, uma escrivaninha e uma estante; igual, imagino, a todos os quartos de estudantes do mundo. Antonio não tinha querido viver na universidade e alugava um quarto em Colchester, na casa de uma família hindu. Caroline ficou dormindo na minha cama, suando e pronunciando palavras ininteligíveis. Seu estado não conseguia me comover; pelo contrário, me irritava. Talvez sentisse ciúme de que Antonio estivesse tão preocupado com ela, de que recolhesse qualquer animal que encontrava no seu caminho e o mimasse como se fosse importante para ele.

Antonio e eu dormimos nos dois sofás da sala. O restante dos meus companheiros de apartamento já tinha ido embora.

Despertei quando um esquálido sol aparecia atrás dos edifícios dos estudantes. Quatro torres pretas rachando o céu e o sol aparecendo entre elas. Cerca de três estudantes se jogavam todo ano daquelas janelas e sempre durante a época dos exames. Recentemente tinham despencado duas garotas, e juntas. Eram silenciosas, de expressão sempre estupefata, como se tivessem sido transplantadas da infância à adolescência sem ter passado pelas etapas intermédias. Uma delas tinha sido inclusive objeto de minhas fantasias alguma vez. Atiraram-se num fim de semana. Tentei averiguar detalhes, mas ninguém se dispôs a dá-los. Corria o rumor de que se jogaram da torre de mãos dadas.

*

Era nosso primeiro dia de férias e Antonio agia como se tudo fosse parte de um grande plano. Queria que eu cortasse seu cabelo. Encontrei uma tesoura nas minhas gavetas. Apesar de ser a primeira vez que estava fazendo algo assim, não ficou nada mal. Caroline, depois do banho, começou a tremer novamente. Antonio lhe passou seu casaco. Vi que Caroline levava no bolso lenços de papel com os quais de vez em quando limpava as gotas de sangue que escorriam do seu nariz. Descemos para o estacionamento, subimos no meu carro e empreendemos viagem.

— Para Wivenhoe! — exclamou Antonio com alegria quando saímos do campus e alcançamos a estrada.

Wivenhoe é um pequeno povoado em frente ao rio Colne, próximo à universidade, onde vive a maioria dos professores. Paramos diante de uma casa de três andares precedida por um jardim. Uma mulher abriu a porta. Seu rosto tinha a forma de uma lágrima e algumas mechas brancas se misturavam com seu cabelo curto e escuro.

— Ester, este é o Theo, o amigo de quem lhe falei — apresentou-me Antonio.

Ester apertou minha mão com uma expressão fria. Cumprimentou também Caroline e nos mandou entrar. Antonio a pegou pelo braço e todos fomos para a cozinha. Era ampla, caótica e acolhedora: a pintura descascando nos cantos, um pôster da Tate Gallery, e sobre uma mesa de madeira, dezenas de papéis e livros. Ester nos mandou sentar e, depois de preparar o chá, se uniu a nós. Soube que era chilena, professora de literatura latino-americana, que vivia com dois estudantes e que sua filha, Clara, estudava dança em Londres. Seu marido, ou companheiro, como ela o chamou, estava desaparecido. Uma patrulha o capturara numa noite e não voltaram a saber dele. Chamou-me a atenção o fato de que não *tinha* desaparecido, mas sim *estava* desaparecido. Depois compreenderia que este era um estado suspenso no tempo e no espaço ao qual ninguém tinha acesso, nem sequer na imaginação, posto que o desaparecido não era nem um morto nem um vivo; era, não obstante, alguém que congelava num momento a vida dos seus entes mais próximos. Ester falava sobre isso sem gravidade. Estava longe de ser uma mulher amarga, como tinha me parecido num primeiro momento, só que não fazia concessões. Nenhum sorriso a mais, nenhum gesto sem sentido. Acostumado ao histrionismo da minha mãe e às calculadas excentricidades do meu pai, sua economia de gestos era uma novidade para mim.

Pouco tempo depois, apareceu um dos estudantes que dividia a casa com Ester. Era argentino e se chamava Juan. Usava uma bermuda que lhe dava a aparência de um antiquado garoto explorador. Sentou-se conosco e tentou chamar a atenção de Caroline, que estava concentrada em dominar suas convulsões.

Antonio e Ester iniciaram uma conversa em espanhol, num tom muito baixo para entendê-los. Ela ria com freqüência. Ao falar, seus olhos se entreabriam, de maneira que suas palavras pareciam conter um sentido oculto ou uma ironia. Fumava expulsando a fumaça sem tragá-la, nas formas mais diversas: fios, anéis, nuvens. Juan, depois de entender que seus esforços para se aproximar de Caroline eram infrutíferos, ficou um bom tempo ouvindo Ester e Antonio. Caroline esfregava as mãos com obstinação. Logo depois apareceu uma francesa baixa e magra, que tinha aquela aparência cuidadosamente trabalhada para representar a intelectual cosmopolita, com olheiras. Abraçou Antonio e ele lhe devolveu o abraço com certo nervosismo, razão pela qual, suponho, optou por sentar-se à mesa conosco, coçando a cabeça.

— Está pensando — disse Juan ao constatar o meu desconcerto. — Com certeza agora vai disparar.

Efetivamente, depois de puxar pela cabeça, a francesa começou a falar da sua tese, que estava relacionada com os conceitos de leveza e peso conforme formulados por Parmênides. Explicou-nos que, segundo suas colocações, a leveza é o pólo positivo, e o peso, o negativo. As implicações desta afirmação em nossas vidas, segundo ela, eram infinitas e muitas vezes assustadoras. Formulou vários exemplos que ficaram cada vez mais abstratos e intrincados.

Num determinado momento, uma garota entrou sigilosamente pela porta. Ester e Antonio estavam de costas para ela. Percebi imediatamente que se tratava de Clara, a filha de Ester. Sua forma de andar era a de uma bailarina. Aproximou-se da mãe na ponta dos pés e tapou-lhe os olhos com as mãos. Ester virou e a abraçou.

— Hoje é 3 de julho — ouvi Clara dizer. Ester acariciou a cabeça da filha com uma expressão sombria. Ao ver Caroline, o rosto de Clara se iluminou.

— Que bom que você decidiu vir! Você verá, vai ser ótimo. — Depois de abraçar a amiga se dirigiu a mim:

— Você deve ser o Theo. Faz tempo que queríamos conhecê-lo.

Seus olhos claros, desenhados por duas cerradas sobrancelhas negras, mal tocaram em mim, mas o efeito foi similar ao de uma luz que ofusca de repente. Pareceu-me estranho que Antonio não tivesse me falado mais a respeito dela.

— Vou preparar um peru com purê de maçãs para celebrar a chegada de Caroline e Clara. O que acham? — propôs então Ester e todos aprovaram sua idéia com entusiasmo.

Juan se sentou em cima da mesa e confeccionou em voz alta uma lista de compras para acompanhar o peru, incluindo uma torta e velas. Dispunha-se a sair quando Antonio anunciou que iria com ele. Eu quis me juntar a eles, mas Antonio sugeriu que eu ficasse com Caroline.

— Não precisamos do Theo para tomar conta de nós — disse Clara olhando novamente para mim.

Antonio não se mostrou muito satisfeito. Ao sair, pegou um velho casaco preto que estava pendurado num cabideiro. Não fazia frio; quando fiz esta observação, ele riu e me disse que nós, os ingleses, pensávamos e fazíamos tudo com relação ao clima; em compensação eles, os chilenos, moviam-se por necessidade. Pouco depois entenderia o significado dessas palavras, que naquele momento me pareceram ofensivas.

Quando chegamos à porta do supermercado, Antonio e Juan conferiram mais uma vez a lista e foram para lados opostos. Segui Antonio, que assim que começamos a andar entrou num estado verborréico. Falava de uma forma ainda mais pausada do que o habitual, detendo-se inclusive no meio do corredor para refletir, como se uma idéia estivesse prestes a fugir dos seus miolos; então, a mão estendida alcançava um pote de caviar que desaparecia sob o seu casaco. Não me lembro da teoria que tentava desenvolver, mas sim do grau de acuidade dos seus argumentos, enquanto os bolsos do seu casaco se enchiam de presuntos, patês, chocolates, marzipãs, queijos, azeitonas... Senti terror. Era incapaz de me abstrair da presença oculta de todas aquelas câmaras de segurança que registravam cada um dos nossos movimentos. A qualquer instante, uma tropa de guardas viria nos prender. Era coisa de minutos. Entretanto, Antonio caminhava balançando o corpo, como se tudo lhe pertencesse. Apesar da quantidade de coisas que levava sob o casaco, nosso carrinho continuava vazio. Por último, agarrou uma garrafa de vinho, depositou-a no carrinho e se dirigiu à caixa. Com um sorriso cumprimentou a encarregada, uma ruiva que lhe devolveu o cumprimento. Eu esperava que os guardas caíssem em cima de nós. Ele pagou a garrafa de vinho e saímos pela porta principal.

Não me atrevia a olhá-lo nos olhos. Antes de nos reunirmos com Juan, Antonio parou na calçada e explodiu em risadas.

— Theo, você está branco.

— Não é para menos — repliquei.

—Para o capitalismo isso é só um arranhãozinho, amigo, não se preocupe. Além disso, não pode negar que vamos dar um banquete.

Concordei.

De volta, fiquei sabendo que Juan tinha conseguido um butim igual ou mais abundante do que o de Antonio. Clara e Caroline tomavam sol no terraço. Ester, sem fazer o menor comentário com respeito à origem do nosso butim, abriu uma garrafa de vinho e logo estava conversando com Antonio num espanhol que me era quase incompreensível. Percebia que falavam do retorno dele ao Chile. Pela conversa acalorada imaginei que havia um ponto no qual não concordavam. De vez em quando, Ester abria o forno para dar uma olhada no peru, e então me perguntava: "Are you OK?". Sentado no patamar da porta da cozinha, eu lia um *Guardian* da semana anterior. Durante a hora seguinte não consegui me concentrar em mais nada além de procurar uma desculpa para subir ao terraço onde se encontravam Clara e Caroline. Juan tocava violão e improvisava melodias na sala principal.

À tarde, Clara e Caroline abandonaram seu reduto e se juntaram a nós. Caroline parecia um camarão. Clara, por sua vez, tinha adquirido um leve rubor nas bochechas que lhe dava um ar mais dócil. Agora estava com um vestido longo florido e vários braceletes que tilintavam em seus pulsos. Num dado momento levantou um dos braços acima da cabeça e os braceletes, ao deslizarem, produziram um som metálico. Olhou em volta com acanhamento, certificando-se de que o movimento fugido do seu corpo tinha passado despercebido. Notei que Clara tinha uma dessas belezas silenciosas que, em lugar de golpear, vão entrando nos olhos e no corpo. Alguma coisa em sua feminilidade inquietava. Talvez seus gestos espontâneos e ao mesmo tempo íntimos, como se uma parte dela fosse inacessível ao restante dos mortais. Tudo isto fazia pensar na impossibilidade de tê-la; coisa que a tornava extremamente desejável.

Senti regozijo ao constatar que passaríamos a noite ali, e se a sorte me sorrisse poderia inclusive me deitar com ela. Fazendo uso dos meus precários conhecimentos de cultura latino-americana, comentei-lhe que seu vestido me lembrava os auto-retratos da Frida Kahlo. Não que fossem parecidas; além de ser fisicamente diferente, Clara não tinha nem um indício da expressão trágica da pintora. O que me fazia relacioná-las eram as flores coloridas, aquele espírito festivo que, em meio à tragédia, seus quadros emanavam. Assim que as pronunciei, me dei conta de que minhas palavras eram de uma breguice sem limite. Para minha surpresa, fizeram efeito.

— Frida Kahlo — disse. — O meu grupo de dança está montando uma coreografia baseada na vida dela.

Tínhamos nos conectado. Mantive a calma. Queria sair da cozinha e ficar a sós com ela. Sugeri que fôssemos para o jardim e ela aceitou. Mas, uma vez fora, percebi um espetáculo desolador, em nada apropriado para o que eu estava tentando. O jardim se reduzia a duas azaléias encostadas num carvalho e alguns brotos silvestres salpicando a grama. Foi ela quem propôs que subíssemos ao terraço para ver os últimos raios de sol.

Alguns minutos depois estávamos num terraço de cimento que parecia suspenso no céu. Esse efeito era produto das sombras que já tinham alcançado a parte inferior da casa, tornando-a quase invisível.

Desse nosso recanto se avistava o mundo pacífico de Wivenhoe, as janelas acesas, os telhados com suas chaminés de tijolo, e no fundo o cinza azulado do rio Colne.

Num canto, no chão, encontrei um caderno de capa vermelha.

— E isto?

— É meu. Como pude deixá-lo aqui! — exclamou Clara batendo levemente uma das mãos na cabeça, para em seguida segurar o caderno entre seus braços.

Meu coração dava saltos; procurava respirar devagar e ao mesmo tempo não sufocar. Clara mantinha o olhar num ponto longínquo, embora não pretendesse, ou ao menos não aparentava pretender, estar sob nenhum transe, um estado tão em voga naqueles tempos.

Voltei a lhe perguntar pela obra e ela me contou que no seu grupo tinham criado uma coreografia a tal ponto minimalista, que por momentos os corpos pareciam estar parados. Apesar do meu evidente entusiasmo, um silêncio sem peso e sem história se interpôs entre nós.

Desatei a falar. Não importava sobre o quê. Contei-lhe sobre o meu fortuito encontro com Gary Oldman, o ator que tinha interpretado Sid Vicious no filme de Alex Cox. É uma história que conheço de cor, que sempre provoca interesse em quem a ouve, e sobretudo que não exige muito das minhas faculdades mentais. Depois lhe contei algum episódio jocoso que não me comprometia, mas que a fez rir de uma forma exuberante, lembrando-me essas mulheres que estão dispostas a tudo.

A proximidade de uma mulher sempre me intimidou; especialmente naqueles momentos preliminares, quando tudo pode acontecer, ou nada, quando não sei com exatidão o que ela espera de mim, qual é o momento certo para me aproximar, inclusive se isto é possível ou se não passa de uma ilusão provocada pelo meu desejo. Clara, neste sentido, não ajudava a simplificar as coisas. Tinha me chamado para ir àquele lugar solitário e se sentou quase roçando meu corpo. Mas, ao mesmo tempo, com seu olhar calmo e seus gestos desprovidos de teatralidade, impunha um clima de franqueza e profundidade em que as pequenas brincadeiras que eu tentava não tinham lugar.

Decidi usar a estratégia mais simples e efetiva: indagar sobre sua vida. Ninguém resiste ao interesse do outro. Perguntei-lhe quantos anos tinha ao sair do Chile.

— Catorze — disse, olhando para mim com firmeza e certa altivez.

Amarrei o cordão de um dos sapatos e aproveitei para me aproximar um pouco mais dela. Notei seu perfume floral e o cabelo debaixo da sua orelha. Um lugar que sempre achara excitante mas que nunca havia explorado.

— E há alguma coisa de lá que você sinta falta? — inquiri, sabendo que era uma pergunta que carecia de criatividade.

Seus olhos se fixaram em mim, como se avaliasse o grau de honestidade com que me responderia.

— É claro. Sinto falta do meu pai.

Um vento soprou do rio.

— Às vezes as lembranças se confundem na minha cabeça, nem sequer consigo distinguir as coisas que algum dia imaginei das que vivi. Aconteceu isso alguma vez com você? — perguntou inclinando a cabeça —, eu gosto, porque assim a realidade fica menos limitada.

— Mas tem de haver alguma lembrança que haja marcado você, não sei, algum namorado talvez.

— Um namorado? — voltou a rir com aquela risada que há um instante tinha me excitado. Colocou os braços em volta do corpo e prosseguiu: — Não. Não é essa a lembrança que mais me marcou.

— Qual é, então?

— Está mesmo interessado?

Eu concordei com um gesto enérgico.

— As piores coisas aconteciam à noite. Era assim. Com o toque de recolher era fácil ouvi-los quando chegavam com suas caminhonetes. Por isso quando meu cachorro começou a latir, percebi que alguma coisa muito ruim estava acontecendo. Ouvi meu pai que ia e vinha do seu quarto para o corredor. Fora, um homem gritava. Sua voz era aguda como a de um pássaro. Depois vieram dois tiros.

De repente, Clara tinha instalado entre nós a realidade. Não era o que eu esperava. Senti um ligeiro mal-estar.

— Minha mãe, de robe, apareceu na porta do meu quarto. Abraçou-me, cobriu-me com uma manta e me fez jurar que não a tiraria. Quando entraram, estávamos os três na sala. Lembro-me de que suas botas retumbavam no piso de madeira. Enquanto eles iam de um lado para o outro, nos abraçamos e ficamos de pé num canto do corredor. Não olhavam nos olhos, talvez de vergonha, ou de raiva, não sei. Um deles tirou a camisa do meu pai e bateu nas costas dele. Meu pai se encolheu, mas não disse nada. O milico voltou a bater nele.

Clara fechou os olhos, como se quisesse fugir daquela imagem terrível. Quando os abriu respirava mais depressa.

Pensei decepcionado que por algum motivo que eu desconhecia, ela precisava falar de tudo aquilo e dava na mesma quem estivesse ao seu lado.

— Alguém derrubou a pontapés a estante. Havia um que tinha o pescoço comprido e liso como o de uma mulher. Pegou um livro do chão e o partiu em dois pela lombada. Era um livro de bioquímica do meu pai. Ouvimos o estrondo de um novo disparo. O cara começou a rir e com o coldre da sua arma quebrou uma vidraça.

Falava sem pressa, como se as lembranças demorassem para se cristalizar. Quis abraçá-la, mas o impulso me fez sentir ainda mais desorientado. Era como aterrissar num lugar desconhecido, sem mapa, sem rastros visíveis.

— Foi estranho. Os pedacinhos de vidro caíram em câmara lenta, fazendo um barulho ao mesmo tempo estremecedor e musical. Certamente eu imaginei isso.

O arco infantil da sua boca se tornou tenso, talvez tentando manter a emoção a distância.

— Porque é impossível que os vidros caiam em câmara lenta, não é? Mas do que me lembro é que pelo buraco da janela quebrada entrou um vento que levantou as cortinas. Foi nesse instante que levaram o meu pai com as mãos para cima.

— Quando eles foram embora, minha mãe recolheu as páginas do livro partido do chão. Sentamo-nos na mesa de jantar e ela começou a chorar. Depois me levou para a cama. Embalou-me nos seus braços até que achou que eu tinha adormecido. Fiquei ouvindo-a percorrer a casa, pondo cada coisa no seu lugar. Pela manhã percebi que tinha enterrado o meu cachorro e limpado o sangue do chão.

O silêncio se espalhou sobre os telhados. Um cartaz luminoso de cor verde se acendeu.

— Não sei por que estou lhe contando tudo isso — disse.

Suas palavras soavam longínquas. Era-me difícil relacioná-las com o registro de coisas que me eram familiares. Havia dezenas de gestos possíveis: dizer alguma coisa, rodeá-la com meus braços, tocar seu rosto, beijá-la; mas qualquer um desses gestos me parecia absurdo e impossível. A estranheza e o desconcerto me paralisavam. Ouvimos uma música de violão que chegava da casa e o som de uma pessoa cantando.

— Acho que tenho que descer — falou, e se levantou sem olhar para mim. Antes de desaparecer a ouvi murmurar:

— Foi num 3 de julho, como hoje.

Consegui observar seu rosto e estremeci.

Fiquei um bom tempo no terraço enquanto abaixo a música ficava mais intensa. As luzes do povoado foram se acendendo até formar uma densa tela que caía na escuridão do rio. Coloquei a cabeça entre as mãos e fechei os olhos. Ninguém nunca tinha me contado uma coisa assim, tão íntima e definitória. Precisava com urgência sair correndo daquela margem pestilenta onde tinha ficado parado com o meu silêncio. Desci correndo pela estreita escada que unia o telhado ao segundo andar da casa, e não me detive até encontrá-la.

Estava na sala, cantarolava uma canção, enquanto Juan esboçava uma melodia num instrumento de cordas, cuja caixa de ressonância parecia a carapaça de um animal. Clara ergueu os olhos e sorriu para mim. Sem deixar de olhar para ela, sentei-me numa poltrona, decidido a esperar o que fosse necessário.

Em algum momento apareceu Antonio. Aproximou-se de mim, acendeu um cigarro e, olhando para Clara, disse:

— Você gosta dela, não?

— Nada mal. Entendo que não tenha querido apresentá-la antes a mim. Você também gosta dela — respondi.

— Não do mesmo jeito que você.

— Nós dois queremos a mesma coisa, Antonio — eu disse rindo.

— Você está enganado. Clara é como uma irmã. Não tinha tido oportunidade de apresentá-la a você. Só isso.

As pernas de Clara apareciam firmes entre as dobras do seu vestido. Era impossível que Antonio não a desejasse. Mas, enquanto eu não conseguia parar de olhar para ela e ensaiava em silêncio as palavras que lhe diria, Antonio agora lhe dava as costas e conversava com Ester. Pensei que ceder diante dos impulsos persistentes do sexo talvez significasse para ele perder parte do controle sobre si mesmo, por outro lado resistir a eles era uma vitória.

Há certos homens, e Antonio era sem dúvida um deles, que exalam segurança sem fazer nada. É a forma de andar, oscilante, solta, como se o mundo fosse uma massa maleável por onde eles transitam. Seus movimentos são precisos, mas em nenhum caso severos. Nunca confirmei isso com uma mulher, mas estou convencido de que o atrativo de um homem radica, sobretudo, nisso. Vi a mim mesmo e percebi que eu era o inverso, que estava cheio de taras, de ataduras que me impediam de me deslocar com aquela insolência. Esta constatação não ajudava no meu desejo de abordar Clara, e nem o fato de que Juan a monopolizasse.

Jogado na poltrona, não me movi até que Antonio, abalado, se aproximou. Caroline tinha desaparecido. Saímos para a rua. Clara se uniu a nós. Depois de procurá-la sem sucesso pelos arredores, subimos no Austin Mini e ela se sentou ao meu lado. Fomos aos poucos lugares que estavam abertos: a lanchonete da rodoviária, o cinema noturno, o *fish and chips* do centro. Antonio falava com a lentidão de quem faz um grande esforço por dominar seus impulsos. Repetia uma e outra vez que era sua culpa, que devia ter previsto que ao primeiro descuido Caroline tentaria conseguir mais droga. Sob as instruções de Clara, vasculhamos rua após rua o povoado de Wivenhoe, da margem do rio até a periferia. Certo momento, ela colocou sua mão na minha coxa; um desejo insuportável subiu pelas minhas pernas, ao mesmo tempo em que sentia uma opressão no peito, uma sensação de queda no estômago. Era um caso irremediável e antiquado de amor à primeira vista. Quis dormir com ela, mas também acordar ao seu lado; conforme se acreditava na época, o que distinguia o sexo do amor.

Antonio, com o nariz grudado na sua janela, guardava silêncio. Eu estava muito consternado com a minha aventura particular para me preocupar com Caroline. Poucas quadras antes de chegar em casa, de volta, a vimos. Caminhava com passo rápido e decidido, girando uma pequena bolsa em forma de coração. Fumava. Parou quando estava prestes a atravessar a rua. Nós três saímos do automóvel. Caroline olhou para nós com expressão desconcertada, como dizendo: "Que escândalo ridículo vocês estão montando", e atirou com energia a bituca no chão. Parecia mais desperta. Tinha encontrado uma forma de tomar droga, disso não havia dúvida. Antonio ficou olhando para ela sem dizer uma palavra. Uma radiopatrulha com as luzes acesas passou por nós em marcha lenta. Uma vez dentro do carro, Caroline começou a cantarolar e por um momento pensei que Antonio explodiria.

De volta à casa, Ester nos esperava com o jantar servido. Clara se sentou ao meu lado. Enquanto a francesa se espraiava em uma das suas excêntricas teorias, Clara me perguntou como eu tinha conhecido Antonio. Contei-lhe sobre o nosso aniversário, e sobre como ele tinha cuidado de mim quando estive doente. Eu quis saber a mesma coisa.

— Sempre, acho. Bem, desde que cheguei a este país com minha mãe, faz centenas de anos. Ele é um encanto, não é? — perguntou, e sua expressão tinha um toque de ironia.

Agora era Juan quem expunha uma idéia, que era refutada ao mesmo tempo por Antonio e pela francesa.

— Eu não diria um encanto... — respondi. Ela começou a rir. — Clara, não sei se é o momento, mas queria me desculpar... — acrescentei vacilante.

Sem dizer uma palavra ela pegou a minha mão debaixo da mesa e a apertou. Além do prazer que o seu gesto me causou, tive a impressão de que ela era um desses seres que não vacilam, que não usam filtros na hora de dizer ou fazer, que não sentem medo diante da rejeição ou que talvez nem sequer o concebem. Esta idéia a tornou ainda mais atraente diante dos meus olhos, mas também mais intimidante.

Depois do jantar, Clara pegou Caroline pelo braço para levá-la ao seu quarto. Mas antes se despediu de mim. Abracei sua cintura e lhe dei um beijo. Ela recebeu a minha investida com um gesto travesso, como se estivesse consciente da intensidade da minha emoção e tentasse aliviá-la.

Na manhã seguinte, Antonio e Clara discutiram. Segundo ela, era mais factível que Caroline resistisse àqueles dias sem droga se as duas viajassem conosco. Antonio não concordava. Clara deve tê-lo convencido, pois em seguida partimos os quatro rumo a Edimburgo. Nada poderia ter me feito mais feliz.

Nosso objetivo era pegar com um chileno um passaporte que permitiria a Antonio entrar no Chile com outra identidade. Clara se sentou ao meu lado; Antonio e Caroline, no banco de trás. O que se estabelecera entre Clara e eu no dia anterior era delicado e estranho. Não voltou a falar comigo como no terraço nem a tocar minha coxa como tinha feito quando estávamos procurando Caroline. Mas viajava ao meu lado, e de vez em quando nossos olhares se encontravam.

Entramos na planície. Passado um tempo, Clara tirou um toca-fitas de sua bolsa. Era uma música latina, melosa, à qual sem perceber os três nos unimos.

Caroline cochilava, Clara ria, e Antonio, com seus cotovelos entre nossos bancos, exalava seu hálito e sua voz rouca sobre nós, como se lançasse um laço. Uma linha se iniciava nele, detinha-se em Clara e depois em mim, formando um triângulo perfeito, uma figura que nos abrangia.

— Que bom que você veio, Clara — afirmou Antonio, colocando suas mãos sobre os nossos ombros.

— Você é um demônio — exclamou ela, e lhe deu um tapinha suave na cabeça.

— Sim, eu sei, não precisa me dizer isso. Mas você gosta de mim assim mesmo, não é?

— Às vezes — disse Clara sorrindo para mim.

— Tenho um presentinho para vocês — anunciou ele e tirou da mochila uma caixa de chocolates suíços.

Clara começou a aplaudir.

— Que conste que a comprei — declarou, e se dispôs a repartir o butim.

— Nisso eu não acredito — desafiou-o ela.

Passamos a primeira noite em um *bed and breakfast* da estrada, os quatro num quarto de três camas. Antonio e eu ficamos com uma cama para cada um, pois elas dormiram juntas. Antes de dormir, Clara escreveu no seu caderno de capa vermelha. Eu passei parte da noite tentando distinguir a respiração de Clara naquele vaivém de suspiros quase musicais que produziam os três ao dormir. De repente, ouvi Antonio gemer. Seu corpo se encolheu, levantei-me e o sacudi pelos ombros. Estendeu um braço com violência.

— A puta — murmurou, enquanto passava as mãos pelo rosto.

— Com o que você estava sonhando? — perguntei, tentando acalmá-lo.

— Nada — respondeu sem olhar para mim.

## *Diário de Clara*

CONTEI AO THEO SOBRE AQUELA NOITE. A NOITE DOS FANTASMAS armados. Gostei que ele guardasse silêncio, que não tentasse me dar um beijo, que depois me procurasse com expressão desconsolada. Não sei por que fiz isso. Sempre há motivos, forças ocultas, intenções que não conhecemos na hora de agir, no momento de dizer. Talvez procurasse chamar sua atenção. Simplesmente isso.

Mas não contei um detalhe crucial. Fui eu quem ficou na terra dos mortos. Aquela que rejeito com todas as minhas forças. Quantas vezes olhei para minha mãe e, ao vê-la perdida nas suas lembranças, corri para longe, onde a luz voltasse a me tocar? Quantas vezes fugi do seu lamento, daquele rumor que me persegue por toda a casa?

Só uma vez tentei animá-la, e falhei. Lá estava ela como sempre, com os livros sobre a mesa, os olhos fixos na parede. Aproximei-me dela e toquei sua testa. O lugar onde se concentra sua aflição. Queria que o toque dos meus dedos desfizesse aquela marca entre suas sobrancelhas que a transfigurava. Lembro-me do seu braço elevando-se bruscamente, seus olhos que ao me olhar tinham perdido toda familiaridade. Senti medo, medo dos estragos que a dor faz nas pessoas, pelo que me causaria me aproximar mais dela, medo da distância da minha mãe e da inutilidade dos meus gestos. Ocultei-me sob os lençóis de minha cama, esperando que o teto caísse sobre a minha cabeça. Minha estupidez traz consigo a idéia de morrer.

Pelo menos, sua debilidade me fez forte. Quando você escolhe ser forte nada a alcança, nada lhe toca. Você sacrifica sua emoção, mas sobrevive. Resolvi esperar seus escassos gestos, aqueles que surgem quando abandona a melancolia e as páginas dos seus livros.

São as lembranças, uma vida que ela resiste a deixar para trás. São os almoços dos domingos na casa da avó, a risada de meu pai, Vivaldi soando no toca-discos no sábado pela manhã, meu cachorro balançando o rabo, as peregrinações no Fiat 600 aos bairros pobres, as reuniões à noite na nossa casa. Sou certamente eu, menina amada por eles, por todos. São as portas abrindo-se e fechando-se ao compasso de Joan Baez que desliza pelo corredor da casa. Eu os via, meu pai e minha mãe, pareciam felizes. Uma felicidade que se expandia, tornando-os parte de alguma coisa maior do que eles. Acreditar é talvez o gesto mais nobre e também o mais pueril. Eles acreditavam. Acreditavam que um mundo mais justo era possível e estavam dispostos a demonstrar isso.

Não posso culpar minha mãe por sua esperança de então e sua nostalgia de hoje, mas não suporto sua desolação, essa que só eu percebo escondida atrás dos seus discursos iluminados.

# 8

Chegamos aos subúrbios de Edimburgo por volta das sete da noite do dia seguinte. Estacionamos o carro num descampado em frente a um conjunto de prédios iguais e cinzas. Um cheiro de fumaça, comida e excremento saturava o ar. Pegamos nossas bolsas e entramos no bosque de edifícios, desviando-nos de pilhas de lixo meio queimado. A greve geral dos lixeiros, que em lugares mais prósperos passava despercebida, ali era evidente. Mas, sobretudo, já não havia os campos verdes, nem a tarde ensolarada, nem as canções. Éramos quatro seres cansados, caminhando sob luzes que quase não iluminavam.

Logo estávamos diante da porta de uma das centenas de apartamentos que tínhamos visto da rua. Um casal de chilenos nos esperava. René era um homem de olhos rasgados cuja larga compleição dava fé de sua força física. Alicia estava grávida.

Sentamo-nos ao redor da mesa e ela nos ofereceu uma taça de vinho. No ambiente opaco da sala, os pôsteres pendurados nas paredes, com suas flores coloridas e seus fuzis, continham uma esperança cativa. Logo René e Antonio conversavam sobre o Partido, algum militante perdido e os últimos distúrbios ocorridos no Chile. Depois de nos servir alguma coisa, a mulher se sentou a certa distância, observando os gestos enérgicos de Antonio e de seu marido, ao mesmo tempo em que uma máscara de tédio caía sobre seu rosto. Caroline perguntou onde era o banheiro. Instantes depois, René se levantou, pegou um dicionário inglês-espanhol e tirou de dentro um passaporte.

— Sua nova identidade — afirmou.

Antonio o abriu e leu:

— Daniel Nilo, data de nascimento: 12 de outubro de 1966. Mas é um fedelho!

— Não exagere, tem só alguns anos menos que você — disse René. — Embora, na verdade, você tenha razão, é um fedelho descarado. Quando lhe perguntei se estava seguro do que estava fazendo, sabe o que ele me disse? "Como não estaria? É o negócio perfeito, ganho o céu sem mover um dedo."

— É um gênio — disse Antonio, e os dois soltaram uma gargalhada. — O que você acha, René, receberemos uma recompensa por nossas virtudes ou teremos que nos conformar com a virtude em si mesma?

— A virtude, my dear Watson, é como se masturbar — neste ponto, René olhou para as mulheres pedindo desculpas pelo peso da sua última palavra. — Você me entende. Ninguém fica sabendo, mas é prazeroso.

Voltaram a rir com uma risada compulsiva que encheu o ambiente até saturá-lo.

— A verdade é que para o Cristóbal a virtude não serve para nada — disse Antonio e tudo parou.

Procurei os olhos de Clara, mas estavam cravados nele. Acreditei ver compaixão, mas também outro sentimento, que tornava seus olhos mais brilhantes. Ninguém voltou a falar.

René e Antonio pareciam velar o corpo ausente de Cristóbal; bebiam devagar suas taças de vinho sem se olhar, como se digerissem suas emoções. Afinal de contas, ali estávamos; cada um obstinado à sua mísera realidade, tão diferente, tão divorciada uma da outra. Caroline, escondendo seus lencinhos ensangüentados; Antonio, preparando-se para uma odisséia incerta, e eu, obcecado por uma mulher que mal conhecia. Cada um de nós orbitava em torno da sua própria obsessão.

Ficou tarde. A mulher improvisou uma cama no sofá. Alguém teria que passar a noite no chão num saco de dormir. Os outros dois dormiriam num quarto com duas camas. Ofereci-me para ocupar o chão e Clara o sofá. Antonio e Caroline desapareceram na escuridão de um minúsculo corredor.

Estávamos sozinhos pela primeira vez desde o início da nossa viagem. Clara, com a cabeça apoiada em uma das mãos, olhava para mim deitada no sofá; tão próxima e ao mesmo tempo tão longe do meu alcance. Apesar da sua risada, da sua determinação, uma fina seda parecia separá-la do mundo, tornando-a inacessível. Sentei-me no chão com os pés cruzados diante dela. Não sei como cheguei a lhe dar um beijo. Logo minhas mãos estavam em seus seios, em seu ventre, em seu sexo. Quando tentei ir mais longe, ela me deteve; sem palavras, apenas um gesto. Disse-lhe que não importava, que era melhor dessa forma, devagar. Tinha certeza de que se não queria ir mais longe era porque tinha uma razão contundente. Era assim que eu imaginava que Antonio e Clara viviam: com motivos. E, nesta ordem de coisas, meu proceder errático, compulsivo e hedonista estava deslocado.

# *Diário de Clara*

Theo está dormindo ao meu lado. Tem uma expressão plácida. Eu gosto da sua reserva, atrás da qual parece tecer um mundo próprio. Pressinto que sob seu silêncio se oculta um homem inquieto e apaixonado. Observo do camarote do meu teatro cada um dos seus gestos, cada uma das suas tentativas pacientes para me ter. Sem piedade o meço, classifico suas palavras, comparo suas carícias. Mas não é tão fácil. Queria decompô-lo até transformá-lo em pó, mas a lembrança da sua doçura me envolve. Aproximo-me dele. Quero tocá-lo, observar seu corpo. Poderia ser um homem morto e então teria ido embora sem me possuir. Um homem que deixei partir sozinho.

Por que resisto? Provavelmente porque intuo que Theo me vê. "Você é um torvelinho, um desatino, uma luz, um instinto", dizem-me seus olhos cada vez que se acendem e atacam para entrar nos meus. Sua lucidez me causa medo. Mas também expectativa. Theo é uma possibilidade que se abre timidamente. Fecho os olhos e o nomeio. Theo. A possibilidade se alonga até virar um sentimento. Talvez ele tenha a força para que Antonio já não me importe, para que sua vida não seja o centro da minha. Com Antonio somos amigos porque eu velo seus sonhos, porque nunca nos tocamos. Somos amigos, sobretudo, porque ele me escolheu. Quando Antonio se detém em você, você não oferece resistência. Theo resistirá?

# 9

Por volta das nove da manhã, nos despedimos de René e Alicia. Devíamos chegar a Dover antes das seis da tarde. Lá, um suíço especialista em falsificações substituiria a foto de Daniel Nilo pela de Antonio no passaporte. Era assim que o Partido tinha organizado. Naquele momento tomei consciência de que tudo aquilo estava longe de ser uma brincadeira. Éramos parte do traçado de um plano no qual muitas outras pessoas estavam envolvidas.

Apesar do fedor que exalava o lixo, a rua estava embebida numa lânguida e prazenteira atmosfera de domingo. Alguém jogava uma bola contra um muro. Clara e Caroline ficaram em frente à porta do edifício enquanto Antonio e eu partimos rumo ao estacionamento.

— Agora não dá mais para voltar atrás. Percebe? — disse-me apontando o passaporte no bolso traseiro da sua calça. Ficou um instante olhando para mim com uma expressão nublada, como se seus olhos tivessem partido em busca de lembranças para entesourar.

Quando estávamos dentro do carro, contou-me o pesadelo que tinha tido no *bed and breakfast*. Tinha sonhado com corvos. Os corvos moviam suas asas sem conseguir alçar vôo. Sonhou que abria os olhos mas os corvos se multiplicavam e se grudavam nas suas pálpebras com seu movimento inútil.

Instantes antes que recolhêssemos Clara e Caroline, Antonio me perguntou:

— O que acha que Freud diria sobre isso?

— Corvos que não voam e se multiplicam — fiquei pensando por alguns segundos e em seguida disse: — Certamente, Freud diria que são desejos reprimidos, mas eu digo que da próxima vez que esses malditos pássaros aparecerem, torça o pescoço deles.

— É o que estava pensando, Theo. Às vezes você me surpreende — disse rindo, e me deu um tapinha nas costas.

Não era o que eu pensava. Antonio tinha medo, isso era tudo; mas *medo* era uma daquelas palavras que não se podia pronunciar.

# *Diário de Clara*

OLHO EM VOLTA E SUSPEITO QUE UMA FÓRMULA OCULTA UNE AS vidas dos outros. Assim, o mundo vira uma grande onda, uma maré que arrasa com tudo o que é diferente. Talvez se eu tentasse com todas as minhas forças poderia me inundar, apagar essa marca que tenho impressa e que me impede de pertencer a algum lugar. Talvez, para virar um deles, bastasse me apropriar de uma aparência, assumir alguns dogmas, arremedar alguns gestos.

Entro no banheiro, Caroline está sentada em cima da tampa da privada. A onda tenta nos alcançar pela fresta da porta. Eu e ela não somos diferentes. Só que Caroline é mais corajosa. Abandonou o aconchego do mundo que lhe era familiar. Atravessou o espelho. Não posso deixar de admirá-la por isso. Através dos seus olhos quero ver o que está do outro lado. Tenho a impressão de que ela me revela a parte mais obscura de mim mesma, e talvez a mais verdadeira.

Ela diz que às vezes seu corpo se desprende. Ela o vê andar, conversar, roubar, voltar machucado das suas aventuras. Peço-lhe que conte mais, mas não sabe como se expressar. Sugiro que use palavras sem tentar lhes dar coerência. Diz vergonha, diz cimento, diz espelho. Eu a abraço e ela chora. Intuo que faz tempo que ninguém a abraça sem pedir algo em troca. Voltamos para a sala. Não há escapatória. René e Antonio falam sobre Cristóbal. Olho para Theo. Descubro seus olhos transparentes, sua expressão limpa, sua promessa...

# 10

Tudo em Clara me surpreendia. Em especial seu sorriso, que impossibilitava qualquer forma de resistência, mesmo que por vezes sua causa me fugisse. Duas vezes no caminho tirou seu diário de capa vermelha, escreveu alguma coisa e voltou a guardá-lo na bolsa. Clara conjugava a promessa de Antonio — a de uma existência repleta de sentido e emoções — com a sua, a que seu corpo exalava.

Não obstante, havia algo que complicava as coisas. Ela não queria deixar claro diante de Antonio aquilo que estava acontecendo entre nós, e as oportunidades que tínhamos de estar a sós eram escassas.

— Ele nunca me viu ligada em outro cara — disse-me a certa altura, quando Antonio e Caroline desceram do carro para comprar alguma coisa para comer. — Sou como uma irmã para ele. Além disso, vai me acusar de privá-lo do seu melhor amigo. É melhor que ele não saiba ainda, não nesta viagem pelo menos.

Apoiou sua cabeça nas minhas pernas. Com uma das mãos pegou meu rosto para que o aproximasse do dela. Elevou-se ligeiramente e me beijou. Seus lábios tinham uma estranha ferocidade. Ao nos separarmos, ostentava um sorriso ufanista, como se fosse consciente do poder que começava a exercer sobre mim e desfrutasse disso.

Estávamos em Dover. Antonio devia reunir-se em um *fish and chips* do centro com o sujeito que trocaria a foto do passaporte.

Deixamos o carro num estacionamento e ele entrou no recinto sozinho. Deviam cumprir-se certas medidas de segurança. Nunca cheguei a saber se o perigo era real ou parte do costume do medo.

Certa vez Clara me contou que quando chegou à Inglaterra a proximidade de um uniforme lhe causava vertigem. Chegara inclusive a pensar que nunca mais poderia caminhar pelas ruas com desenvoltura. Depois que levaram seu pai, tudo se tornou ameaçador. Os vizinhos guardaram distância de uma maneira educada mas implacável. Nunca fizeram perguntas, como se o que acontecera naquela noite tivesse surgido de sua imaginação exacerbada. Continuou indo às aulas, aos aniversários das colegas, tomando sorvete com elas no sábado de manhã, mas depois de um tempo os amigos dos seus pais e todo seu mundo afundaram, e aquilo que restava na superfície já não lhe pertencia.

Para nos distrair decidimos caminhar pela Maison Dieu Road, a longa avenida que leva ao mar. As ruas estavam vazias. Tinha lido na primeira página do *Sun* que Arsenal e Liverpool jogavam naquela tarde. Um jogo de futebol que nenhum inglês no seu juízo perfeito perderia. No entanto, nada naquele instante me importava menos do que aquele jogo. Enquanto caminhava com Clara e Caroline, senti que a minha vida anterior estava longe. As ruas de uma cidade como tantas outras do meu país, com seus infinitos detalhes familiares, tornaram-se alheias. Imaginei que a percepção que Clara e Antonio como estrangeiros tinham da Inglaterra devia ser parecida. Exceto que eu podia atravessar quando quisesse o vidro fictício do meu isolamento; em compensação, eles, não importava o quanto dominassem o meu idioma, com quanta mestria se mimetizassem, sempre permaneceriam do outro lado. A ilha da Grã-Bretanha vista a partir dos olhos deles me pareceu uma grande nave de seres amáveis que nunca chegavam a revelar seu ser, nem a tocar verdadeiramente o seu coração.

Peguei a mão de Clara e a apertei com força. Um céu prestes a escurecer se abatia sobre a solidez das fachadas. Ao longe, sobre as águas plúmbeas do mar, vimos a luz de um navio que navegava rumo à França.

— Algum dia poderemos ir lá — disse Clara apontando.

— Eu e você? — perguntei.

— Por que não?

Olhou para mim com expressão decidida e ao mesmo tempo sonhadora, como se apenas nossa vontade fosse necessária para driblar as adversidades.

— Por que não? — concordei.

Quando voltamos ao estacionamento, Antonio nos esperava de braços cruzados, sentado no capô. Havia cumprido o seu objetivo. Quando entramos no carro, mostrou-nos o passaporte que tinha sua foto e o nome de Daniel Nilo.

— Só quero ver a cara do meu pai quando eu lhe mostrar isso — disse.

Nessa noite paramos numa casa ocupada. Vários dos seus habitantes eram chilenos. Quando chegamos, a porta estava aberta. Entramos por um corredor de paredes descascadas. E ouvimos vozes que provinham de um quarto ao fundo do corredor e fomos nessa direção. Umas 12 pessoas sentadas no chão ouviam um cara de barba. A luz era fraca mas suficiente para distinguir seus rostos desconcertados quando nos viram na porta. Em meio a um grave silêncio, um rapaz magro e nervoso reconheceu Antonio e se adiantou para cumprimentá-lo.

— Amigos, este é Antonio, irmão do Cristóbal Sierra.

Alguns se aproximaram para cumprimentá-lo, depois nos convidaram para participar da reunião. Ficamos sabendo que tinham ocupado a casa há dois meses e que esperavam ser desalojados a qualquer momento. Os mais combativos propunham cobrir a fachada com pôsteres denunciando as políticas do governo contra os jovens. Outros defendiam que o melhor era procurar uma nova casa desocupada e mudar. Outros ainda, mais cândidos, sugeriam enviar uma carta a um membro do Parlamento e lhe explicar seu problema.

— Vocês têm que ficar — falei de rcpente em voz alta. Assim que pronunciei essas palavras, senti um nó no estômago.

Fez-se silêncio. Todos olharam para mim, esperando que justificasse não só o que havia dito, mas também a minha intromissão. Antonio olhou para mim interrogante, com a risada a ponto de explodir na boca.

Eu estava convencido daquilo que dissera, mas era incapaz de ficar à vontade diante daquelas dezenas de olhos que me escrutinavam. A idéia de falar em público sempre tinha me apavorado.

— O Theo tem razão, vocês devem ficar — interveio Antonio. Olhares de suspeita se dirigiram a ele.

— Não importa a ninguém o destino de um bando de vagabundos — afirmou com um sorriso cheio de ironia. — Não esperem que um desses parlamentares barulhentos os ajude, nem o encarregado do *Council*. Garanto que estão pensando em coisas mais importantes, como por exemplo ganhar as próximas eleições sem a nossa ajuda. Só vocês podem solucionar o seu problema — continuou, agora com seriedade. — Têm que resistir custe o que custar, defender o seu direito a ter um lar. Não estarão apenas fazendo alguma coisa por vocês, também estarão dando um exemplo.

— Ficamos — afirmaram duas garotas em uníssono.

— O que o chileno está propondo é suicídio — vociferou um sujeito de rosto largo, barba e cabelo cacheados. — Se resistirmos, como tão romanticamente nos sugere, em duas semanas estaremos na rua. O que acham? Que vão nos olhar na cara e dizer cheios de admiração: Oh, esses cidadãos exemplares estão defendendo os seus direitos? Vão nos tirar daqui a pontapés se for necessário, essa é a realidade. O resto é idealismo ultrapassado.

Temi por Antonio. Seus argumentos efetivamente tinham um tom quixotesco.

— Idealismo. Você trouxe à baila a palavra-chave — arremeteu Antonio, acentuando cada vocábulo com um matiz melodioso, inesperado. — Sonho ultrapassado, é verdade, faz tempo que ouvimos sejam realistas, peçam o impossível. Estamos cansados de ouvir slogans dos anos 1960. — Houve risadas dispersas.

— Sobretudo porque não vemos como podemos relacionar nossas vidas comuns a um enunciado tão grandiloqüente. Talvez você tenha razão — disse Antonio dirigindo-se ao homem de barba —, e o que estou expondo seja um desses impossíveis. Mas o que é um impossível senão uma oportunidade? Pensem que, em vez de fugir com o rabo entre as pernas, podem transformar isto numa oportunidade, em alguma coisa que poderia chegar a fazer diferença. Eu os invejo. Lembrem-se de que foram os homens que pediram o impossível quem mudaram a visão do mundo. Aqueles que foram expulsos das academias, dos círculos seletos, dos governos, os que foram jogados na rua por suas idéias. Não vão desalojar vocês para construir um hospital, um asilo, uma escola, vocês estão sendo jogados na rua porque são um mau exemplo, um atentado à própria base do sistema: a propriedade. Podem desdenhar a provocação, limitar-se a vegetar, como faz a maioria das pessoas, ou podem aceitá-la. Resistir, qualquer que seja o resultado, será talvez a contribuição mais significativa que vocês farão para mudar o mundo. Resistir é também a oportunidade que cada um de vocês tem, você, você — começou a apontar para um e outro—, de transformar esta experiência em uma vitória interior, de se tornar mais digno.

Antonio então, baixou os olhos e se calou. Os moradores da casa aplaudiram enquanto aclamavam em uníssono: “Ficamos”.

Senti uma profunda emoção. Suas palavras me levaram a entender pela primeira vez o significado de cada um dos seus atos. Palavras que em outro teriam parecido cheias de presunção e falso idealismo, em Antonio tinham sentido. Ele não era como eu. Por mais que compartilhássemos um monte de coisas, Antonio era um exilado, tinha um irmão morto e estávamos ali porque ele tinha decidido se unir à Resistência.

— Obrigado por me salvar — disse-lhe quando ficamos sozinhos. Embora o que eu quisesse expressar fosse muito mais que isso.

Você me deve uma — respondeu encostando o punho no meu estômago, e em seguida riu como um menino que conseguiu sair com graça de uma emboscada de seus colegas de brincadeira.

*

Caroline mal se mantinha em pé; os inúmeros diazepans que tinha tomado durante aqueles dias começavam a fazer estragos. Com a ajuda do sujeito que tinha nos recebido, Antonio a conduziu a um quarto. Clara e eu aproveitamos para percorrer o resto da casa. Uma garota de cabelos curtos e macacão laranja apareceu no corredor e nos convidou a entrar no seu quarto. Sentou-se com as pernas cruzadas e continuou enrolando um baseado que tinha pela metade.

— Tenho um colchão debaixo da minha cama, se você quiser pode dormir aqui — disse a Clara com uma afabilidade suspeita.

— Agradeço, mas estou com o Theo. Já encontraremos um lugar onde dormir — disse Clara, e pegou minha mão.

Era o primeiro vislumbre de uma promessa que Clara me fazia. A verdade é que o desejo que tinha por ela começava a me irritar. Todas aquelas indiretas que não chegavam a se concretizar tinham deixado de ser prazerosas, estavam se convertendo numa total derrota.

— A drogada está com o Antonio? — perguntou então a garota.

— O que você quer dizer com isso? — inquiriu Clara num tom cortante. Tinha a expressão alerta de quem se vê ameaçado.

— Sabe a que me refiro. Se é sua transa, se ele trepa com ela etc., etc.

— Isso faz alguma diferença? — interrogou-lhe Clara com um sorriso zombador.

— Sou feminista, coração, não desprezo outras mulheres, por mais drogadas ou putas que sejam.

— Bem, se não quiser machucar ninguém é melhor que não se meta com ele — frisou Clara, e saiu do quarto enfurecida.

Não era Caroline que ela estava defendendo. Entre Antonio e Caroline não havia nada além do interesse dele em ajudá-la. Clara protegia a si mesma. Mas, por quê? À medida que passavam os dias, os estranhos sentimentos que uniam Clara e Antonio ficavam mais incompreensíveis. Não estavam apaixonados, os dois tinham sido categóricos nisso; além de tudo, se era assim, eu não via uma razão concreta para que não estivessem juntos. A menos que os motivos fossem secretos.

Segui Clara pelo corredor em direção à sala, de onde vinha uma música. Os moradores da casa tinham declarado guerra e estavam comemorando. Alguns tinham começado a dançar. Um forte cheiro de comida tornava o ar denso e picante. Uma lareira, que um jovem sardento e de cabeça pequena se preocupava em alimentar, era a única fonte de luz. Peguei Clara por trás e a abracei até sentir o toque dos seus quadris em movimento.

Antonio já estava de volta. Encostado numa parede, fumava e expulsava a fumaça para cima em pequenas argolas, com os olhos fixos em nós. Quando percebeu que o tinha surpreendido nos observando, desviou o olhar. Clara também deve tê-lo visto, fugiu do abraço e se sentou diante da lareira para conversar com uma garota. Dois caras se aproximaram de Antonio. Sentei-me com minha cerveja a poucos metros de Clara, numa posição privilegiada para me entreter olhando para ela. Ela, por sua vez, de vez em quando me procurava; então, à exceção de sua imagem, tudo perdia nitidez e consistência, como se o restante das pessoas tivesse sido chamado a falar em voz baixa, a mover-se e nada mais. Só a presença de Antonio interferia no meu sonho. Mesmo cercado, conseguia manter-nos no seu raio de visão e inibir nosso contato. Quando vi que ficou sozinho, contemplei a possibilidade de falar com ele. Aproximei-me dele com lentidão. Não fez nenhum gesto para me afastar. Era evidente que ver-nos juntos o tinha afetado. Não sei se com plena consciência do que estava fazendo, ou por acaso, Antonio diria algo que esclareceria em parte as minhas dúvidas:

— Felizmente, a revolução e o sexo casual combinam muito bem. — Observava atento a um grupo de garotas dançando com desenvoltura no meio da sala.

— Por que você está dizendo isso?

— São feitos da mesma matéria: um montão de testosterona. Os sentimentos, em compensação, se você quer lutar por alguma coisa que valha a pena, só fazem merda.

— Você está louco. Não ter sentimentos é a mesma coisa que ser um matador de aluguel.

— Não me venha com isso, Theo. Sabe muito bem de que tipo de sentimentos estou falando. Aqueles que viram sua cabeça, que derretem seus miolos, e que podem lhe custar a vida.

Guardei silêncio por alguns segundos para afiar a declaração que me dispunha a fazer.

— Já percebi, por isso você renuncia a Clara.

Sua reação foi imediata.

— Você está enganado. Conheço muito a Clara, faz tempo que ela perdeu o mistério necessário para me fazer perder a cabeça.

— Você é um mentiroso.

— E você um esquentado — disse batendo de leve no meu braço.

Em todo caso, já sabia alguma coisa: qualquer que fosse o sentimento que Antonio abrigasse por Clara, este seria aplacado pela sua vontade. Ela estava vindo em nossa direção. Nós dois olhamos para ela.

— Por Clara — brindei erguendo minha lata de cerveja. — Você é maravilhosa.

Quando ficou na nossa frente, perguntou: — E aí? Quem vai dançar comigo?

Contrastando com seu porte, que continha todo o garbo imaginável numa bailarina, sua expressão era de uma imensa modéstia. Estava consciente de ter nas mãos os fios daquele instante, mas, em vez de prazer, a situação parecia lhe causar vergonha.

— Theo — indicou Antonio sorrindo com impostada perversidade. Ele sabia que eu era um desastre na hora de dançar.

— Além de mentiroso é um demônio — disse-lhe em voz baixa. Felizmente, uma canção de Bob Marley soava agora pelos alto-falantes.

— Escrevi sobre você no meu caderno — disse-me Clara ao ouvido.

— E pode-se saber o quê?

— Sobre as suas mãos — apontou rindo.

— E o que é que têm minhas mãos?

— São um pouco inquietas.

Aproximei as mãos dos olhos como se fossem a prova definitiva para me culpar de um crime. Disse: — Não estou vendo nada.

— Não se vê, se sente...

— Bem, fazer o quê se tenho vontade de tocá-la — confessei.

Clara sorriu e elevou os ombros, como se o desejo que produzia em mim fosse uma anomalia irremediável.

De repente, Bob Marley foi substituído pelo The Cure e todos começaram a pular e a se mexer como se alguém tivesse injetado gás excitante pelas paredes. Estava perdido, teria que dançar diante de Clara. Ela se movia com tal beleza e entusiasmo que meus temores aumentaram. — Não sei se quero fazer isto...

Ela me puxou pelas mãos e começou a guiar meus movimentos. Olhava nos meus olhos, como se tentasse com suavidade, mas também com firmeza, resgatar o meu brio perdido. Depois de um tempo eu dançava como se o gás também tivesse me narcotizado e as penosas ataduras do meu corpo tivessem destravado. Temeroso de romper o feitiço, preferi não pensar no que estava fazendo. Intuí que ao lado de Clara poderia fazer muitas coisas que até então tinha evitado.

Antonio dançava com uma moça alta, de traços finos e aparência desajeitada. A certa altura ele se aproximou de nós e nos abraçou. Nós dois recebemos seu abraço.

Senti alegria pela união que estava se gerando entre nós três. Apesar disso, minha mente suspicaz me fez pensar que ele estava tentando nos mostrar o pouco que minha relação com Clara o afetava, e sobretudo mostrar que, não importava o que fizéssemos, nós dois lhe pertencíamos. Quando a música parou, olhamos em volta e descobrimos que a maioria dos moradores da casa havia se retirado, com exceção de alguns poucos intrusos como nós, que se acomodavam em almofadas. Antonio também tinha desaparecido. A poucos centímetros da lareira apagada, um sujeito fazia acordes num violão, enquanto uma garota em estado de êxtase traçava oitos no ar com a cabeça. Encontrei duas almofadas e as acomodei embaixo de uma mesa. Pareceu-me que ali estaríamos mais protegidos. Clara se aproximou. Dormindo nos meus braços me causava uma excitação difícil de conter.

*

No dia seguinte empreendemos a viagem de volta. Deixaríamos Clara na casa de sua mãe e depois continuaríamos até Londres. Antonio ficou taciturno. Olhava fixamente para a estrada. Lembro-me de que pouco antes de chegar a Wivenhoe, Clara fez um comentário sobre o seu ar distante. Notei um toque de ansiedade na sua voz, como se o estado de Antonio a inquietasse mais do que estava disposta a revelar.

— Já ouviu a pergunta retórica número trinta de Aristóteles? Diz assim: por que todo ser excepcional é melancólico? — respondeu ele cortante, sem afastar os olhos do asfalto. Terminada sua frase, arrependido de sua inconveniência, pediu desculpas. Quando chegamos a Wivenhoe, acompanhei Clara até a porta.

— Quando nos vemos? — perguntei-lhe ansioso.

— Quando voltar a Londres — e em seguida acrescentou: — Não se afaste muito de Antonio, me promete isso?

— Prometo — respondi, sem entender por que me pedia tal coisa.

Clara se despediu de mim com um beijo frio, temendo talvez o olhar atento que Antonio nos dirigia do carro.

Depois de deixá-la, Antonio, Caroline e eu não trocamos nem uma palavra até chegar a Londres. Era uma tarde agradável e sem nuvens. Caroline me pediu que a levasse até Randolph Avenue, onde alugava um quarto na casa de uma amiga. O compromisso era que, no dia seguinte, Antonio passaria lá para levá-la à clínica. Foi no último instante, quando Caroline se despedia de nós, que ele mudou de opinião. Segurou-a por um dos braços e lhe disse que não confiava nela. Era melhor que fizesse suas malas, a deixaríamos na clínica na mesma tarde. A expressão de Caroline, que até então era a de uma menina feliz, se fechou. Talvez seu súbito desânimo se devesse à falta de confiança de Antonio, ou, pelo contrário, ao fato de que ele tivesse frustrado os seus planos para conseguir droga à noite. Esgrimiu alguns argumentos que não o dissuadiram. Quando a batalha estava perdida, tirou uma carta da manga: subiria ao apartamento da amiga, uma conhecida modelo, e se estivesse em casa a faria prometer diante de nós que cuidaria dela até o dia seguinte.

— Ela é um ogro. Juro que se você aceitar ela não vai me deixar nem ir ao banheiro. Está bem? — perguntou com ansiedade.

Subiu a escada e desapareceu atrás da porta azul do edifício. Retornou depois de um tempo com uma garota anoréxica, de calça cáqui e blusa branca, ao estilo das moças bem-comportadas. Certamente foi seu halo de seriedade o que persuadiu Antonio. Combinaram que no dia seguinte pela manhã ele passaria para pegá-la. Despedimo-nos delas e ele ficou as olhando pelo espelho retrovisor até que desapareceram atrás da porta do edifício.

— Gostei dessa garota — disse depois de um momento.

— Acho que ela parece um cabo de vassoura — aleguei.

— Seja como for, eu gostei — declarou categórico.

# *Diário de Clara*

ACONTECEU, EU NÃO SEI COMO. FOI PROVAVELMENTE QUANDO SOLtei a corda que me atava a Antonio e me dei conta de que não caía, quando sua raiva e seus projetos deixaram de ser o centro da minha vida. Quando peguei Theo pela mão e percebi que tinha chegado a uma margem onde ancorar. Então pensei que bem podia viver com esse homem, ser bailarina, escrever neste diário, colar meus desenhos nas paredes, ter filhos. Pensei. Deixei-me levar pelas imagens que encontro nos filmes, nos romances cor-de-rosa, e que me prometem um final feliz.

Mas o espião espreita carregado de suspeita. É ele quem sussurra ao meu ouvido que imaginar estas coisas é uma debilidade inaceitável.

Alguma coisa acontece. Eu me rebelo. Basta. Não deixarei que o medo tome conta de mim; eu o deterei com palavras, aquelas que se escondem nas curvas dos meus sonhos. Eu as jogarei para o alto, e com elas na mãos esperarei a chegada de Theo.

# 11

ANTONIO ME AGUARDAVA NA PORTA DO PUB. ESTAVA ABATIDO. SENtamo-nos numa mesa longe do balcão, da agitação e das máquinas de jogos. Não tínhamos chegado a pedir nossas cervejas e ele já estava falando.

De um dia para outro, o Partido tinha decidido que ele não estava preparado para entrar no *interior*. Perguntei o que queria dizer com *interior* e me explicou que era a forma como os exilados se referiam ao seu país; o resto do mundo, todo, constituía o *exterior*. Em vez de Antonio entraria Marcos, que era dez anos mais velho e que, no entendimento deles, era mais ponderado. Acho que isso foi o que mais o enfureceu: que pusessem em questão sua têmpera. Seu discurso avançava sem trégua e seu ânimo se crispava. Antonio tinha o pressentimento de que alguém do Partido queria prejudicá-lo e interviera para que ele não entrasse.

— O Partido que vá à merda. Não vão me dizer o que posso e o que não posso fazer. Vou entrar. Com ou sem eles.

Acendeu um cigarro.

— Não estou bem aqui, Theo. Este não é o meu país nem nunca chegará a ser. Desde que cheguei vivi isto como um parêntese, um tempo em suspenso. Sei que outros caras da minha idade se adaptaram, mas eu nunca quis fazer isso. Talvez porque Cristóbal estivesse lá. — Guardou silêncio por um instante. — E com mais motivo agora que ele está morto. Não posso continuar aqui de braços cruzados, aprendendo teorias inúteis, comendo caviar roubado, brincando de guerra como um babaca. Tudo isto para mim não tem sentido.

— É a sua oportunidade — disse, referindo-me ao que ele tinha dito na casa tomada.

— Exato.

— Não deve ser fácil entrar sem apoio.

— Encontrarei um jeito. Tem que haver uma forma.

— Você conhece alguém que possa fazer uma conexão com os grupos clandestinos?

— Já disse que acharei um jeito — respondeu ríspido.

No entanto, havia alguma coisa na expressão dele que me fez duvidar. Um olhar que já não era tão taxativo, estava mais para indagador, como se quisesse encontrar em mim algo à primeira vista invisível. Talvez o que ele estivesse procurando fosse um argumento que o detivesse. Se tivesse exposto alguma dúvida, eu teria embarcado nela até chegar a um destino onde a idéia de partir para lutar num país, sem a ajuda de uma organização, sem ninguém a quem recorrer, fosse um ato de loucura. Mas não o fez.

— Vou entrar — voltou a me dizer, exalando uma baforada de fumaça.

— Você vai conseguir, não tenho dúvida.

— Não posso continuar vivendo assim, sob a sombra do Cristóbal... — frisou com rapidez.

Sua expressão de perplexidade me fez entender que não tinha sido sua intenção falar dessa forma.

As outras coisas também não iam bem. Caroline tinha desaparecido na mesma noite que a deixamos na casa de Emily, a modelo anoréxica. Antonio se sentia traído. Eu, em compensação, achava que a intenção dela quando se despediu de nós era passar a noite com a amiga; que sua fuga não era um ato premeditado, mas a resposta a uma pulsão de morte à qual não era capaz de resistir. Tentei lhe explicar isto, mas ele não concordou.

— Você não conhece os viciados. A traição para eles é o de menos.

A lealdade constituía um tema recorrente nas nossas conversas. Era a forma de nos consolarmos diante daquele tesouro que sabíamos escasso e que nós dois, por sermos amigos, acreditávamos possuir.

— O que você tem que entender, Theo, é que até um viciado tem a possibilidade de escolher. Qualquer ser humano, sob as condições mais trágicas, guarda a liberdade de decidir como agir e quem quer ser.

— E você acha que Caroline tinha essa opção?

— É obvio que sim. Na verdade, a estava conseguindo. Mas sucumbiu frente à sua debilidade.

— Você é muito exigente, Antonio. Nem todos têm a sua força de vontade. Não pode julgar as outras pessoas pela sua medida.

— Estou falando de princípios morais básicos, Theo, não de vontade.

— Como diz o ditado alemão: o melhor travesseiro é uma boa consciência — falei com um sorriso de ironia.

— Você não me entendeu. Não é questão de boa ou má consciência. Eu não quero entrar no Chile para dormir tranqüilo.

Sua forma categórica de ver as coisas e julgar as pessoas às vezes me assustava. A qualquer momento eu mesmo poderia carecer da lucidez necessária ou da integridade para agüentar. Também me causavam um pouco de raiva. Ele fazia com que nós, os demais mortais, com nossos modestos objetivos, parecêssemos meras marionetes do destino. Eu não me sentia assim. Talvez, o propósito da magnitude de Antonio fosse heróico, mas a minha vida, com o que pudesse me proporcionar nesse mundo que ele tanto desprezava, também possuía um valor. Eu também tinha a intuição de que aquelas exigências desembocavam de forma inevitável no desengano. Era impossível que as pessoas cumprissem com expectativas tão altas. Meu semblante deve ter me delatado, porque de repente, sorrindo, ele falou:

— Mas a verdade é que não me viria nada mal um bom travesseiro. Faz dias que não prego o olho.

— Não será falta de sexo?

— É o mais provável. E você? — perguntou.

— Eu também não estou dormindo muito bem.

Nesse momento vi aparecer atrás de Antonio a modelo anoréxica. Usava uns óculos grossos e procurava alguém.

— Falando do assunto, olhe quem está aqui.

Ao nos ver, ela se aproximou da nossa mesa.

— Que bom que você veio. — Antonio se levantou de sua cadeira, deu-lhe um tímido beijo e em seguida, à moda antiga, esperou que ela se sentasse para voltar ao seu lugar.

— Por que não viria?

— Não sei. Pensei que, dadas as circunstâncias em que nos conhecemos, não lhe interessaria que voltássemos a nos encontrar.

Era evidente que usava o plural como uma forma de encobrir sua ansiedade e o interesse que sentia por ela. Decidi que tão logo terminasse minha cerveja empreenderia a retirada. Meus planos, no entanto, foram desfeitos. Assim que insinuei que tinha que ir embora, Antonio, com um olhar implorante, me fez saber que minha presença era indispensável. Uma sutil metamorfose estava se gerando nele. A princípio pensei que sua atitude insegura era o resultado transitório dos últimos acontecimentos: sua abortada viagem ao Chile e o desaparecimento de Caroline. Mas me dava conta de que não se tratava apenas disso. Suas frases inacabadas, seus gestos desajeitados que ficavam a meio caminho, o delatavam. Emily o intimidava. As coisas não mudaram muito no transcurso da noite, à exceção de Antonio, cujo perfil intelectual foi se diluindo de forma vertiginosa até terminar falando com Emily sobre moda, assunto do qual me estranhou que soubesse alguma coisa, ou pelo menos mais do que eu. Ficamos até o pub fechar.

Voltei para o apartamento de Cadogan Place com dor de estômago. Felizmente, os meus pais estavam num dos seus concertos de verão. Por que a nova conquista de Antonio me aborrecia de forma tão brutal? Era, como no caso de Caroline, simples e áspero ciúme? Procurei na minha consciência com toda a objetividade que foi possível e concluí que era outra coisa. Emily era muito parecida com todas as mulheres com quem eu tinha me criado. Uma garota inglesa bem-educada, viciada em revistas femininas, sem muita imaginação, embora com um senso prático capaz de mover montanhas. Não as detestava, mas se tratava de um terreno conhecido.

Antonio devia se manter do outro lado, onde se falava de traição, de *interior*, de homens que morriam por uma causa. Ele devia se conservar na margem onde ocorriam coisas reais que o tocavam e o faziam se sentir alguém. Antonio, aproximando-se do meu mundo, traía a substância do nosso laço.

Eu necessitava das suas certezas, que pela primeira vez afugentavam a solidão que eu tinha sentido desde criança; necessitava da imagem melhorada que ele me devolvia de mim mesmo; necessitava dos seus ideais, porque eu nunca tinha tido ideais próprios.

Era uma constatação patética, pois me revelava pela primeira vez o quanto é turva a trama que une uma pessoa a outra e que encobrimos com palavras mitológicas como amizade e amor.

# 12

NESSA NOITE ME JOGUEI NUM SOFÁ E ASSALTEI O BAR DO MEU PAI. Fiquei um bom tempo observando sua coleção de cachimbos, os retratos da família na escrivaninha, o samovar de prata da minha avó materna, a gravura com a vista de Fawns, a propriedade no campo que, como primogênito, meu pai herdou do dele. Dormi cercado pelo mundo onde tinha crescido, e que meus pais conservavam com zelo, como se ao manter intacta a aparência das coisas, também eles se conservassem ilesos.

Na manhã seguinte foi minha mãe quem me despertou. Felizmente, estava atarefada fazendo a mala do meu pai — que partia numa de suas viagens de negócios — e não teve chance de me atormentar com suas perguntas. Vesti-me e tomei o café-da-manhã com eles à mesa. Ali estavam, com suas meias toranjas e seus cafés pretos sob o esplendoroso lustre de lágrimas, sonhando ele com um corpo fresco onde sentir-se mais vivo, desejando ela um bom pedaço de pão com manteiga. Não era fácil para mim voltar para a casa dos meus pais depois de viver durante o ano na universidade. Minha principal motivação para terminar os estudos era ganhar a vida e ficar independente.

Assim que o meu pai saiu, me tranquei no meu quarto, onde passei os dias seguintes deitado vendo televisão. Poderia ligar para Clara na casa da mãe dela, mas por uma vez estava decidido a pertencer ao grupo de homens que não ligam, o grupo pelo qual as mulheres suspiram. Mas, sobretudo, tentava evitar rememorar obsessivamente os momentos passados com ela. Já tinha descartado aquela falsa clarividência que se apoderava de minha mente, que me fazia traduzir até os mínimos gestos da mulher desejada numa expressão definitiva do seu amor por mim. Devia considerar que Clara, ao se despedir, mostrou-se antes indiferente, denunciando que, junto com a viagem, o que havia entre nós — se é que havia alguma coisa — acabou.

Meu isolamento era interrompido apenas pelas longas sessões culinárias com minha mãe. Ela gostava de explorar novas receitas orientais, carregadas de especiarias e aromas que para o meu pai teriam sido um sacrilégio. Enquanto saboreávamos seus pratos, alguns deliciosos, outros indigestos, falávamos de nós mesmos como se nos referíssemos a outras pessoas. Essas conversas me fizeram ver que Antonio e seu mundo tinham me absorvido a ponto de perder todo contato com minhas amizades anteriores.

Decidi fazer uma lista dos amigos e conhecidos que tinha deixado de ver. Ao tentar fazer isso, descobri que era difícil pensar em alguém com quem tivesse estabelecido uma relação estreita e que quisesse reencontrar. Este achado me desanimou ainda mais. A verdade é que eu não tinha muitos amigos.

Com grande esforço consegui pensar em duas pessoas, que não tinham sido próximas mas que ao menos me causavam certa esperança. Uma garota mais velha, estudante de filologia, com quem tinha mantido uma curta mas educativa relação, e Bernard, o editor de uma revista de vanguarda. Tinha sido ele que um dia me enviara um bilhete à universidade propondo que passasse no seu escritório quando estivesse em Londres. Cego por aquela arrogância adolescente que o leva a presumir que tudo lhe pertence de antemão, nunca me perguntei por que um editor do seu calibre se interessava por um estudante medíocre como eu. Certa ocasião levei para ele um dos ensaios que tinha escrito para a universidade. Depois de lê-lo, Bernard propôs que eu escrevesse um artigo para sua revista, coisa que nunca cheguei a fazer.

Peguei o telefone e liguei para ele. Ficamos de nos ver naquela mesma tarde num pub próximo à sua revista em Kensal Road. Causou-me remorso o excesso de entusiasmo que demonstrou ao ouvir minha voz, mas estava tão decidido a restabelecer o que eu considerava *minha vida* que descartei minhas apreensões.

Era a primeira vez que saía do apartamento em vários dias e a luz da tarde que irrompia entre as árvores e edifícios me parecia mais resplandecente que nunca. Duas garotas asiáticas jogavam tênis na praça em frente ao meu edifício; através da densa vegetação consegui ver suas pernas morenas e firmes movendo-se de um lado para o outro sob suas sainhas brancas. Um espírito de conquista se apoderou de mim. Decidi caminhar. Proporia a Bernard escrever um artigo sobre o amor. Pareceu-me um bom desafio. Ninguém em seu juízo perfeito teria se aventurado com uma coisa tão desprestigiada e ao mesmo tempo tão insondável.

Quando nos encontramos, Bernard me recebeu com um sorriso e elogiou minha aparência, adulação que me fez sentir ainda melhor. Ele, em compensação, pareceu-me pior. Era um homem de idade indefinível, alto, magro, de gestos aristocráticos e acentuado sotaque irlandês. Seus olhos, de múltiplos tons azuis, detinham-se em qualquer homem medianamente atraente que atravessasse seu raio de visão. Não sabia com exatidão o que tinha mudado nele. A sensação geral que produzia era a de alguém cuja voltagem de vida enfraquecera.

Pensei na primeira frase do meu artigo: "O amor está morrendo e jaz inconsciente sobre a superfície do desejo." Uma frase que captaria a atenção dos leitores quando se perguntassem coçando a cabeça: quem pôde escrever tamanha cafonice? Considerei que era uma ótima estratégia. Estava tão exaltado que não deixei espaço para as perguntas de praxe. Queria escrever, foi o que eu lhe disse. Sem pausa, expus o meu tema. Embora várias vezes seu rosto tenha deixado transparecer certa aflição, Bernard se mostrou interessado. Eu fazia esforços colossais para que minha conversa não ficasse insossa nem impertinente, os dois desfiladeiros por onde costuma despencar a ignorância. Entretanto, Clara e Antonio voltaram a surgir. Meus esforços adquiriam sentido sob seu olhar. Era por eles que eu me tornava articulado.

Bernard me contou que as coisas não iam bem na sua revista. Procurava novos investidores. Ofereci-me para sondar com meu pai. No entanto, com seus gestos educados, ele respondeu que não lhe interessavam os banqueiros nem os empresários, pois todos eles exigiriam uma cota de poder. Eu gostei dessa resposta, provida de romantismo e veemência. Pensei que Antonio e sua turma não eram os únicos que valiam a pena. Pouco a pouco o pub foi se enchendo de fregueses. Dois amigos de Bernard se sentaram conosco. Um deles era o editor de uma revista especializada em América Latina, chamada *South Now*, e o outro, correspondente de guerra do *Times*. Minha excitação aumentava à medida que a noite avançava. Tudo o que eu expressava lhes parecia interessante ou simplesmente simpático, palavra que usaram várias vezes sem me desanimar. Quando fechou o local partimos rumo ao apartamento de Tony, o editor do *South Now*. Um loft de frente para o Tâmisa que eu nunca esqueceria, tanto que hoje vivo num parecido. Numa das paredes havia um quadro onde estava escrito: "*Chile vencerá*". Ao final, tudo estava unido. Éramos um emaranhado de homens olhando para o Terceiro Mundo com olhos esperançosos. Tínhamos encontrado um bom motivo para acreditar que nossas vidas eram transcendentes.

Este pensamento me desanimou. O mundo ao qual pertencíamos por nascimento e por herança estava completo. O mais longe que chegávamos era a uma manifestação multitudinária contra a bomba nuclear. Terminei falando de Antonio, de seu pai, de Clara, como se eles, suas vidas, fossem meu troféu pessoal. Juntamente com a embriaguez que me proporcionava a atenção dos meus interlocutores, me dava conta de que Clara e Antonio estavam unidos à minha vida de uma forma que não seria fácil romper.

*

Nessa noite, de volta a Cadogan Place, encontrei um bilhete da minha mãe. Clara tinha ligado. Eram duas da manhã. As probabilidades de que conseguisse dormir eram quase nulas. Sentei-me diante da minha Remington decidido a escrever o artigo sobre o amor.

Foi difícil me afastar da imagem de Clara. Em vez de abordar o assunto de uma forma erudita e lógica, minhas reflexões se reduziam a estratégias para conquistá-la. Se havia algo que eu não devia fazer quando a visse, era mencionar que me apiedava dela. Não há melhor forma de afastar alguém do que exacerbando seus sentimentos de culpa. De fato, esta era uma das contadas *premissas básicas* com que naquela idade eu conseguia vencer as *dificuldades básicas.* Tinha adquirido a maioria dessas premissas das garotas do colégio, dos filmes e da literatura erótica. No entanto, as coisas estavam mudando. Começava a despontar a idéia de que para obter algum tipo de relação com o gênero feminino seria preciso ser vulnerável, comunicativo, fazer perguntas, mas não da forma que aprendi na minha precoce adolescência, aquela curiosidade superficial e utilitária que usava com o fim de conseguir sexo. Não, era preciso expor interrogantes que revelassem a compreensão que eu possuía da alma feminina. Ao mesmo tempo, era preciso ouvir de uma forma adequada, num estado de fragilidade e abertura que permitisse sentir o outro. Mas havia algo que não se encaixava. Ser vulnerável não é parte do registro masculino e, por isso, não estimula os hormônios femininos que produzem o desejo sexual. Nesse cenário você tinha duas opções: passava a noite conversando de forma aberta com uma mulher e ficava na vontade, ou ficava misterioso e lacônico, e então tinha sexo.

Existia, sim, a possibilidade de se refestelar no colo de uma mulher com instinto maternal, mas essas circunstâncias não eram precisamente eróticas. O *problema básico* é que o homem que desenvolve seu lado feminino não excita ninguém. Mesmo aqueles heróis maltratados pela vida nunca conversam, engolem sua dor, sobrevivem e fazem sexo. É possível que, para casar, uma mulher escolha um desses sujeitos sensíveis, mas o mais provável é que depois de um tempo se encontre transando no elevador ou nas escadas de seu edifício com outro.

Podia desenvolver qualquer uma destas reflexões no meu artigo, mas sabia que na hora de me relacionar com Clara elas me seriam inúteis. Escrevi durante grande parte da noite e, pela manhã, joguei tudo no lixo.

Depois de tomar o café-da-manhã liguei para Clara. Tinha chegado fazia dois dias de Wivenhoe. Ficamos de nos encontrar no Hyde Park, em frente aos botes, às quatro da tarde. Às três em ponto fechei a porta e saí. Caminhei com tal rapidez que logo estava no parque, rodeado de dezenas de corpos pálidos que pulavam e corriam, mas sobretudo que permaneciam quietos de cara para o sol absorvendo sua energia. Sentei-me na grama e fiz a mesma coisa que eles. Sentia falta do sol. Logo depois a vi. A distância distingui a graça e o fulgor que emanavam do seu corpo. Estava parada diante do lago com as mãos enlaçadas nas costas. Usava um delicado vestido de listras, não muito apertado nem curto, mas o suficiente para que sua cintura marcada se desenhasse com nitidez e suas panturrilhas de bailarina ficassem descobertas. Ao nos encontrarmos a abracei. Seu torso me pareceu muito fino para ser real. Pela primeira vez, Clara se deixou levar.

Quando nos separamos, acho que nós dois estávamos tontos. Fiz uma fulminante recontagem dos lugares para onde ir. Cadogan Place era uma possibilidade. Minha mãe não voltaria antes das oito. No entanto, nunca tinha levado uma garota à casa dos meus pais, e a idéia não me entusiasmava. Foi então que Clara propôs ir à sua casa. Sua ousadia e decisão me excitaram ainda mais.

Sem necessidade de combinar, começamos a caminhada para Speaker Corner para pegar o ônibus 53. Embora tudo ao meu redor tenha se tornado insignificante, não pude deixar de perceber os oradores de sempre pregando sobre seus púlpitos improvisados. Chamou-me a atenção, sobretudo, uma mulher de impecável *tailleur* cor-de-rosa e bolsa pendurada no braço, que defendia o direito das mulheres maduras ao amor. Pensei que sua imagem seria um bom início para o artigo que me propunha escrever.

*

Clara morava numa urbanização do *Council*, em Swiss Cottage, com duas chilenas: uma designer e uma estudante de matemática. O mobiliário se reduzia a um par de poltronas, uma televisão e uma mesa de jantar de estilo nórdico. Um pôster do Che Guevara ocupava parte da parede principal. Entramos na cozinha em busca de alguma coisa para beber.

— Tem visto o Antonio? — perguntei não sei com que propósito.

Tinha resistido a mencioná-lo, mas ali estava, perguntando por ele, levantando o único muro que se interpunha entre nós. A resposta de Clara foi contundente:

— Não falemos dele agora, OK?

— Acho uma excelente idéia.

Fiquei diante de Clara o mais relaxado que foi possível, enquanto ela tirava uma caixa de leite do refrigerador. Apoiei uma mão na parede e cruzei os pés numa posição que pretendia ser a de um cara que tem tudo sob controle mas que mal se mantém em equilíbrio. O que estava acontecendo comigo? Não se supunha que toda esta questão dos preâmbulos já tinha se resolvido faz tempo? Estava condenado pelo resto de minha vida a passar por esse aro de fogo cada vez que quisesse ter sexo com uma mulher? Ou era Clara em particular quem me provocava esse grau insuportável de ansiedade?

— Quer um pouco? — perguntou me estendendo a caixa de leite. — Uma cerveja seria mais apropriada, mas não tem mais.

Desfiz o nó dos pés que estava a ponto de me fazer cair e, com a voz mais profunda possível, perguntei-lhe:

— Mais apropriada para quê?

Meu Deus! Era tão estúpido que eu mesmo não dava crédito a minhas palavras.

— Para qualquer coisa — respondeu aproximando-se de mim um pouco mais. — Venha — disse com o mesmo tom alegre e confiante, em seguida deu meia-volta e saiu da cozinha.

Entramos no seu quarto e Clara tirou os sapatos. Um lenço suspenso no teto fazia com que sua cama, ampla e no mesmo nível do chão, submergisse em mistério. Alguns desenhos riscados com tinta e coloridos em aquarela estavam pregados com tachinhas nas paredes. Lembro-me bem de uma borboleta cuja fidelidade era a de um desenho enciclopédico, à exceção da cabeça, substituída pela de uma menina. Pensei que Clara tinha alguma coisa daquela borboleta. Era, de fato, a sensação que obtivera dela na nossa viagem. Quando achava que a tinha capturado, tornava-se inacessível. — É você, não é?

— O que o faz pensar isso?

— Porque você tem asas, como ela. Nós dois rimos.

Ela se sentou em cima da escrivaninha. Tinha um olhar expectante. Uma jarra de cerâmica sem alça continha seus lápis e pincéis. Devia fazer alguma coisa. O que fosse. Notei que tinha uma ereção. Em vez de me inspirar a tomar a iniciativa, isso me coibiu. Havia alguma coisa nela, o jeito sensual dos seus movimentos, sua forma aberta de se expressar, que fazia pensar numa mulher com experiência. Não suportava a idéia de que me comparasse com algum amante anterior, com um sul-americano mais bem dotado do que eu, que não seria tão branco, nem tão ossudo, nem tão alto. Meus miolos, por alguma razão, teimavam em me boicotar. Não havia forma de deter aquele arrebatamento de pensamentos deprimentes. Fechei os olhos numa tentativa de mudar o cenário da minha mente. Quando os abri, Clara estava olhando para mim; pensei que estava prestes a me perguntar algo. Ouvi um ruído frágil e úmido que emergia da sua boca, como se seus lábios se separassem bruscamente.

Estas coisas ocorrem de mil formas; se tivesse sido num filme, talvez tivéssemos tropeçado, para acabar em poucos segundos na cama. Mas não era um filme, não tropeçamos, e eu, vítima de uma embolia, era incapaz de agir. Uma parte de mim desejava que tudo se detivesse naquele momento. Enquanto a promessa não cumprida permanecesse intacta, estava a salvo.

Poderia me justificar dizendo que afinal não tinha muitos anos, e que as repetidas rejeições de Clara tinham diminuído o meu aprumo.

— Seus desenhos são lindos — apontei, para dizer alguma coisa. Sorriu com acanhamento e me pediu que escolhesse um.

Escolhi duas mãos em movimento. Eu gostava muito da menina-borboleta, mas imaginei que Clara lhe tivesse apego.

— São as suas — afirmou e pôs-se a rir. — Lembra quando contei que tinha escrito sobre as suas mãos? Era um desenho — desceu da mesa e arrancou a folha da parede.

— Está vendo? Neste dedo tem um calo — apontou pegando a minha mão.

Então me perguntei o que ela estaria pensando, porque o mais provável é que sua cabeça, como a minha, tivesse sua própria fantasia. Era óbvio que noventa por cento daquilo que estava em jogo nesse instante estava oculto nas nossas mentes. Felizmente, os dez por cento restantes começavam a se agitar, com o fim de fazer o que estavam destinados a fazer; a força da excitação é titânica. Disse-lhe que tinha lábios lindos. Ela ficou quieta sem afastar os olhos dos meus. Passei minha língua brandamente por seus lábios. Nossa proximidade desencadeou o restante.

*

Antes inclusive de ter desprendido meu corpo do dela, uma brecha se abriu em algum lugar do meu, por onde corria uma necessidade imperiosa, que me golpeava o coração, o sexo, pedindo mais. A ponto de, já calmo, jogado na cama, ser difícil parar de tocá-la. Havia alguma coisa nos seus longos membros que se espreguiçavam, nos seus ombros dóceis, no vazio plácido e fibroso do seu estômago, onde por instantes uma de minhas mãos se detinha. A luz começava a se esvair no avançado da tarde. Estava no mundo de Clara, o tempo parado nos seus desenhos, nas suas fitas cor-de-rosa, nas suas sapatilhas de balé, nos seus pincéis. As silhuetas das árvores se desenhavam sobre os muros, produzindo um suave movimento de luzes e sombras. Clara se levantou da cama e abriu a janela. Observei-a caminhar com aquela segurança de quem conhece o efeito que seu corpo produz. Usava-o para que os meus olhos não se afastassem dela. De algum apartamento vizinho, os sons vigorosos do Emerson Lake and Palmer entraram no quarto. Suas nádegas levitando à altura dos meus olhos, os lençóis brancos amassados na cama e o calor da tarde, que não afrouxava por completo, transmitiam uma sensualidade difícil de resistir. Levantei-me e a abracei enquanto o sol cintilava no declive de um telhado vizinho.

Ficamos observando os pequenos movimentos da rua: uma mulher de ares senhoriais com a porta entreaberta e seu cão urinando na calçada; uma garota desorientada olhando para o chão; um sujeito agasalhado, como se enfrentasse uma tempestade, caminhando cabisbaixo. Ficamos contemplando todas essas coisas até que as sombras alcançaram nossa janela; então nos despedimos, primeiro no seu quarto, depois no corredor, para terminar com um longo beijo em frente à porta do seu apartamento.

Peguei um ônibus para o Hyde Park Corner, e daí caminhei até Cadogan Place. As primeiras estrelas apareceram cedo. Era a única forma de apaziguar aquele fluxo de energia que me afogava.

# 13

NESSA NOITE RECOMECEI MEU TRABALHO DE ESCRITURA. AS IDÉIAS fluíam vertiginosas, como se o contato com Clara tivesse ampliado as possibilidades, não só dos meus sentidos, mas também da minha imaginação. Na madrugada achei que tinha um material decente para mostrar a Bernard. Dormi algumas horas. Minha mãe me acordou com a notícia que estava indo para Fawns. Meu pai, por seu lado, não chegaria antes de uma semana. Tudo andava perfeitamente.

Chamei Bernard e ficamos de nos reunir nessa tarde no pub de Kensal Road, o mesmo onde tínhamos nos encontrado da vez anterior. Às cinco, saí para a rua levando o meu flamejante artigo debaixo do braço. Começava com a mulher em cima do púlpito exigindo seu direito ao amor e terminava com o mito de Platão, tal qual aparece no discurso de Aristófanes, onde os homens, originariamente andróginos, logo depois de serem cindidos em duas metades pelos deuses, vagavam pelo mundo procurando a porção perdida de si mesmos. Não estava muito convencido disso, me parecia uma visão muito narcisista do amor, mas considerei que todas as especulações e histórias inventadas que tinha escrito ficavam bem amarradas com uma imagem desse calibre.

Às seis estava sentado numa mesa do pub com uma cerveja na mão. Tinha uma sensação grandiosa. Ao que parece, os instantes que antecedem os grandes momentos têm uma qualidade especial que os faz muitas vezes mais excitantes do que o evento em si. É, talvez, a vertigem de estar suspenso à margem de um tempo onde tudo é ainda possível. Lamentei não ter incluído esta observação no meu artigo. De fato, havia sentido algo similar na casa de Clara.

Do balcão, uma mulher nada desdenhável me olhava com insistência, exacerbando meu bom ânimo. Às seis e meia chegaram Bernard e Tony, seu amigo da revista *South Now*. Bernard estava pior. Parecia ter perdido uns bons quilos nessa semana. De todas as formas, seu ânimo faiscante fez com que minha impressão inicial desaparecesse. Passei-lhe a pasta com as seis páginas escritas. Um sorriso começou a surgir em seu rosto, até se transformar numa gargalhada; então olhou para mim e disse:

— Theo, você tem bom texto, tem sim.

Tinha bom texto. Um texto que nas minhas mãos se tornava uma arma e que segundo minha vontade se faria incisivo, voluptuoso, alcançando os rincões mais ocultos das almas, e, sobretudo, dos corpos femininos. Um bom texto que era parte de mim, um órgão até então oculto, que ninguém poderia me arrebatar.

Bernard leu um parágrafo em voz alta, enquanto Tony não tirava os olhos de cima de mim. Por alguma razão que só mais tarde entenderia, os dois estavam dispostos a me ajudar em troca de nada. Num determinado momento, Bernard começou a tossir. Tony segurou seu braço e o acompanhou ao banheiro. Observei-os caminhar para o outro extremo do pub, Bernard com a cabeça encurvada sem poder deter as convulsões, Tony abrindo passagem entre os freqüentadores. A mulher do balcão estava agora com um sujeito de terno azul que tentava lhe dar um beijo. Nossos olhares se cruzaram e ela sorriu para mim como se me conhecesse.

Quando voltaram, algumas gotas de água deslizavam pelo rosto de Bernard, dando-lhe uma aparência devastada. Tony pegou um guardanapo e as enxugou. Seu gesto delicado e ao mesmo tempo decidido me revelou o quanto meu texto sobre o amor era superficial, um trocadilho repleto de ironia e pretensões, mas sem uma migalha de honestidade. Senti-me podre.

— O que eu escrevi é uma merda — disse. Impressiona-me agora a volubilidade que tinham naqueles anos os meus sentimentos, e mais ainda o meu despudor para transformar tudo num assunto pessoal. Em vez de parar para pensar no Bernard, na sua palidez, naquela tosse persistente que o deixava exausto, a única preocupação no meu horizonte era eu mesmo. Imagino que eles pensaram algo parecido. Tony ergueu seu copo de cerveja e sem malícia disse:

— Saúde pela irrepetível juventude.

Eles não eram velhos, mas a doença que afligia Bernard os aproximava mais da maturidade do que da eterna adolescência. A garota do balcão e seu acompanhante se levantaram de seu lugar; a distância ela me cumprimentou. Nesse momento me dei conta de que se tratava de Emily, a amiga de Caroline. O sujeito de terno a levava por uma das mãos, com a outra tentava levantar sua saia, enquanto ela, meio perturbada, meio ofegante, deixava-o fazer isso. Essa era a garota pela qual Antonio tinha manifestado interesse. A única em todo esse tempo. Os olhos perfilados com uma linha preta davam-lhe um ar dramático, muito longínquo daquela imagem de menina rica que tinha cativado Antonio. Felizmente, logo Emily e seu cabide azul estavam fora do pub. Fiquei olhando o balcão desdentado, com suas escassas garrafas penduradas. Bernard voltava a tossir e Tony entristecia.

— É a fumaça — disse Tony. — É melhor sairmos para a rua.

Caminhamos duas quadras e na esquina de Kensal com West Row nos separamos.

Decidi ligar para Antonio assim que chegasse em casa. Não só tinham desaparecido meus maus sentimentos, como tinha genuína vontade de estar com ele. Fazia mais de uma semana que não o via, e alguma coisa começava a me faltar. Quando levantei o fone e disquei o seu número entendi a atração que Antonio sentia pela garota recatada que tinha visto em Emily. O que ele precisava era agarrar-se à normalidade, à vida tal qual devia ser, para assim dilatar na imaginação sua partida para um mundo incerto. Esperei um bom tempo com o fone na mão e ninguém respondeu.

# 14

Duas horas depois Clara ligou. Não tinha me dito na tarde anterior que há dias tentava sem êxito falar com Antonio. Combinamos de ir juntos à casa dele depois que ela terminasse seu turno na pizzaria onde trabalhava duas tardes por semana.

Por volta das oito eu a esperava dentro do meu Austin Mini em frente à porta do local. Levava uma pequena mochila no ombro e estava com um jeans desbotado e justo. Em um segundo passaram pela minha cabeça as imagens do nosso encontro e voltei a sentir desejo por dela. Subiu no carro, deu-me um rápido beijo nos lábios e, com uma expressão que não era de jeito nenhum tranqüila, disse:

— O pai do Antonio foi para a Romênia, para uma reunião do Partido. Quando ele viaja, Antonio aproveita para ficar na casa dele ouvindo música. Você o conhece, é o que ele mais gosta no mundo, por isso acho estranho que não esteja lá. Além disso...

— Além disso o quê?

— Você sabe, a questão da viagem ao Chile. — Acreditei perceber no tom de sua voz uma crescente inquietação.

Com o fim de saber até que ponto chegava a cumplicidade entre Clara e Antonio, perguntei:

— E a Emily?

— Disso eu não sei — afirmou com indiferença, dando a entender que sua preocupação com Antonio transcendia essas miudezas.

— Você teme alguma coisa?

Clara guardou silêncio e eu não insisti. A essa altura a única coisa que eu queria era resgatar o clima que tínhamos compartilhado no dia anterior. Pegou sua bolsa no banco traseiro e tirou uma caixa de papelão que continha dois pedaços de pizza. Consegui avistar seu caderno vermelho. Perguntei-lhe se sempre o levava consigo. Respondeu-me que aquele caderno era o seu refúgio.

— E alguma vez vou poder vê-lo?

— Depende de como você se comportar.

— E como estou indo?

— Bastante bem, mas ainda é muito cedo para tomar essa decisão — disse enquanto me passava um dos pedaços de pizza enrolado num guardanapo de papel.

A verdade é que a exaltação de estar com ela, somada às emoções do dia, tinham me tirado a fome completamente. Respirei fundo e mastiguei a pizza. No rádio tocava *Woman*, a canção que Lennon compôs para Yoko. Em vez de me alegrar, a expressão do seu amor por ela me fez corar. Abri a janela.

Paramos na frente do prédio de Antonio. Na calçada, alguns meninos seguravam um cachorro pelas patas, enquanto um deles abria a boca do animal à força. O cão gemia com os olhos abertos. Um menino pequeno o arremedava. Quando descemos do carro, Clara me puxou pelo braço e grudou em mim. Caminhamos os poucos metros que nos separavam da entrada e olhamos pela janela da cozinha. O interior estava na penumbra. Um raio de luz se infiltrava através da porta aberta do corredor, revelando dezenas de pratos, copos e potes de mantimentos sobre a mesa. Clara pulou a grade e bateu na porta. Ninguém respondeu. Voltou a bater com mais intensidade.

— Antonio está aí dentro.

— Por que você tem tanta certeza disso?

— Deve estar há dias trancado. Como não me dei conta antes!

— Clara, o que está acontecendo? — insisti.

Ela continuava batendo na porta e em seguida no vidro da janela.

Uma mulher de quadris largos e seios generosos apareceu na porta vizinha. Ao reconhecer Clara, correu até nós.

— Ele está aí faz dias. Não sai. Você sabe, Clara, eu gosto desse menino como se fosse meu. Acho que não tem mais nada para comer. Ontem eu lhe deixei um prato de comida na porta... — Neste ponto se deteve, comovida. — Mas ele nem o tocou.

Clara olhou para mim. Percebi um brilho nos seus olhos, como se tentasse conter as lágrimas. Sua voz, em compensação, era firme:

— Theo, vamos entrar.

— A pontapés? — perguntou a mulher.

— A pontapés — afirmou Clara.

Andou para trás para tomar impulso e com um pé acertou a porta. Nada aconteceu. Os meninos, ao ouvir o barulho, olharam para nós. Aproveitando o segundo de distração dos seus captores, o cachorro saiu correndo. Tomei um impulso mais longo que o de Clara e me lancei com todas as minhas forças contra a porta. O estrondo foi maior, mas a porta continuava intacta. Tentei várias vezes; foi inútil. Depois de um tempo, a mulher pediu desculpas por ter que nos deixar. Despediu-se de nós enquanto fazia o sinal da cruz a uma velocidade surpreendente.

Saímos do jardim e nos sentamos na calçada. Os meninos, do outro lado da rua, fizeram a mesma coisa. Acenderam um cigarro e o passaram de mão em mão. Olhavam para nós sem dissimulação, falando um inglês salpicado de palavras em espanhol. Pareciam dispostos a esperar qualquer coisa desde que presenciassem o que estava para ocorrer.

— Podemos quebrar o vidro da janela da cozinha — disse.

— Estava pensando a mesma coisa — afirmou Clara.

Os postes da rua difundiam uma luz turva. Tirei o suéter, cobri minha mão direita com ele e dei um soco na janela. Clara estremeceu. A imagem do militar quebrando um vidro da sua casa com a culatra de um fuzil voltou à minha memória. Uma dessas estranhas simetrias em que os fatos voltam com o perverso fim de restaurar as lembranças dolorosas.

Com a mão ainda coberta tirei os pedaços de vidro que permaneciam colados na moldura e limpei o buraco, de maneira que Clara pudesse entrar. Num segundo ela estava dentro. Enquanto esperava que ela abrisse a porta, olhei para o céu, não havia estrelas nem lua. Os meninos em frente guardavam silêncio.

Quando entrei, o cheiro nauseabundo da cozinha me provocou engulhos. A escuridão era absoluta. Clara apalpou o interruptor e acendeu uma luz. Na sala, os objetos jaziam sepultados por pacotes de mantimentos, livros, cascas de laranja, latas de cerveja.

— Ele está aqui — sussurrou Clara. — Antonio! — gritou.

Não houve resposta. Sobre a mesa de jantar, entre xícaras vazias e recortes de jornais, avistei um quebra-cabeças gigante meio armado. Clara voltou a gritar seu nome várias vezes, mas Antonio não deu sinais de vida. De repente disse:

— Se você não sair, nunca mais volto a dançar, ouviu?

Percebi pela sua expressão decidida que estava dizendo a verdade. Estava disposta a renunciar à sua carreira, se Antonio não desse as caras.

Nós o vimos aparecer no corredor. Na penumbra, sua silhueta adquiria uma dimensão maior do que a real.

— Você conseguiu, Santa Clara — ouvi que dizia sarcástico. No fundo do corredor, apoiado na parede, falava sem olhar para nós. Ainda não conseguíamos ver o seu rosto.

— Theo está comigo — disse Clara.

— Vão embora. Agora.

— Isso é impossível.

— Abram a porta e se mandem. Que eu saiba, isso não é muito complicado.

— Primeiro quero ver a sua cara — disse ela.

Por uma abertura entre as cortinas escuras da janela se infiltrava a luz amarelada da rua, produzindo um único espaço de aconchego. Antonio deslizou com as costas apoiadas na parede até ficar sentado no chão. Permaneceu imóvel, de cócoras, sua respiração agitada interrompendo o silêncio que ficava maciço, como se centenas de demônios nos houvessem invadido. Por um momento, nenhum de nós se mexeu.

— Antonio, diga alguma coisa, por favor — implorou Clara, começando a andar de um lado para o outro da sala.

Seu silêncio não cedia. Os meninos da rua, depois de um período de calma, recomeçaram seus gritos e risadas que penetravam pelos rincões, saturando o ar de um júbilo fictício.

— Para quê? O babaca azarado lhes mostra o quanto estão bem; além disso, como se não bastasse, lhes dá a chance de ser bons.

— Pare com isso — interveio Clara com os olhos fechados.

— Foi para isso que vieram? Para dar uma levantada na sua auto-estima? Esqueçam.

Apesar da violência de suas palavras, sua voz soava cansada.

Clara olhou para mim com amargura e impotência. Seu rosto marcado pelas sombras se povoou de ângulos. Não achava no registro da minha consciência nenhuma palavra que a animasse, assim como ela carecia de um gesto que fizesse Antonio sair da carapaça. Sentado no chão do corredor, ele olhava para o teto. Depois de um tempo perguntou:

—Trouxeram cigarros?

Clara olhou para mim. O fato de Antonio pedir alguma coisa abria uma brecha, mas a possibilidade de que cedesse dependia da nossa sutileza, da nossa astúcia.

— Vou comprar, se você quiser — disse.

— Você quer? — perguntou Clara, e fez um sinal com as mãos para evitar qualquer movimento meu que rompesse o frágil contato.

— Por mim tanto faz — replicou Antonio num tom que voltava a ser sombrio.

— Vai — indicou-me Clara num sussurro.

Na rua, o vento bateu no meu rosto. Os meninos tinham desaparecido. Custava-me reconhecer Antonio naquele homem encolhido no corredor. Onde estava o brio que sua vida transpirava, o seu aprumo férreo? Como conciliar esse indivíduo de porte quebrado, diminuído, com aquele capaz de julgar os outros por suas debilidades?

Sua imagem fazia com que nada tivesse consistência; a rua, os faróis acesos, meus passos, tudo se tornou irreal. E enquanto caminhava desejei que uma porção da dor dele se deslocasse para mim. E este não era, como eu gostaria, um sentimento altruísta. Embora desejasse diminuir sua dor, tinha a intuição de que nesse abandono estava o segredo da força que eu queria possuir. Algumas quadras adiante, encontrei um pub. Dentro estavam as risadas, a fumaça, o tempo detido num quadro que eu conhecia bem, enquanto a apenas duas ruas Antonio afundava. Comprei cigarros e uma caixa de fósforos, saí e me pus a correr com todas as minhas forças.

Quando cheguei, quase não conseguia respirar. Bati várias vezes na porta. O silêncio era absoluto. Sentei-me para esperar nos degraus. Pensei que tudo o que tinha vivido até então tinha uma aparência familiar, era parte de um mesmo registro, reconhecível. Mas não esse momento. Não Antonio e Clara lá dentro, não essa rua com seu vazio e seu mutismo. Levantei-me e, através da abertura da cortina, percorri a sala com o olhar. Antonio estava sentado no sofá; Clara, ajoelhada no chão diante dele. Senti alívio. Tinha conseguido trazê-lo para seu lado. Talvez temesse que ao abrir a porta para mim, ele retornasse à sua trincheira.

Voltei a me sentar na escada. Não sabia o que fazer. Não podia entrar, mas a idéia de deixar Clara me causou uma insuportável inquietação. Decidi esperá-la. Os sinos de um relógio repicavam ao longe com insistência, como se alguém tivesse decidido manipular o tempo.

De repente, Clara abriu a porta. Levantei-me de um salto. Tinha uma expressão cansada.

— Tudo bem? — perguntei.

— Está melhor. Mas acho que devo ficar com ele esta noite.

Guardei silêncio, ferido pela forma alegre com que Clara me deixava de lado. Bem ou mal, eu também era amigo de Antonio.

— Theo, por favor, não se zangue. Eu sei que assim é melhor, acredite em mim. Amanhã de manhã eu ligo.

Deu-me um beijo e, sem mais explicações, entrou na casa.

Senti raiva, mas também medo. Tirei uma página da minha agenda e escrevi: "Amo vocês". Não era de jeito nenhum o que eu sentia. Era uma forma de me colocar acima do bem e do mal, de manifestar minha falsa magnanimidade perdoando-os de antemão pelo que pudessem fazer.

Deixei os cigarros e o bilhete. Entrei no carro. Logo estava longe.

# *Diário de Clara*

Lá no fundo, entre as raízes, as folhas e as flores podres, flutuam os fedores. Ninguém precisa me mostrar o caminho para chegar até lá. Estou chorando. Tento entender o ardor que sinto no peito. É um sentimento que conheço pouco. Não costumo chorar. Talvez seja estranheza, a embriaguez que Antonio provocou em mim quando, de repente, flutuando à deriva, estreitou-me com a urgência de quem pressente um cataclismo. Provavelmente choro pela lembrança do seu corpo nu, dos seus olhos ávidos fixos em mim.

Nunca antes nos havíamos tocado. Sua desesperança provocou o degelo. "Devemo-nos isto há um século", sussurrou-me ao ouvido. Acabou quando soube que eu também estava ali. Virou-se de lado com os braços abertos. Depois mergulhou num espaço inacessível, os olhos nebulosos, como se um estranho aparecesse no plano da sua íris.

São tantos os sentimentos que não consigo capturá-los. Amontoam-se para sair, atropelam-se, e ao passar ardem na garganta. Só sei que foi inevitável. Há forças às que não podemos resistir, como a que nos empurra um para o outro, a mesma que neste instante nos separa.

Vejo alguma coisa, uma luz aponta para o Theo. Mostra-me seu andar calmo, seus olhos atentos, seu canto pacífico onde os fantasmas não me alcançam nem me destroem. Por que, então, custa-me considerar o que temos como algo imprescindível? Por acaso necessito da tensão mortal para existir?

Meu Deus! Eu o traí. Imagino-o sozinho diante da evidência daquilo que ele mais do que ninguém pressentia. Tudo é mais confuso do que eu gostaria. Trilho um caminho que milhares de mulheres percorreram antes de mim. Sou só mais um número entre aquelas que desconfiam das suas paixões, que sentem medo diante da incerteza, que tentam reafirmar o princípio da monogamia e se torturam por isso. Que se declaram culpadas. É patético.

Acalmo meus sentimentos. Temo que minhas lágrimas atravessem estas paredes finas, alcancem a rua e saiam alegres a me delatar. Nada do que diga, pense ou sinta, tem valor. Continuo escrevendo. Talvez o lápis roçando a folha branca desvaneça o conjuro. Pelo menos este caderno vermelho não me pede explicações. Posso lhe dizer que tento ser uma pessoa boa e ele sustentará minhas palavras sem jogá-las de volta na minha cara.

Antonio despertou. Seu silêncio é eloqüente. Tenta transmutar a confusão em uma rápida fuga. Levanto-me do canto onde escrevo e lhe ofereço uma xícara de chá. Todas as mulheres querem alguma coisa. Pelo menos é isso que os homens dizem. Não sei o que quero. Nem sequer é amor. É apenas a necessidade de contar com a certeza de que Antonio não me magoará. E ninguém, muito menos ele, pode garantir isso.

# 15

COLOQUEI A CABEÇA DENTRO DA ÁGUA DA BANHEIRA COM O FIM de chegar até o limite da minha resistência. Não era um afã suicida. Perceber a proximidade da morte era uma forma de ampliar o registro da vida. Como Antonio. Não resisti muito, apenas alguns segundos. Ao tirar a cabeça com força, a água transbordou da banheira e se espalhou pelos ladrilhos do piso. Senti-me ridículo. Nesse instante tocou o telefone. Tinha esperado com ansiedade aquele som.

— Theo? — ouvi Clara dizer.

A tensão que tinha sentido por horas chegava a um ponto quase irresistível. Não consegui dizer nem uma palavra.

— Você me perdoa? — perguntou ela com uma voz rouca.

— Pelo quê? — disse, tentando aparentar naturalidade.

— Quero que você saiba que não dormi com Antonio. — Sua voz era tão frágil e ao mesmo tempo tão séria que acreditei. Precisava acreditar.

— Estava preocupado. Mas mais com ele — menti. — Como ele está?

— Aceitou que fôssemos ao seu psiquiatra. Não é a primeira vez, Theo, não se preocupe. Ele chega ao fundo e depois sai.

— Antonio tem um psiquiatra?

— Há muitas coisas sobre o Antonio que você não sabe nem eu. Você já deve ter percebido como ele resguarda sua privacidade.

Nisso é ainda mais feroz do que vocês, os ingleses — disse com uma entonação mais alegre.

— É verdade. Mas nós agimos assim porque consideramos uma falta de educação espalhar nossa intimidade, que é ou muito chata ou muito perversa. — Clara riu. Sua risada me deu fôlego. — Em compensação, o que detém Antonio são suas aspirações de herói. Como você sabe, os bravos não choram.

— Os bravos não choram porque têm medo — disse Clara, e eu respondi que ela estava certa.

Contou-me que tinha encontrado meu bilhete na porta, e que era provável que ela também me amasse, e muito. Então riu com vontade, uma risada fresca que não tinha nem um toque de sarcasmo.

Antonio ainda estava dormindo. Ela pediria ajuda à vizinha para limpar a casa, depois o acompanharia ao psiquiatra. Ia ver se Marcos poderia ficar com ele até que o pai voltasse. Temia que Antonio não aceitasse. A presença de outras pessoas o intimidava, daí seu isolamento. Preferia não comer, nem sequer fumar, desde que não tivesse que se encontrar com ninguém.

— Theo, temos que ajudá-lo a entrar no Chile — declarou então.

— Mas como?

— Juntando dinheiro para a passagem.

Ficamos de nos reunir o mais breve possível para traçar um plano de ação. Era preciso agir rápido. No final do verão, Antonio tomaria seu avião rumo ao Chile. Esse seria nosso objetivo.

— Quando nos vemos? — perguntei-lhe, uma vez definida nossa estratégia. Para falar a verdade, era a única coisa que me interessava.

— Deixe-me sair dessa confusão, depois ligo para você, certo? — Era evidente que a urgência que eu tinha não era correspondida. Como se tivesse ouvido o murmúrio da minha decepção, disse com voz suave:

— Eu também quero estar com você, Theo. Apenas preciso que me espere. Promete?

— Prometo — afirmei com alívio e felicidade.

Tudo tinha mudado. Antonio era muito mais vulnerável do que eu imaginava, e precisava da minha ajuda. Suas fraquezas não só o tornavam mais próximo como também me permitiam entrever seu ser mais profundo. Um novo otimismo tomou conta de mim. Voltei para a banheira e fechei os olhos. Lembrei-me das toalhas brancas empilhadas na cômoda de madeira, do cheiro de sabonete de lavanda, da minha mãe sentada na cadeira, me contando a história sem fim de uma divertida mãe e seu valente filho. Lembrei-me da agonia de ter que abandonar a água morna, a nuvem de vapor, e sair para o mundo que se encontrava do outro lado da porta.

Nunca gostamos da realidade. Nem eu nem minha mãe. Tentávamos sempre procurar os atalhos que conduzissem àquele outro espaço imaginário que moldávamos a nosso gosto. Abri os olhos e vi o meu corpo sob a água. Um corpo que fazia tempo tinha abandonado a infância. Espantou-me descobrir aquela vontade sempre viva de permanecer imerso na banheira, encolhido, como se ainda não tivesse nascido. Intuí que mesmo que o meu exterior se tornasse grande, e mais tarde com a idade se tornasse velho, uma parte de mim ficaria intacta. Era esse reduto o que importava. O restante estava cunhado segundo as leis que regiam o mundo além da porta do banheiro, e dali não surgiria nada válido.

*

Principal tarefa: conseguir dinheiro para a passagem de Antonio. Pensei no meu pai, mas o descartei de cara. Não queria ter dívidas com ele. A solução surgiu sem sequer ter iniciado o processo de procurá-la. Saí do banheiro e liguei para Bernard. Propus escrever uma matéria sobre os exilados chilenos. Minha relação com eles me permitia ter um distanciamento das apreciações turísticas. Ele achou que era uma boa idéia, mas me avisou que não tinha muitos recursos, quc talvcz o mclhor seria propô-la para o Tony. O *South Now* era especializado em América Latina, e ele poderia pagar melhor.

— Bernard — disse-lhe depois que ele me apresentou tão perfeita alternativa. — Por que está fazendo isso por mim?

— É uma longa história...

— O quê? Nunca imaginei que por trás disso houvesse uma história.

— Theo querido, por trás de todas as coisas, inclusive as mais insignificantes, há uma história, premissa número um se você quer escrever.

— Você tem que prometer que vai me contar sobre isso.

Deu-me o número de telefone de Tony e ficamos de nos encontrar algum dia no pub de sempre para que ele me contasse a história.

Sentei-me na poltrona do meu pai com *As tristes*, que Antonio tinha me dado recentemente. Segundo ele, ao lê-las tinha reconhecido vividamente os sentimentos expressos por Ovídio. Mergulhei na noite em que o poeta descreve seus últimos momentos em Roma antes de partir para o desterro. E, enquanto lia, entendi que não era possível falar do exílio dos meus amigos como um amontoado de lugares comuns.

Preparei a máquina de escrever, tirei o telefone do gancho e me tranquei no quarto que minha irmã ocupava antes de casar, e que agora estava cheio de trastes. O cheiro de poeira impregnava tudo. Ao acender a luz, uma traça se precipitou para a luminária da escrivaninha abandonada da minha irmã. Deve ter ficado ali cega, capturada, e ao mesmo tempo a salvo da fatal atração que a luz exercia sobre ela. A imagem de Clara no terraço de Wivenhoe me veio à memória. Seu olhar perdido nos telhados, sua voz calma enquanto falava da noite em que levaram seu pai. Escreveria tudo o que surgisse, sem aspirar à coerência. Era a única forma de resgatar a nuvem de vapor da banheira.

Escrevi o artigo num arrebatamento que não me abandonaria no transcurso de duas insones e inapetentes jornadas. Na manhã do terceiro dia saí à rua em um estado febril e quase inconsciente. Comprei pão, queijo, e voltei para casa. Depois de comer, dormi no Chesterfield da sala. Acordei suado, com a boca seca e uma pontada nas têmporas. O sol áspero do meio-dia batia na minha janela. Liguei para Clara.

Segundo me disse, tinha tentado falar comigo centenas de vezes, coisa com a qual minha vaidade tinha contado ao tirar o telefone do gancho. Contei-lhe que estava escrevendo um artigo para uma revista e que esperava conseguir algum dinheiro. Mas não mencionei que o artigo tratava dos chilenos no exílio e que os detonadores da minha inspiração tinham sido ela e uma traça morta.

— Antonio está aqui comigo, quer falar com ele? — perguntou-me.

— Olá, amigo! — a voz de Antonio parecia fresca e límpida.

Contou-me que estava passando uns dias na casa de Clara até encontrar um lugar adequado. Tinha recuperado seu aprumo. Seu tom era exaltado, como se estivesse a ponto de me comunicar alguma coisa essencial para o destino de ambos. Pareceu-me natural que não quisesse continuar morando com seu pai, embora eu preferisse não encontrá-lo na casa de Clara.

Mais tarde, na ausência do Antonio, ela me ligou novamente. Estive a ponto de lhe expor minhas apreensões, mas sabia que não eram apropriadas. Fosse como fosse, sua amizade com ele remontava há muitos anos. Eu não tinha direito de me meter, nem tampouco de questionar a integridade de Clara. Contou-me que, embora as aparências indicassem isso, a depressão de Antonio não tinha sido tão profunda.

Tinha suas razões, disse-me, e ao pensar nos últimos acontecimentos concordei com ela. Mas tudo isso tinha ficado para trás. Agora estava esperançado diante da idéia de ir embora. Nossa decisão de ajudá-lo tinha sido fundamental. Arrumara trabalho numa loja de produtos naturais e à tarde posava numa escola de arte. Contou-me também que ela, com seu grupo de dança, participaria de um ato de solidariedade ao Chile. Tudo isso tinha ocorrido em dois dias, enquanto eu, encerrado num mundo de traças mortas, narrava suas vidas.

— E nós, quando nos vemos? — perguntei-lhe depois de uma longa elucubração sobre as possibilidades de juntar o dinheiro num prazo razoável.

— Tenho ensaio às oito, mas se você quiser podemos nos encontrar agora.

Tomei banho e fui para Swiss Cottage tentando não deixar evidente minha ansiedade. De qualquer forma, em menos de uma hora eu estava na casa de Clara, surpreso diante de sua beleza, que os últimos acontecimentos haviam tornado mais plena.

# *Diário de Clara*

NUNCA DEVERIA TER OCORRIDO. A DISTÂNCIA ERA A CHAVE DA nossa união.

Foi Antonio quem impôs o ceticismo. Não foi uma coisa repentina, foi me persuadindo pouco a pouco de que o amor não apenas é impossível, como também inútil. As paixões, cedo ou tarde, morrem, e quando isto ocorre surgem o ressentimento e a raiva. Amigos, sempre amigos, brincando de desencontro, evitando os perigos de uma paixão adulta. Foi uma forma de sobrevivência que ele inculcou em mim. Do meu olhar sempre atento se nutriu sua força, e da necessidade que ele tem de mim se sustentou a minha.

Por isso desistimos. Até aquela noite. Depois, se nossos olhares se cruzam, afastamo-nos desconcertados, sem saber que direção tomar para não nos encontrarmos, nem tampouco nos perdermos definitivamente. Mas a vida não transcorre em linha reta. Foi apenas um toque, enquanto lavávamos a louça. Eram dias sem sentido. Aquela tontura. Felizmente, Theo apareceu. Pendurei-me no seu pescoço e ele me beijou. Antonio lhe deu um tapinha nas costas, como se também ele precisasse da luz de Theo para não se perder. Rimos. Segurei uma de suas mãos e a conduzi ao meu rosto. Antonio intui que estou cedendo, que o amor de Theo está se infiltrando em meu corpo, que logo cairei inconsciente sob sua influência, e se ressente. No entanto, somos três. Quero acreditar que não necessitamos de nada do mundo.

# 16

ALGUMAS SEMANAS DEPOIS MOSTREI PARA TONY A MATÉRIA SOBRE os exilados chilenos. Mostrou-se entusiasmado, inclusive me pediu que escrevesse outra reportagem, desta vez sobre um grupo de músicos costa-riquenhos.

Tornou-se freqüente que eu pegasse Clara à tarde nos ensaios e tomássemos uma cerveja em algum pub, onde, na maioria das vezes, Antonio, depois do trabalho, se juntava a nós. Poderia se dizer que fomos felizes. Inclusive minhas dúvidas com respeito aos dois se dissiparam. O que os unia era amizade, e graças a isso, pela primeira vez, eu era parte de alguma coisa.

Tinha chegado o dia do ato de solidariedade. Enquanto nos dirigíamos de carro para o County Hall de Westminster, Clara observou que, ao longe, pelo norte da cidade, avistava-se um aglomerado de nuvens.

Sem largar o volante segurei uma de suas mãos e olhei para ela por um instante. Nunca antes tinha visto a dor nos seus olhos. Percebia que tinha estado ali todo o tempo, e que ela devia fazer grandes esforços para ocultá-la. Tive vontade de me transformar em espião, em herói, e ir castigar quem fosse preciso. Quando chegamos ao County Hall a abracei.

Entramos numa grande sala de paredes cobertas de pôsteres coloridos. Punhos ao alto, imagens do falecido presidente do Chile, campos com flores e fuzis. A ilusão de defender Clara do infortúnio tinha me insuflado otimismo e confiança. Os participantes, vestidos com trajes típicos, preparavam seus números ou conversavam pelos cantos. Um homem bigodudo, de desmedida vitalidade, aproximou-se dela com os braços abertos. Era o organizador do ato. Duas garotas do grupo de dança se uniram a nós. O restante dos bailarinos estava para chegar. Fiquei uns passos atrás observando Clara. Ao olhar com os olhos de outros, cada um dos seus gestos adquiria uma sensualidade adicional. Desprendi-me de tudo o que me era familiar nela e a olhei como a fêmea robusta e doce que era. Senti-me feliz por acompanhá-la. Um grupo de músicos ingleses afinava suas guitarras. Enquanto Clara e suas colegas iniciavam os aquecimentos, o organizador de bigodes fartos me pediu que ajudasse um grupo de jovens a instalar as cadeiras. Ao terminar, encontrei Clara preocupada. O restante de seu grupo de dança ainda não tinha chegado. Saí à rua para dar uma olhada.

Os espectadores começavam a chegar, mas os integrantes do grupo não apareciam. Pus-me a andar. Não tinha percorrido mais de dois metros quando vi um homem atravessar a rua e avançar a passo rápido na minha direção. Vestia-se com um esmero antiquado. A camisa branca sem colarinho, abotoada até o pescoço, fazia com que sua cabeça ficasse comprimida entre os ombros. Apesar do vestuário fora de moda, seu andar vigoroso era o de um homem habituado ao movimento. Quando ficou de frente reconheci dom Arturo, o pai de Antonio. Tinha-o visto apenas uma vez, no dia da morte do seu filho Cristóbal. Lembrei-me dos seus gestos solenes e gentis, e também do seu caminhar erguido pelo corredor, disposto a não evidenciar diante de nós a magnitude da sua dor. Esta evocação fez com que um sentimento de transcendência se apoderasse de mim. Quando ficamos frente a frente, apertou minha mão e se apresentou com seu nome de batismo. Começou a me dizer alguma coisa e me dei conta do imenso esforço que fazia para se expressar em inglês. Disse-lhe que falasse em espanhol. Perguntou-me se eu dispunha de dois minutos e me pediu que continuássemos caminhando, mas na direção contrária à rua principal.

— Fico feliz por tê-lo encontrado aqui, assim não terei que entrar. Você já sabe, Antonio saiu de casa.

Assenti com um movimento de cabeça sem dizer nada.

— Vou direto ao ponto, filho — particularizou. — Preciso da sua ajuda para impedir que Antonio saia deste país. Se Antonio entrar no Chile agora, vão prendê-lo. Simplesmente. Recebemos notícias de que o serviço de inteligência está a par de suas intenções de entrar. Mesmo que entre com uma identidade falsa, há fotos recentes dele em todos os controles fronteiriços.

— Mas Antonio não sabe disso?

— Está convencido de que são invenções do Partido para evitar que entre. Acha que não têm confiança nele. E a verdade é que não é questão de confiança, o perigo é real.

— E você como pode ter tanta certeza disso?

— Confio no Partido. É a única coisa em que posso confiar — disse cabisbaixo.

Entramos numa rua, uma mulher com sapatilhas e roupa esportiva passou por nós atropeladamente.

— Eu não seria capaz de convencê-lo. É o que ele mais quer na vida — disse.

— Não pretendo que o convença. Eu sei que isso seria impossível. Quero que o impeça.

— Mas por que eu? — perguntei-lhe, surpreso de que se dirigisse a mim para realizar uma tarefa tão séria.

— É a única pessoa que conheço que fala inglês perfeitamente, não faz parte do círculo de chilenos e, sobretudo, sei que gosta de Antonio.

— Sim, mas impedir que ele entre no Chile é condená-lo. O restante não tem importância para ele — falei com voz insegura.

Eu não era ninguém para passar um sermão num homem como dom Arturo.

— Não é a mesma coisa, e você sabe.

Olhei as horas, faltavam dez minutos para que o ato começasse. Dom Arturo alisou o rosto com as mãos, fechou os olhos por um segundo e sem olhar para mim recapitulou em voz alta:

— Não quero perder outro filho.

— Diga-me como posso ajudá-lo — indaguei, apesar de não ter certeza de que queria assumir essa responsabilidade.

— Você só precisa fazer uma ligação no momento adequado. Dirá que Antonio está levando um documento do IRA para um dirigente da Resistência no Chile. Eles o prenderão, encontrarão a carta, a analisarão e descobrirão que é falsa. Isto levará algumas horas, talvez um dia inteiro, então será impossível pegar o vôo. Ao descobrirem a verdade, considerarão que Antonio foi vítima de uma brincadeira de mau gosto.

— E o documento? Como ele vai levar um documento sem saber?

— Eu me encarregarei disso.

— Mas, de qualquer maneira, é provável que eles mesmos o coloquem em outro vôo, dado que tudo seria um mal-entendido.

— Você é muito idealista, filho. A responsabilidade de um governo como este é proteger a segurança de sua gente, não pagar a passagem de volta para um imigrante fedido que foi vítima de uma brincadeira de mau gosto. Por outro lado, como ele também não terá incorrido em nenhuma falta, o deixarão livre. É uma forma limpa de detê-lo. Não estamos lhe fazendo um grande mal.

— Como não? Nós o estamos traindo.

— Não, filho, você não está entendendo, estamos impedindo sua morte.

Tínhamos dado a volta na quadra e estávamos chegando ao County Hall. Dom Arturo parou em frente à porta. Segurou-me pelos cotovelos e disse:

— Antonio é a única coisa que me resta no mundo.

Ambos o avistamos ao mesmo tempo. Sua cabeça morena se destacava entre as outras. A forma lenta e segura com que Antonio cravou seus olhos, primeiro em mim e em seguida no seu pai, só podia significar uma imensa raiva contida. Virou-se, cruzou a porta principal e desapareceu entre as dezenas de pessoas que entravam. Dom Arturo segurou minha mão com firmeza, a cobriu com a outra e ficou assim por alguns segundos.

— Entrarei em contato com você quando chegar a hora — disse num murmúrio e pôs-se a caminhar rua abaixo.

Em meio a um grupo que avançava para a porta reconheci os colegas de Clara. Conduzi-os pelo corredor lateral à sala onde se encontravam os participantes, entre eles Clara a ponto de explodir. Precisava lhe contar o que tinha ocorrido. A ansiedade quase não me deixava respirar. Mas era impossível. O ar estava carregado de nervosismo. Os participantes, com seus trajes coloridos, corriam de um lado para o outro. A tensão aumentou quando o primeiro grupo de músicos subiu ao palco.

Clara perguntou por Antonio. Disse-lhe que o tinha visto entrar. Sentei-me o mais próximo possível do palco. O grupo britânico com indumentária andina fazia soar suas guitarras. O mais jovem cantava com a voz no pescoço, enquanto a audiência se levantava dos assentos com os punhos erguidos e o olhar perdido em um lugar entre a parede e o teto, onde parecia estar a abertura que conduzia a um futuro melhor. Olhei em volta em busca de Antonio. Estava de pé, algumas filas atrás. Tinha uma expressão concentrada. E se dom Arturo estivesse certo e sua vida corresse perigo?

Sempre tinha considerado as catarses coletivas como uma forma muito simples de tentar resolver a solidão. No entanto, era difícil se abstrair da emoção que inundava o ambiente. Pensei em dom Arturo. Uma onda de calor subiu pelo meu corpo. Levantei-me do meu assento e sem me dar conta ergui também o punho. Mas era inútil. Em poucos minutos me encontrei observando tudo com distância. A ironia, que desta vez me dizia: que fácil é se alimentar de ideais alheios, derramar algumas lágrimas e sentir que está vivo. Uma ironia não muito sofisticada, mas que naquela idade tinha sentido. Sobressaltado, baixei o punho e olhei outra vez para Antonio. Voltei a pensar na conversa que tinha tido com seu pai.

Nada do que tinha feito até então na minha vida tinha maior importância. Tinha cumprido mais ou menos as regras da peça para não sofrer um tropeço maior, sempre consciente de que todo aquele vaivém não era mais do que isso, uma peça, um ensaio para o que viria depois. Poderia se dizer que até minha amizade com Antonio fazia parte desse âmbito fictício. Tinha contemplado seu universo e suas misérias de uma distância não muito diferente daquela com que agora observava o palco. O que dom Arturo me pedia, por outro lado, era real. Disso dependia o futuro de um homem.

Depois de vários números folclóricos de qualidade duvidosa, de repente, como se alguma coisa tivesse explodido, os corpos dançantes do grupo de Clara encheram o palco. Lembrei-me do nosso primeiro contato na casa de sua mãe, que tinha surgido quando falamos de Frida Kahlo. Em movimento, seu ser adquiria dimensões inusitadas.

Uma maré de aplausos inundou a sala quando terminaram. Queria abraçá-la. Levantei-me de um salto e corri para o local onde se encontravam os participantes. Da porta os vi. Antonio a estava abraçando. Ela estava com a cabeça no ombro dele e com os olhos fechados. Incapaz de mexer um músculo, fiquei olhando: os dedos de Antonio esboçando uma leve carícia no seu pescoço, os quadris de Clara se fechando contra os dele. Nada me escapava. Ela abriu os olhos e me viu. Sua expressão não foi a de uma mulher surpreendida numa falta; pelo contrário, sorriu para mim sem se desprender dele. Alguns segundos depois, se aproximou de mim, deu-me um longo beijo na boca e me pegou pela mão para que a acompanhasse. Toda possibilidade de iniciar uma patética cena de ciúme ficava anulada.

*

Nessa noite, parte do grupo de dança, Antonio, Clara e eu comemoramos a atuação num pub próximo. Antonio mal me dirigiu a palavra. Ao final, quando estávamos para ir embora, disse:

— Então você anda de segredo com meu pai.

— Não ando de segredo com ninguém. Seu pai pediu-me que o ajudasse a evitar que você fosse embora. Mas eu não sou nenhum traidor.

— Ele falou o que queria concretamente?

— Não, diante da minha imediata negativa não continuamos a conversa. — Não sabia por que estava mentindo.

— Desculpe por ter pensado mal de você. Acontece que eu não sei quem está comigo e quem não. Meu próprio pai agora está contra mim. Com certeza ele veio com o papo da segurança para cima de você. Não me acha capaz de entrar e sair vivo. Acha que sou um fedelho medíocre. Foi ele quem convenceu o Partido a me manter aqui. Entende agora por que tudo o que vocês estão fazendo é tão importante?

Quis dizer-lhe que tinha mentido, que sabia muito bem o que dom Arturo tinha em mente, mas já era tarde. Se lhe contasse sobre o diálogo que tinha mantido com seu pai, Antonio nunca mais voltaria a confiar em mim. Este foi o primeiro vislumbre que tive do sentimento que a deslealdade provoca. Depois disso nos unimos ao grupo que se apressava para ir embora. Antonio disse a Clara que se mudaria para a casa de um amigo, pois já estava cansado de viver entre tantas mulheres. Era a primeira vez que Clara e eu dormiríamos juntos uma noite inteira.

# 17

DURANTE OS DIAS SEGUINTES ME DEDIQUEI AOS MÚSICOS COSTA-riquenhos. Convivi com eles alguns dias e em seguida me tranquei para escrever no quarto da minha irmã, rodeado como sempre de trastes e traças. Uma história foi se plasmando no papel, uma história real que continha todas as observações do mundo invisível que penetraram na minha consciência. Depois de uma semana de trabalho, o resultado me satisfez. Diante da minha Remington, as virtudes que me tinham sido negadas emergiam com surpreendente facilidade. Podia ser inquisitivo, sagaz, arrojado, irônico; era como se outro homem tivesse estado escondido sob minha pele e agora encontrasse uma forma de vida nas palavras. Sem saber, estava fundando os alicerces daquilo que seria o meu futuro. Essa maneira particular de comentar o ambiente seria o meio com que nos anos seguintes eu ganharia a vida.

Liguei para Tony em estado de euforia. Sua voz soava sombria. Ficamos de nos encontrar no dia seguinte no mesmo pub onde tínhamos nos reunido um mês atrás.

Bernard tinha morrido — contou-me quando estávamos sentados junto a duas cervejas — num hospital, acossado por uma doença sobre a qual nessa época pouco se sabia. Impressionaram-me a falta de dramatismo e a doçura com que Tony se referiu à doença, detalhe que na boca de outro teria um resultado perverso. Disse-me que Bernard não tinha querido ver ninguém, razão pela qual não me avisou do seu estado. Ficamos diante das nossas cervejas, em silêncio, observando o vaivém dos homens com jeans justos e músculos lustrosos. Era um mundo que Bernard já não veria mais. A única coisa que eu ansiava era fugir do horror que sua morte me causava. Tony, com os cotovelos apoiados na mesa, mantinha uma expressão calma, mas no silêncio seu pesar se tornou evidente. Tive um estranho pressentimento. Por algum motivo, Bernard tinha nos reunido antes da sua morte. Lembrei-me de nossa última conversa. Bernard tinha mencionado uma história. Não era o momento de perguntar a Tony, mas não havia dúvida de que ali radicava a resposta.

Um sujeito se aproximou de Tony e lhe deu um tapinha no ombro. Nesse momento, nós dois retornamos dos subterrâneos onde sem perceber tínhamos submergido.

— Seu artigo sobre os exilados chilenos causou boa impressão no meio. Garanto que nas próximas semanas você vai receber outras ofertas de trabalho — disse Tony.

— Mas de quem? — perguntei com a vaidade aparecendo na minha garganta.

— Você logo verá. Este é um mundo pequeno, tudo se sabe muito rápido. As matérias inteligentes e profundas de perfis humanos estão na moda.

Inteligente e profunda. Belas palavras que ficaram revoando diante dos meus olhos. A alegria agora capturava a tristeza e tentava derrotá-la de um tapa.

— Bernard me disse que perguntasse à sua mãe sobre ele — declarou então com uma expressão séria.

— À minha mãe? O que tem a ver minha mãe com Bernard?

— Não sei, Theo. Foi uma coisa que ele mencionou um dia no hospital e não quis mais falar sobre isso. Você vai ter que investigar.

Nessa tarde me perdi nas ruas de Kensal Town. Custava-me assimilar a idéia de que Bernard estivesse morto. Não cabia dúvida que ele fazia parte do passado de minha mãe de uma forma suficientemente profunda para que me procurasse, abrisse caminho para mim e depois mencionasse meu nome em seu leito de morte. E, enquanto caminhava com estes pensamentos vindo como ciclones, não conseguia evitar de me deleitar com as vitrines carregadas do verão, as garotas de saias justas e decotes transbordantes.

Assim que cheguei em casa, liguei para a minha mãe em Fawns. Minha pergunta foi direta.

— Quem é Bernard Fitzpatrick?

Ela vacilou um segundo. Em outra pessoa o fato de vacilar teria revelado alguma apreensão oculta, mas dado que nela tudo era hesitante, isso não significava grande coisa.

— Um velho amigo — disse sem grandes dramas.

— De quando?

— Da minha juventude.

— Morreu, sabia?

— Sim. Infelizmente não fiquei sabendo a tempo. Li a respeito na imprensa. Por que me pergunta por ele?

— Antes de morrer pediu ao seu companheiro que falasse comigo sobre isso. Por que, mamãe? Quando as pessoas pedem coisas antes de morrer é porque estas têm certa importância.

— Nem sempre, querido. Como eu disse, conheci Bernard há muitos anos. Você precisa vir me visitar se quiser saber mais. Você sabe que odeio telefone. Em todo caso, não espere grande coisa.

— Mas poderia me dizer algo. Não sei se terei tempo para ir até aí.

— Pois não lhe direi nada. Assim garanto que um dia destes você aparece por aqui — disse, e em seguida levou a conversa para outros assuntos, como o alto conteúdo de pólen que havia no jardim naquele verão.

Imaginei-a na sala andando impaciente ao longo do fio do telefone, roçando com seus finos dedos um cinzeiro, um vaso, uma bolinha de poeira. Ouvi-a trocar algumas palavras com o jardineiro pela janela. Não havia como prosseguir. Tinha alçado vôo, como fazia sempre que a vida começava a incomodá-la.

Alguns dias mais tarde, recebi um cheque do *South Now*. Era uma quantia considerável, levando em conta os meus escassos conhecimentos jornalísticos. Entreguei o dinheiro a Clara.

Tal como tinha advertido Tony, nas semanas seguintes me ligaram de duas revistas. Meu nicho tinha ficado estabelecido: perfis humanos em comunidades estrangeiras. Depois de alguns dias me encontrei escrevendo sobre dois atores argentinos que tinham fugido do seu país. Minha história saiu publicada no apogeu da sua fama, quando o Home Office, depois de fortes pressões da Anistia Internacional, outorgou-lhes a residência. Por seu lado, Tony me ofereceu viajar para a Nicarágua. Queria que eu fizesse uma reportagem sobre um casal inglês que vivia com a guerrilha. Era uma oportunidade que nenhum principiante em seu juízo perfeito teria recusado. Mas o fiz. O motivo era inconfessável: não queria deixar Clara, não naquele momento.

Meu amor por ela se tornava cada dia mais sólido e mais imprescindível, a ponto de que em algum momento me vi falando do futuro. Estávamos assistindo ao *Top on the Pops*, programa que ela adorava, na televisão do seu quarto. Eu me deleitava observando os movimentos mínimos mas cheios de graça que surgiam do corpo dela ao som da música. Às vezes, levantava-se para examinar algum detalhe. Ao retornar à cama, dava-lhe um abraço, como se acompanhá-la naquele ritual fosse um ato sublime de amor. E era. Suas carícias, seus pés descalços sobre o edredom, eram o mais perto que eu tinha estado até então de uma mulher. Foi num desses momentos que eu lhe disse:

— É assim que imagino o restante da minha vida. Felizmente, em vez de rir, Clara se aproximou de mim, envolveu-se nos meus braços e me beijou. Para Antonio, por outro lado, o futuro se tornava cada dia mais ameaçador. Talvez para evitar pensar nisso, em seus momentos livres decidiu encontrar Caroline.

Fazia investigações e partia para os lugares onde alguém achou que a tinha visto. Festas, algum pub periférico, clubes noturnos onde vendiam droga. Em uma dessas ocasiões me pediu que o acompanhasse. Parece que Caroline tinha sido vista com freqüência num clube de Tottenham Court Road. Chegamos pouco antes da alvorada. Nós a vimos assim que entramos. Tinha a cabeça escondida entre os braços sobre o balcão. A música era estridente. Apesar da proximidade do dia, as luzes coloridas ondulavam desde os cantos como emblemas de um lugar sem tempo. Sentamos ao lado dela e pedimos uma cerveja. Caroline, de sua distância, ergueu o rosto e olhou para nós sem nos reconhecer. Um sujeito de cabelo cor de cenoura se aproximou do balcão e lhe sacudiu um ombro.

— É hora de cair fora, querida — disse-lhe dirigindo-nos um olhar que tinha a turvação de uma cabeça intoxicada. Caroline se ajeitou. Sem olhar para nós, agarrou o braço do sujeito e, fazendo evidentes esforços para salvar a escassa dignidade que ainda possuía, afastou-se.

— É inútil — disse enquanto a observávamos avançar penosamente através da pista de dança quase vazia.

— Se tivesse mais tempo... — disse Antonio sem conseguir ocultar seu desgosto.

Saímos do clube quando as primeiras luzes da alvorada perfilavam a enorme torre vazia do Tottenham Court Road.

Quatro semanas antes do final do verão tínhamos juntado o dinheiro necessário para que Antonio comprasse sua passagem. Bernard estava debaixo da terra, e Caroline, com seu salto agulha, avançava também para esse lugar.

# 18

Foi idéia de Clara despedir-se de Antonio com uma festa na noite anterior à sua partida. Elaborou uma lista de convidados e dois dias antes começou a preparar uma torta com finas camadas de massa recheadas com doce de leite. Atarefada como estava, não nos vimos naqueles dias.

No dia da grande festa, ela e eu nos enfiamos no supermercado e saímos com batatas fritas, azeitonas, latas de cerveja, frutas em conserva e várias garrafas de vinho. Confeccionamos meia dúzia de guirlandas, depois preparamos coquetéis de frutas e distribuímos os sanduíches em pratos de cerâmica. Terminadas nossas tarefas, senti uma tremenda vontade de nos trancarmos no seu quarto. Peguei-a pelos ombros e tentei lhe dar um beijo. Clara colocou suas mãos sobre meu peito.

— Eu gostaria de tomar uma xícara de chá — disse.

Incomodou-me que depois de vários dias sem nos ver ela não estivesse ansiosa para compartilhar comigo um momento de intimidade. Sentei-me na estreita mesa da cozinha e ela pôs o bule para esquentar. Seus movimentos eram mecânicos e distraídos. Sentou-se de frente para mim. Perguntei-lhe se estava acontecendo alguma coisa. Não me respondeu. Sua atenção estava longe daquele instante. Levantei-me e disse que voltaria mais tarde.

— Você não vai a nenhuma parte — disse capturando uma de minhas mãos. Deu-me um beijo e em seguida acrescentou:

— Quase não acredito que tenha chegado a hora. Não sei, falamos tanto dessa partida, mas sempre vi isso como algo longínquo...

— Você acha que resistiremos? — perguntei enquanto percorria seu perfil com as pontas dos dedos.

Eu sim, não sei você — afirmou rindo.

— Depende de você, já sabe, com você na minha cama sou capaz de esquecer até o meu nome.

— Você só pensa nisso.

— E você não?

— Um pouco.

Rodeei sua cintura. Apesar da nossa proximidade, havia alguma coisa nela que a fazia inexeqüível, imprecisa. Era como se apenas uma parte dela fosse visível, aquela que transitava etérea, mas sob a qual havia outra mulher, que talvez fosse muito mais sombria, e que eu nunca chegaria a descobrir.

Naquele instante, a matemática que morava com Clara entrou na cozinha, destruindo nossa intimidade.

Pouco a pouco, os convidados foram chegando. A francesa de Wivenhoe tinha abandonado seu estilo intelectual para se transformar numa *femme fatale*. Antonio apareceu por volta das dez. Usava jeans preto e jaqueta de couro. Estava feliz. Os homens deram tapinhas nas suas costas e as garotas o abraçaram. Clara e eu permanecemos afastados, cada um num canto da sala, nos dizendo em silêncio que não necessitávamos daqueles excessos de euforia para que ele soubesse o quanto era importante para nós. Nenhum dos três tinha querido falar da nossa separação. Antonio partia para um mundo incerto e nós, sem sair do lugar, também. Não sabíamos o que era viver sem ele, sem seu brio, sem suas metas.

Eu temia, além disso, que despojado da luz que ele lançava sobre mim, Clara percebesse minha insipidez.

*

Logo um grupo heterogêneo enchia todos os cantos da casa. Avistei dois catedráticos de Essex que costumavam ir às festas da universidade. Todos nós sabíamos que eram amantes e que se valiam dessas ocasiões para deixar seus respectivos esposos em casa. Antonio conversava atento com cada um dos seus amigos, como se tentasse capturar os instantes que se transformariam depois na matéria de suas lembranças. Felizmente, meu trabalho como ajudante de Clara resolvia o problema de descobrir com quem conversar. Nunca fui desenvolto na arte de perguntar futilidades a pessoas que talvez não veria nunca mais; uma habilidade que em todo caso não teria me desagradado possuir.

A certa altura, alguém apagou as luzes e colocou um disco do Bob Marley. Procurei Clara, estava atarefada nas suas funções de anfitriã. Sob a única lâmpada acesa, Antonio conversava com uma garota de cabelos curtos. A francesa de Wivenhoe se plantou na frente deles, aguardando sua vez. Internei-me na cozinha, o lugar onde sempre terminava nessas circunstâncias. Sempre havia ali a possibilidade de a gente se servir de alguma coisa ou ficar sentado, pretendendo escutar alguma conversa.

Quando saí, uma canção de Piaf soava pelos alto-falantes. A francesa fazia o impossível para chamar a atenção de Antonio. De repente começou a cantar *Je vois la vie en rose...*, a princípio devagar, depois com maior intensidade, desenvolvendo um ato de sedução que carecia da leveza necessária para funcionar.

No pequeno jardim tínhamos instalado várias cadeiras e uma mesa, ao redor da qual pouco a pouco fomos sentando. Uma balada em espanhol encheu de nostalgia o ar calmo de fim do verão. Um rapaz de aspecto meditabundo acendeu um baseado. Clara, sentada em uma banqueta, deu uma longa tragada. Era a primeira vez que a via fumar. Tinha abandonado seu papel de anfitriã e agora se entregava a uma deliciosa letargia. Estava com um vestido marrom que deixava as pernas descobertas. Tirou as sandálias.

Um sujeito de gorro até as orelhas pediu silêncio. Falou do significado que Antonio tinha em sua vida. Graças a ele tinha conseguido terminar a universidade. Mais um protegido. Nada novo. Enquanto o ouvíamos, Antonio olhava para mim com uma intensidade que conseguiu me intimidar. Clara abandonou seu estado solitário e se aproximou de mim. Então, o olhar insistente dele se cravou em nós dois.

Não soube em que instante a maioria dos convidados foi embora. O homem do gorro jazia no único sofá. A matemática se sentou ao meu lado e começou a conversar. Depois de um tempo, o cara acordou e, desorientado, saiu pela porta sem se despedir. As vozes de Clara e Antonio chegavam até nós do jardim. Estava a ponto de perder a paciência com a matemática e seu longo monólogo quando Clara e Antonio apareceram no patamar da porta janela.

— Preciso dormir — disse a matemática e, levantando-se de um salto, desapareceu.

Ali estávamos Clara, Antonio, eu, sós e em silêncio. Um braço de Antonio envolvia a cintura dela. Pela porta-janela irrompia a brisa da noite estival. Olharam para mim sorrindo. Interceptei uma cumplicidade entre eles que me irritou. Clara se desprendeu dele e se sentou ao meu lado. Um gesto que nesse instante agradeci. Antonio acendeu um cigarro e jogou a fumaça para cima.

— Tenho uma surpresa para vocês — disse Clara.

Nós dois nos entreolhamos divertidos enquanto Clara desaparecia na cozinha. Depois de poucos minutos voltou com uma garrafa de vinho. Jogamo-nos no sofá com nossas taças na mão, enquanto os ruídos da noite alcançavam nosso reduto. Em certo momento, Clara se ergueu e começou a cantar; imitava a francesinha, mas com uma graça que aquela não tinha.

— *Quand il me prend dans ses bras...* — Dizia balançando os quadris e soltando uma risada que provocava também a nossa.

Apesar da sua condição de bailarina, era pouco usual que mostrasse suas habilidades quando não estava numa representação ou ensaiando. Talvez fosse uma coisa muito séria para ela, ou provavelmente lhe causasse pudor. Mas agora, incentivada pelo nosso prazer de olhar, dançava para nós. Antonio estendeu uma das mãos e bateu na parte exterior da sua coxa direita, contato que pareceu estimulá-la ainda mais. Os olhos de Clara, um pouco nublados, se detinham em um e em outro. Toquei a barra do seu vestido e deslizei minha mão para dentro. Ela exalou um gemido e fechou por um instante os olhos sem parar de se mover. Antonio voltou a bater, desta vez com mais energia.

O estampido da mão dele na sua coxa me causou uma excitação instantânea. Antonio, atirado para trás, a boca entreaberta, observava-a com uma expressão animal. As ondulações de Clara, cada vez mais lentas e profundas, possuíam uma lassidão voluptuosa e ao mesmo tempo um vigor que estirava cada um dos seus músculos.

Era o instante de deter o jogo, de puxá-la pelo braço e contê-la, mas a excitação anulava todos os meus esforços para manter a prudência. A avidez de Antonio e sua respiração babosa me provocavam intensamente. Antonio se levantou e abraçou-a pelas costas. Num gesto de abandono, ela jogou a cabeça para trás. Prostrado no sofá, eu era incapaz de tirar os olhos deles. Ele pegou uma das mãos de Clara, levou-a até o seu sexo e a cobriu com a sua, apertando-a, deslizando-a para cima e para baixo. Pensei que não resistiria, mas meu desejo era mais forte do que a raiva. Ou talvez fosse a raiva que exacerbasse meu desejo. Clara deu meia-volta e se afastou de Antonio, enquanto me lançava um olhar desafiante e ao mesmo tempo indefeso. Levantei-me, agarrei-a, ela se agarrou a mim e me beijou. Então, ele envolveu a nós dois. Senti sua respiração no meu pescoço. Unidos, deslizamos para o quarto de Clara.

Sem romper a atmosfera de dança, ela tirou o vestido e ficou parada, agressiva e magnífica, os olhos perdidos num ponto impreciso. Antonio se estirou na cama. Sem deixar de contemplá-la, desfez-se da camisa, revelando seu torso moreno e sólido. Eu me sentei na beirada.

Uma força invisível nos impulsionava. Pressenti que aquele momento tinha sido definido no próprio dia em que nos conhecemos. Não havia forma de resistir. Estávamos cativos.

Clara nos observava. Com um dos braços cobriu um dos seus seios nus deixando descoberto o mamilo ereto. Pensei no pouco que a conhecia. Aquela mulher me atemorizava e ao mesmo tempo provocava em mim o ardor mais intenso. O desespero da minha paixão fazia que esta fosse mais potente.

— Toquem-se — disse, e permaneceu impávida exibindo seu corpo.

Antonio introduziu uma mão dentro da sua calça e começou a movê-la sem tirar os olhos de Clara. Permaneci sentado na cama, imóvel, enquanto ele continuava se masturbando. Ela se aproximou de mim, tirou minha camisa e me abraçou. Devia estar com uma expressão devastada. Embalou-me em seus braços beijando minha testa e meus lábios. Depois de um tempo, Antonio me agarrou pelos ombros e me afastou para um lado. Suas mãos suadas no meu corpo me provocaram uma estranha embriaguez. Não soube em que instante a penetrou. Ouvi um som profundo que provinha da boca de Clara. Observei as nádegas de Antonio se mexendo. Não consegui evitar. Dei-lhe um soco com o punho fechado. Uma diabólica exaltação se apoderou de mim ao observar meu próprio braço incrustando-se no seu corpo. Ele gemeu. Era um gemido que não provinha da dor, mas antes do prazer, como se meu soco tivesse intensificado sua excitação. Sem se desprender de Antonio, Clara me atraiu para ela e me beijou. Subitamente, ele se colocou de lado. Continha-se antes de gozar.

Com seus dedos ele roçou meu rosto. Uma perturbadora expressão de afeto brotava dos seus lábios avermelhados. Senti medo. Clara se agarrou a mim, empurrei fundo, tentando parti-la ou encontrar alguma coisa definitiva dentro do seu corpo. Antonio, olhando, gozou sozinho e depois desabou sobre a cama.

Ao cabo de um detido instante, Clara se levantou e apanhou sua taça do chão. De um gole, esvaziou o conteúdo e em seguida se jogou na cama cobrindo-se com o edredom.

Antonio e eu estabelecemos um contato visual que se prolongou por alguns segundos. Ele se vestiu e saiu do quarto. Clara tinha desaparecido debaixo da coberta. Sua respiração começou a ficar mais lenta. Depois de algum tempo, quando me pareceu que estava dormindo, abandonei sua casa. A tristeza se aglutinou na minha garganta. Era a última vez que estaria com eles. Não era algo que eu pudesse saber ainda, mas sabia. Era o fim.

# *Diário de Clara*

ACORDO SUANDO. UMA LUZ PENETRA PELA PORTA ENTREABERTA do meu quarto. Durante alguns segundos não sei onde estou. Levanto-me com os olhos fechados, caminho alguns passos, tropeço. Abro os olhos. Pela janela vejo a luz exígua da madrugada. Um pássaro está parado no galho de uma árvore que começou a perder suas folhas. Talvez dormindo, talvez morto e neste segundo o verei arrebentar-se na calçada. Atravessei o espelho, aquele que intuía nos olhos perdidos de Caroline. Cada momento possui uma fenda. Está sempre ali, mas não a vemos ou pretendemos não vê-la. Às vezes a pressentimos e pensamos que em algum momento teremos coragem para explorá-la. Um dia acontece. Aparece e você se deixa levar, embriaga-se com a vertigem da queda e deixa que a potência daquilo que antes não via a domine. Antonio e Theo estavam ali muito antes; apareciam juntos na minha fantasia, apagando luzes, levantando os lençóis da minha cama. Sou feliz por ter estado com os dois homens que amo, juntos, por tê-los provocado até o limite da dor. Sou feliz pela intensidade, por esquecer quem sou.

Quando o sol chegar com sua luz às calçadas, para mim chegará a culpa. Enquanto isso, na penumbra, posso reviver cada instante, posso apalpar meu corpo onde ficaram seus rastros. Tudo o que reproduza terei vivido e será meu. Fecho as cortinas para que a cidade se espreguiçando não me alcance.

Mas é inútil, a noite está desaparecendo. Tudo começa a se mover, como se uma grande máquina pusesse o mundo em funcionamento. O futuro se tornou incerto e perigoso. Não há palavra, nem gesto, que desfaça o percorrido. Dentro de algumas horas, Antonio tomará seu avião para o Chile. A árvore perdeu mais folhas e as que restam têm um brilho gorduroso. Enquanto observo a minha vizinha com sua echarpe de seda pegar o jornal na porta, percebo que perdi Theo.

# 19

DENTRO DE ALGUMAS HORAS, ANTONIO TERIA DESAPARECIDO DA minha vida. No entanto, enquanto caminhava para casa na madrugada, tive a certeza de que aquilo que sentia ficaria ali por muito tempo, e a única coisa que eu podia fazer era aprender a suportar sem me desesperar. Pelo menos a certeza de sua partida me outorgava a cota de vontade necessária para chegar em casa e me jogar na cama.

Avançava a passo rápido, tentando fazer com que o mundo exterior se incrustasse na minha cabeça: o bafo que exalava minha boca, os ciclistas de corpos enxutos, os cuidados jardins e seus caminhos de cascalho branco. Mas era impossível, as imagens da noite me cercavam. Sentindo-me perdido, as coisas mais elementares se afastavam de mim sem que eu pudesse evitar. Caminhava como se de repente meus sentidos tivessem se desvanecido. Só via o corpo de Clara grudado no de Antonio, seus lábios ansiosos, seus braços aprisionando-o, seus gemidos rompendo o ar. Senti tamanha raiva que sem me dar conta soquei uma árvore. Não era a primeira vez que eles ficavam juntos. Os dois tinham mentido para mim. Apesar desta certeza, meu coração não queria renunciar à Clara e exigia da minha mente que achasse a forma de redimi-la. Talvez a chave radicasse na sutil diferença entre infidelidade e deslealdade. Que porção de si mesma tinha entregado a ele? Quis acreditar que o que tínhamos era irreproduzível, que ela jamais tinha pronunciado diante de Antonio as palavras com que me reconhecia seu amor. Mas minha vontade não era suficiente. Precisava de provas, e o mais provável era que nunca as obteria.

Cheguei a Cadogan Place quando os primeiros raios de sol já tinham alcançado as fachadas da quadra. Joguei-me na cama. O cansaço conseguiu me mergulhar num sono que só foi interrompido algumas horas mais tarde pelo toque do telefone.

Era dom Arturo, o pai de Antonio. Não acho que existisse no mundo uma pessoa, além de Antonio e Clara, que eu tivesse querido evitar com mais veemência. Não tinha voltado a saber dele desde o ato no County Hall, mas tinha esperado com temor o momento em que ele entraria em contato comigo. Dom Arturo não me perguntou se eu estava disposto a fazer aquilo. Pela sua voz firme e pausada, entendi que ele contava que eu fizesse. Limitou-se a me dar as instruções, o número do passaporte de Daniel Nilo, o vôo, a hora de partida — que eu sabia — e o número de telefone das autoridades de imigração do aeroporto.

Devia ligar de uma cabine telefônica na esquina oeste da Regent Street com Oxford Street, quatro horas antes da decolagem do avião. Não devia me identificar. Só isso. Impressionou-me a simplicidade da operação. Uma ligação e o destino de Antonio tomaria rumos que ninguém mais poderia prever. Antes de desligar e sem mudar o tom calmo e ao mesmo tempo decidido de quem não abriga dúvidas, disse-me que ele assumia toda a responsabilidade. Antonio nunca saberia que eu tinha feito aquela ligação.

Fiquei sentado na beirada da cama, a vista fixa no chinelo de quarto que minha mãe tinha me deixado de presente antes de partir para Fawns. Um gesto de mãe, o de velar por seu filho, como dom Arturo fazia pelo seu. Era incapaz de albergar maus sentimentos com relação a ele.

Lembrei-me do seu último gesto, quando na porta do County Hall capturou minha mão entre as suas e sem dizer uma palavra foi embora rua abaixo.

Passados esses minutos de congelamento, não encontrei mais a paz. Os últimos acontecimentos voltaram à minha memória com tamanha força, que senti vontade de vomitar. Vesti-me e saí para a rua.

O ar da manhã estava limpo, exacerbando minha impaciência. A princípio caminhei sem rumo. Precisava tirar aquela tensão de mim. Custava-me trabalho pensar. Parei numa esquina. *Charlotte Sometimes* ecoava pela janela de um automóvel parado no sinal vermelho. Uma música do The Cure que eu gostava muito. Talvez ouvi-la naquele instante significasse alguma coisa, mas o quê? Sentia falta de encontrar um amigo, um indício oculto que desse resposta ao meu dilema. E, enquanto caminhava intoxicado de emoções, ergui a cabeça e olhei para a frente, para a rua Knightsbridge, cujo brilho anulava qualquer sombra humana. As fachadas brancas cobertas pela folhagem, a praça, o céu meio azul e meio branco, chamavam para o seu lado, para o ventre quente da normalidade. Eu não pertencia ao mundo escuro de Antonio. Eu era um cara como tantos outros, um pouco desorientado, com vontade de viver bem sem fazer mal a ninguém. Ou tinha sido. Porque agora estava cheio de maus sentimentos. Odiava Antonio por ter mentido para mim, pelas sensações confusas que provocava em mim, odiava-o por ele ser como era. Queria que desaparecesse da minha vida. Esta idéia me abalou. Não podia tomar uma decisão com respeito ao futuro do meu melhor amigo movido por sentimentos dos quais queria fugir.

Precisava organizar minha cabeça. Separar as coisas. A única coisa que importava era o destino de Antonio. Com os poucos elementos que contava, tinha que decidir se a possibilidade de que ele fosse preso era real ou produto do medo de um pai que perdeu um filho.

Era meio-dia e os *pubs* já estavam abertos. Precisava de uma cerveja. Logo estava sentado no balcão de um bar. Com o primeiro gole me senti melhor. Tentei voltar à linha de reflexão que tinha iniciado na rua. A alternativa se reduzia a acreditar ou não acreditar nas palavras de dom Arturo. Se a vida de Antonio estava em risco, por que Clara não o detinha? Segundo o meu parecer, ela não era do tipo de pessoa que evita a realidade. Se não o fazia era porque considerava que esse perigo não era real. E havia o próprio Antonio, suas esporádicas depressões não faziam dele um suicida potencial. Pelo contrário, com exceção daquele episódio em sua casa, tudo nele apontava para a vida. De qualquer maneira, era impossível esquivar o fato de que um homem que entra num país com uma identidade falsa para integrar-se à Resistência coloca sua vida em perigo. Antonio sabia disso e, no entanto, não era um obstáculo para ele. "Não posso continuar vivendo sob a sombra do meu irmão", disse-me uma vez. O sentimento de opressão que isso provocava nele não era tão distante da morte. Quem era eu para detê-lo? Pensei que Antonio faria qualquer coisa para entrar no Chile, se não fosse agora seria mais tarde, e se seu destino era morrer nas mãos dos militares, chegaria a cumpri-lo. Era uma ilusão da parte de dom Arturo achar que, impedindo sua saída, Antonio permaneceria ligado a ele. Eu nada podia contra sua força. A decisão estava tomada. Não ia ligar, mas também não ia avisar dom Arturo de minha resolução. Antonio tomaria seu vôo sem percalços. Pedi outra cerveja e a bebi de um só gole.

# *Diário de Clara*

ESTOU PARADA NUM PONTO ENTRE A PENUMBRA E A MADRUGADA. Flutuo perdida num armário onde vão parar os trastes velhos e as bonecas desmembradas. Perdi Theo, e com ele perdi a mim mesma. O ser que só aflora na presença dele. Nós nos atiramos juntos, mas não caímos no mesmo lugar, a prova é que quando acordei estava sozinha. Não sinto culpa nem arrependimento. Só tristeza. É esse o preço que se paga pela coragem? Nada do que aconteceu há algumas horas nesta cama pertence ao mundo da mentira. Sabíamos de antemão. Theo sabia. Não fez mais do que vê-lo. Emergiu tudo aquilo que vive atrás das comportas da consciência. Cada um dos nossos gestos mais velados encontrou seu lugar no outro, nada ficou retido no desejo não realizado. Como as pessoas fazem para sobreviver? Por acaso se ocultam sob as armaduras da aparência? Talvez estejam certas. Talvez seja a única forma de seguir adiante, fechando os olhos e contando até três, implorando a Deus que resguarde nossa decência e estrangule essa pulsão de vida que nos ameaça.

# 20

QUANDO CHEGUEI À RUA, A LUZ E O CALOR DO MEIO-DIA FORAM como um abraço amistoso. Desfiz o caminho andado e depois de alguns minutos estava em Cadogan Place.

Preparei um sanduíche, um copo de Coca-cola com gelo e me fechei no quarto deteriorado da minha irmã. Era uma e meia da tarde. O vôo de Antonio saía às nove da noite. Sentei-me diante da minha Remington. Precisava me concentrar em alguma coisa, qualquer que fosse, para não retornar ao que tinha acontecido. Por volta das três tocou o telefone. Era dom Arturo.

— Theo? — perguntou. Assenti.

— Estou ligando porque acho que você deve estar cheio de dúvidas. Eu também estaria. Mas quero que saiba que se fizer isso terá sido o amigo mais leal que Antonio poderá ter. Conto com você, certo? Preciso saber porque, se não, terei que fazer eu essa chamada e o mais provável é que com o meu inglês terrível não me entendam.

Emitiu uma risada que parecia sair com esforço.

Guardei silêncio. Como expressar todas as reflexões que já nem lembrava e que tinham me levado a concluir que não faria aquilo?

— Não vai ligar. Eu entendo.

— Sim. Vou — disse.

Os sentimentos que tinha mantido a distância durante aquelas horas caíram em cima de mim. Senti compaixão por todos nós. Por

Clara, por Antonio, por mim. Vi Antonio fazendo sua mala para abandonar sua identidade, sua vida. Já éramos parte de uma tragédia, e a pior coisa que podia acontecer é que um de nós perdesse a vida. Talvez o pai dele estivesse certo e, então, como poderia me perdoar? Dom Arturo tinha mencionado a lealdade.

Evoquei as múltiplas conversas que tinha mantido com Antonio sobre este assunto. Era uma questão que o obcecava. Com o tempo isso se tornou parte do nosso vocabulário, e o entendimento mútuo do que significava tinha constituído um dos pilares do nosso vínculo. Lembrei-me de que tínhamos chegado juntos à conclusão de que a lealdade estava acima até da verdade. Esta última podia estar sujeita à experiência de cada um, aos requerimentos de um tipo mais elevado de integridade; em compensação, a lealdade — pensávamos — era inequívoca.

Antonio não tinha sido leal comigo. Tinha me levado a acreditar que entre ele e Clara havia apenas uma profunda amizade. No entanto, cabia a possibilidade de que nunca tivessem estado juntos antes, que a confiança dos seus corpos ao se encontrar fosse o resultado do afeto que os unia. Talvez Antonio não tivesse me enganado, nem Clara.

De qualquer forma, que ele tivesse me traído não significava que eu tivesse de fazer a mesma coisa com ele. A única possibilidade que tinha de me salvar era sendo o mais justo possível. Mas qual era a forma de agir com justiça?

Fiz um rápido exame dos meus sentimentos e descobri que continuava cheio de raiva. Estava inclusive disposto a enviar Antonio para a morte. Queria vê-lo morto. Senti uma falta de ar tão intensa que tive que abrir a janela. Lá fora a luz era suave, dezenas de andorinhas sobrevoavam a cidade. Se fizesse a ligação, Antonio ficaria em Londres e sua presença faria com que todos os sentimentos confusos da noite anterior voltassem a me torturar. Mas, sobretudo, perderia Clara; ela jamais me perdoaria por ter destruído o sonho dele. Era evidente que, do meu ponto de vista, era melhor não ligar. Indo embora, ele desapareceria de nossas vidas.

Tinha ouvido dizer que a coragem não é fácil. Salvaguardar a vida de um amigo e soltar o último fio que me unia à mulher que eu amava era uma dessas estranhas oportunidades que teria na vida de colocá-la à prova. Olhei outra vez para as andorinhas. O ar calmo entrou nos meus pulmões.

Desfiz um a um os argumentos que havia construído. O mais difícil de derrubar foi a inutilidade de retê-lo, posto que ele chegaria ao seu destino de qualquer jeito. Mas então me lembrei de que em algum de nossos encontros no pub, um amigo de Antonio tinha mencionado que esse era o momento mais arriscado para entrar no Chile.

O estado de alerta dos serviços de inteligência recrudescera depois do atentado a Pinochet, bem como a repressão. As coisas ainda estavam muito frescas, disse, dirigindo-se a Antonio. Ele fingiu que não ouviu e pediu outra rodada de cervejas.

Mesmo que os outros perigos enunciados por dom Arturo fossem fictícios, este era real e eu podia evitar que Antonio se expusesse a ele. Conseguir outro passaporte sem a ajuda do Partido seria impossível. Para entrar em seu país teria que idear uma nova estratégia, encontrar recursos, aliados, e tudo isso levaria tempo. O suficiente para que as coisas se acalmassem no Chile.

Às quatro e meia eu estava na esquina da Oxford com Regent Street. Plantei-me na esquina em frente à cabine telefônica. A rua estava lotada de turistas. Os minutos passavam com uma lentidão exasperante. As vozes dos transeuntes, seus passos, o clamor do trânsito, intensificavam-se. Não queria pensar, temia que se pusesse a cabeça para funcionar mudaria de idéia. Sobretudo não queria vislumbrar a dor da manhã seguinte, e da seguinte, e da seguinte. Por muito que tivesse concluído que a única forma de ser leal com Antonio era protegê-lo de si mesmo, à primeira vista o que estava fazendo era traí-lo.

Três minutos antes das cinco atravessei a rua, entrei na cabine e disquei o número que dom Arturo tinha me dado. Devia falar com um tal James Reeves. O resto ocorreu automaticamente. O cara do outro lado me ouviu em silêncio. Percebi que anotava cada palavra minha, assim que perguntou meu nome, desliguei. Saí da cabine ensopado de suor. Fiquei alguns minutos na calçada recuperando o ritmo da minha respiração, enquanto os transeuntes passavam ruidosos à minha volta. Tomei outro táxi e retornei a Cadogan Place. Joguei-me na cama, coloquei os fones com *O lado escuro da lua*, do Pink Floyd, e chorei silenciosamente. Estranho paradoxo: o futuro de Antonio e o meu tinham se unido e também se divorciado.

Não sei como transcorreu o tempo, Pink Floyd foi substituído pelos Stones e outros que já não me lembro. Acho que dormi por um tempo. Às sete da noite o telefone tocou de novo. Era Antonio. Ao ouvir sua voz senti que caía de um inferno a outro.

—Theo — ouvi-o dizer.

Eu sabia que em menos de uma hora seria preso pela segurança da imigração, levado a empurrões para uma sala, interrogado uma e outra vez, e depois... depois não sabia o que aconteceria com ele. Dezenas de imagens nas quais era maltratado até a tortura varriam minhas pupilas. O que eu tinha feito?

— Theo, você está aí? — ouvi-o perguntar.

Um suspiro deprimente escapou de minha garganta.

—Theo, quero que você saiba que Clara o ama. Ontem à noite eu estava bêbado, todos nós estávamos. Embora agora nos pareça uma coisa muito forte, em pouco tempo aquilo não terá nenhuma importância. É sexo, entende? O sexo não une as pessoas, o que as une é outra coisa, e isso você e Clara têm. Também você e eu temos algo... você sabe que foi o meu amigo, o único que tive. Não havia dito isso antes porque me é difícil, mas já era hora. Continua sendo, bem, isso espero... Theo, você está me ouvindo? — sua voz foi se apagando até se tornar um frágil registro, como se o esforço que tinha feito para dizer tudo aquilo o tivesse consumido.

Grudado no telefone, eu não sabia o que dizer. De algum lugar surgiram minhas palavras.

— Antonio, você não pode pegar aquele avião, está me ouvindo? Não pode encontrar a polícia, vá embora... antes que seja tarde.

— Do que você está falando? — gritou pelo telefone.

— O seu pai — disse.

— O meu pai o quê?

— A polícia o está esperando. Não o deixarão partir. Seu pai teme por sua vida, Antonio. E eu também.

Um silêncio caiu sobre nós como uma laje.

— Antonio — falei com um fio de voz quase inaudível.

— Você é um filho-da-puta — e desligou.

Já não havia volta atrás. Eu poderia ter lhe dito apenas para procurar a carta que seu pai escondera na sua bagagem e se desfazer dela. Mas as coisas não aconteceram assim. Uma estranha leveza tomou conta de mim. Fumei um baseado, tomei vários copos de vodca e caí inconsciente na cama.

Quando despertei, uma nova paz me embargava, onde não cabia a esperança nem o medo. Tudo o que tinha que acontecer tinha acontecido e o que viria já era irremediável.

# *Diário de Clara*

É POSSÍVEL PERDER ALGUÉM DUAS VEZES SEM TÊ-LO RECUPERADO da primeira vez?

É possível trair uma pessoa e que a traição dela redima a sua? Traí Theo e Theo traiu Antonio. Traiu a todos. De um golpe destruiu o sonho. Sua traição fez com que a minha se tornasse brincadeira de criança. Eu o amava, e talvez o ame, mas não sei se depois disso conseguirei continuar amando-o. Não são apenas os meus sentimentos. É algo mais, é essa sombra grotesca que se erguerá entre nós, que se precipitará implacável sobre aquilo que tentemos. A embriaguez se dissipou, a promessa de Theo jaz despedaçada. Com tristeza, a prudência voltou a se aninhar em mim. Estou de volta no navio de Antonio. Nunca devia tê-lo abandonado. Une-nos o pacto de quem sabe que só tem um ao outro.

# 21

Dois dias depois liguei para Clara. Não foi uma coisa que eu tivesse planejado. Num certo momento me sentei diante do telefone e disquei seu número. Ela não entendia o que eu tinha feito. Aferrada a um único argumento, foi despedaçando minhas palavras. Antonio era um adulto consciente dos seus atos e ninguém tinha o direito de detê-lo. A raiva foi dando lugar à desconfiança. Propus que nos encontrássemos, mas ela se negou. Eu também não tinha certeza se queria vê-la. As lembranças daquela noite me torturavam. Quando lhe perguntei por Antonio, ela, com ironia, respondeu:

— O que você acha?

A imagem da casa transformada numa pocilga veio à minha memória. Talvez ao detê-lo tivesse salvado sua vida, mas tive a intuição de que também o tinha jogado no vazio. Provavelmente, Antonio necessitasse do contínuo movimento — não importava com que conseqüências — para não sucumbir à tentação da queda.

Depois de uma semana voltamos a conversar; no entanto, o abismo entre nós se tornou inescapável. Era como tentar sair de um recinto onde tinha estado antes, o daquela natural distância que se produz de vez em quando entre as pessoas, mas descobrir que, desta vez, diferentemente das outras, as saídas estão fechadas. Durante o transcurso das semanas seguintes não senti muita coisa. Foi uma experiência similar à que produz uma anestesia local.

Uma parte do seu corpo fica insensível, ocultando uma dor que de outra maneira seria insuportável.

Recebi uma carta sem selos de dom Arturo; deduzi que ele mesmo devia tê-la trazido. Na carta me expressava sua gratidão. Com Antonio não tive contato até 15 anos mais tarde, quando ele ligou para Londres para me convidar para passar o Natal no Chile.

Do tempo que seguiu tenho poucas lembranças. A anestesia tinha alcançado também os acontecimentos trazidos pela memória. Lembro-me, sim, com absoluta clareza, de uma conversa que mantive com minha mãe.

*

Depois que eu e minha irmã, por diferentes motivos, recusamos a viagem familiar à Itália, meu pai inventou uma desculpa para não passar duas semanas a sós com minha mãe, isolado numa vila italiana, longe dos seus amigos, do seu clube e talvez de alguma amante. Em conseqüência, o estado de ânimo de minha mãe — que tinha ficado sozinha a maior parte do verão em Fawns — não era dos melhores. O meu também não. Frente à sua insistência e a contragosto, fui para o campo.

A poucas horas da chegada, o andaime que mantinha minhas emoções a distância começou a desmoronar. Os vaivéns da minha mãe com suas flores e seus livros de filosofia chinesa causavam em mim um surdo rancor por tudo o que tivesse vislumbres de beleza. Acho que, com o propósito de destruir a gota de bom ânimo que eu mesmo lhe insuflava com minha visita, me voltei contra ela.

Estávamos na sala, a lareira acesa, a ópera *Manon* tocando ao fundo. Enquanto minha mãe procurava no seu livro da vez um parágrafo para ler para mim, eu olhava ao meu redor e me deprimia ainda mais. Os livros esquecidos nas múltiplas mesinhas delatavam sua eterna esperança de aprender alguma coisa. Em geral, não chegava a terminá-los, mas sempre pegava algum parágrafo que tinha urgentemente que compartilhar conosco. Quando começou a ler não consegui agüentar.

— Você me aborrece — disse-lhe. — Quero saber quem é Bernard Fitzpatrick.

— Está acontecendo alguma coisa com você, não? — perguntou. Aproximou-se e segurou minhas mãos.

Desprendi-me dela e olhei para o teto num gesto de tédio que não a dissuadiu. Observava-me esperando uma resposta.

— Não importa. Você sempre desvia as conversas de acordo com sua vontade. Eu lhe fiz uma pergunta e quero que a responda.

— Tudo bem, Theo, vou responder.

Senti sua doçura. Era outra vez a mãe da banheira, a que fechava a porta e deixava o mundo do outro lado.

— Eu sabia que um dia lhe contaria esta história.

— Como na banheira — falei, conciliador.

— Isso mesmo.

Fazia anos que não mencionávamos nossos encontros. Olhou-me como esperando que, depois da sua elucidação, eu me animasse a falar de mim.

— Sim, está acontecendo — disse, e no mesmo momento me arrependi. — Muitas coisas, como a qualquer pessoa da minha idade, mas quero que você me conte — esclareci.

Sentou-se na poltrona e acendeu um dos seus cigarros sem filtro. Respeitava o limite que eu lhe impunha, intuindo talvez minha carga de emoção reprimida, que podia explodir a qualquer momento.

— É verdade que a história do Bernard tem algo das que eu lhe contava, lembra? — perguntou-me sorrindo.

— Aventuras, atos heróicos, e alguém que ficava desconcertado com o menino e sua mãe.

— Exato. Embora depois da sua morte já não tenha tanta certeza de nada — disse com uma expressão que tinha deixado de ser alegre. — Nós nos conhecemos em Oxford.

— Nunca me disse que tinha ido a Oxford.

— Por causa das minhas notas baixas, nunca consegui uma vaga, mas participava como ouvinte de alguns cursos de literatura inglesa. Foi idéia dos meus pais. Pensavam que o contato com pessoas que tivessem inquietações similares às minhas me tiraria do meu estado melancólico. Não sabiam que eu passava a maior parte do tempo vagando pela margem do rio, imaginando ser uma grande poetisa. — Nesse ponto nós dois rimos.

— Bernard, em compensação, era um estudante matriculado, mas sua condição de homossexual enrustido o tornava também um ser taciturno. Coincidimos em um curso. Foi ele quem se aproximou de mim. Pareceu-me imediatamente um sujeito atraente. Não sei se quando você o conheceu ainda mantinha aquele porte altivo e a elegância algo excêntrica. Um dia, ao sair da aula, perguntou-me para onde eu estava indo. Disse-lhe que iria ao parque, como todas as tardes, alimentaria alguns patos, chutaria algumas pedras para em seguida voltar para meu pequeno porém encantador quarto. Ele achou graça de tudo isso e se ofereceu para me acompanhar. Assim se inaugurou um costume que fazia muito bem aos dois.

Minha mãe se levantou da sua poltrona, atiçou as brasas da lareira e voltou para o seu lugar. As janelas emolduravam um céu azul escuro. Avistei a silhueta miúda de Baltasar, o velho jardineiro.

— No início achei que sua maneira um pouco afetada de falar era uma coisa própria da sua origem irlandesa de boa família, mas um dia notei que olhava para um homem com uma intensidade que não tinha visto nunca em seus olhos. Intuí que era homossexual. Você deve considerar, Theo, a assustadora ignorância que tínhamos naquela época sobre tudo o que se referia a sexo, qualquer que fosse sua forma. Minha única aproximação à homossexualidade tinha sido através do Sebastian, você sabe, o protagonista de *Memórias de Brideshead*.

— Por isso pôs o nome de Aloysius no meu urso; eu pensava que era por causa da Evelyn Waugh.

— Foi a minha forma secreta de fazer uma pequena homenagem ao Bernard — disse, frisando suas palavras com um estalo. — Aqueles meses foram uma das épocas mais felizes da minha vida.

Deteve-se por um momento e começou a brincar com seu colar de pérolas, ao mesmo tempo que olhava pela janela a luminosidade da noite.

— Passeávamos pelas ruas de Oxford conversando e rindo dos pretensiosos, dos arrivistas, dos deslocados, e de todos os que aparentavam ser alguma coisa que não eram. Nós os transformávamos em nossas vítimas favoritas porque nós não éramos muito diferentes deles. Numa tarde, estávamos caminhando pela margem do rio e eu falei: "Bernard, eu sei que você gosta de homens". Ele parou e olhou para mim. Não era necessário que me dissesse nada. Continuamos caminhando. Depois disso se estabeleceu uma aliança entre nós. Vivíamos no nosso mundo. Ao seu lado eu me sentia livre, podia ser eu mesma, seja lá o que isso significasse. Mais de uma vez me aproximei de outros homens com o único propósito que Bernard se relacionasse com eles. "Meu amigo é um grande poeta", dizia e, depois de apresentá-los, eu desaparecia como por mágica. No dia seguinte, Bernard, radiante e sem dizer uma palavra, me dava um abraço.

Neste ponto minha mãe cruzou os braços, tinha um sorriso travesso. Custou-me imaginá-la como uma cafetina de homossexuais.

— Preciso de um *brandy*. Quer um? — perguntou enquanto se levantava do seu lugar.

Nunca a tinha visto beber nada forte, no máximo uma taça de vinho branco em algum dia de muito calor. Encheu pela metade dois copos de brandy, serviu-os e ficamos olhando as luzes das luminárias espalhadas pela sala.

— Foi um pouco antes dos feriados da Páscoa — continuou. — Certo dia anunciou que naquele fim de semana seus pais e sua namorada viriam visitá-lo. "Como você pode ter namorada se é homossexual?", perguntei-lhe espantada. "Não sou", respondeu-me. "Eu gosto de ter sexo com homens, mas isso não significa que queira construir minha vida com um". Como eu disse, eu não tinha grandes conhecimentos sobre sexo, mas meu instinto me dizia que o desejo era uma energia irrefreável. Tudo tropeçava ali. Por mais que Bernard tentasse fazer sua vida com uma mulher, chegaria o momento em que ele mesmo a destruiria. Tentei lhe explicar isso, mas tenho certeza de que ele já sabia e não queria ouvi-lo da boca de ninguém. Estava disposto a aplacar seu instinto. Foi o que me disse.

"Naquela noite eu lhe aprontei uma. Tinha comprado entradas para uma obra de Shaw com semanas de antecedência e, apesar da sua irritação, Bernard não tinha alternativa a não ser me acompanhar. Depois do espetáculo passamos por um pub para tomar uma cerveja. Assim que entramos, vi um garoto sentado numa mesa, sozinho. Tinha uma dessas belezas desafiantes, que parecem estar feitas para atrair e destruir. Sentei-me na mesa ao lado enquanto Bernard pegava duas cervejas no balcão. Quando voltou, eu conversava animadamente com o rapaz. Tinha chegado naquele mesmo dia a Oxford e esperava um amigo, que deveria tê-lo buscado há duas horas naquele pub. Fugia de Barmsley, um povoado mineiro sem muitos horizontes. A única coisa que ansiava era encontrar abrigo e viver uma experiência que o tirasse de vez da sua vida anterior. Era sem dúvida a fantasia de qualquer homossexual. Carne virgem e disponível."

Surpreenderam-me os termos empregados pela minha mãe. Ela percebeu meu espanto e com um sorriso explicou:

— Sei que deve parecer chocante para você eu utilizar esta linguagem. Querido, lembre-se apenas de que nasci trinta anos antes de você e tudo lhe parecerá natural.

Esgrimi um sorriso e ela continuou.

— Faltavam três dias para que seus pais e sua namorada chegassem a Oxford, e ele os passou com o rapaz. No sábado estávamos tomando chá no The Randolph, todos muito elegantes, em especial Bernard, que exibia todo seu encanto e boas maneiras. Seu pai era um homem de gestos complexos e educados. Tinha um daqueles sorrisos comedidos que o mantinha à margem de qualquer insignificância; como se aquele encontro entre seu filho e sua futura nora não tivesse o mínimo interesse. Só o anúncio dos excelentes resultados acadêmicos de Bernard conseguiu fazer com que sua expressão se transformasse num sorriso, embora dizer sorriso seja provavelmente um exagero. A garota, por sua vez, era um verdadeiro encanto. Bonita, graciosa e provida de um senso de humor bastante marcante. Enquanto saboreávamos nossos *scones* com geléia, e Bernard pegava na mão de Rose, pensei que talvez ele estivesse certo e fosse capaz de esquecer suas noites de paixão para construir uma vida com ela. Tinha me falado sobre suas aspirações profissionais, que incluíam o inconfessável desejo de chegar a ser o diretor de um jornal importante como o *Guardian*. Depois do chá demos uma caminhada pelo *college*. Nesse passeio tive a oportunidade de trocar algumas palavras com Rose. Estava interessada na amizade que me unia a Bernard. Tive de ser evasiva. Disse-lhe que Bernard passava a maior parte do tempo encerrado na biblioteca estudando, enquanto eu preferia o ar livre. Minha explicação pareceu satisfazê-la, sobretudo pelo fato de que Bernard estudasse com veemência. Ao final do nosso passeio, Rose estava agarrada ao meu braço, como se uma estreita amizade se houvesse estabelecido entre nós. Se alguma coisa ficou claro naquela tarde é que ela se sentia segura do amor de Bernard, questão que resolveu minhas dúvidas com respeito ao seu futuro casamento. Por isso me surpreendeu a carta que recebi dela algumas semanas mais tarde, na qual expressava suas apreensões com respeito a Bernard. Era insólito, para dizer o mínimo, que se dirigisse a mim, uma completa estranha. Isto me fez pensar que sua angústia e sua confusão eram mais agudas do que se atrevia a dizer. Mencionava um estado melancólico da parte de Bernard quando estavam a sós. Às vezes se fechava sem razão aparente e a repreendia por algo que inclusive em outra ocasião tinha sido objeto de sua admiração. Também expressava, suponho que tentando rebater diante dos seus olhos e dos meus, o comportamento errático de Bernard, que ele era carinhoso, que jamais esquecia aqueles rituais próprios dos apaixonados, como por exemplo a data em que ela lhe mandara pela primeira vez uma carta. Este dado me fez entender a origem da sua relação. Tinha sido Rose quem escolhera Bernard. Ele não fez mais do que se agarrar à tábua de salvação que ela estendeu. Dizia-me que ele não a havia tocado, referindo-se com isto a que nunca faziam amor. Não que isso a preocupasse, afinal era uma maneira de expressar o respeito que tinha por ela. Mas que nunca sequer tivesse tentado, como faziam os namorados das suas amigas, a fazia duvidar do amor que ele sentia por ela. Perguntava-me se eu sabia de alguma mulher, talvez de fora do seu meio social, por quem Bernard pudesse estar secretamente apaixonado. Estas eram perguntas que as mulheres nessa época faziam e que agora podem parecer ridículas.

Minha mãe se levantou e se apoiou na beirada da lareira. Sua expressão continha nostalgia e placidez.

— Quando terminei de ler a carta de Rose consegui apenas sentir uma infinita compaixão por ela. Conversei com Bernard. Não mencionei a carta, pois Rose tinha sido muito clara ao me pedir que ocultasse esse contato epistolar. Disse-lhe que não só estava destruindo a vida dele como também a de Rose, na minha opinião uma garota sensível que não merecia ser enganada daquela forma tão brutal. Bernard esboçou alguns argumentos, atrás dos quais entrevi seu desespero. Nos dois dias seguintes ele me evitou. No terceiro, interceptei-o quando saía de uma aula e lhe disse que se não falasse a verdade a Rose, eu o faria. Enfureceu-se. Disse-me que eu não tinha direito de me meter na sua vida, que ele era suficientemente maduro para saber o que estava fazendo, e que se levava aquilo adiante era porque tinha a certeza de que tudo iria bem. Disse-me que se eu escrevesse a Rose destruiria sua vida. Deu um passo para trás, talvez com medo do que pudesse ocorrer. Em seguida, ergueu as mãos e as levou à cabeça. Olhou para mim. Em seus olhos percebi desespero, medo, mas também uma minúscula porção de alívio. Como se aquele enfrentamento entre nós o afastasse por um instante de algo que o feria mortalmente. Naquela tarde escrevi a Rose. Sabe de uma coisa? Foi aquele último olhar de Bernard o que me deu força e convicção para fazer isso. Depois, ao voltar para aquele momento, entendi que por trás da raiva, o que Bernard me pedia, sem sequer perceber, era que o protegesse de si mesmo. Que o resgatasse daquele dever que o estava anulando. Você deve imaginar as conseqüências da minha carta. Sua ruptura com Rose e também o rompimento definitivo da nossa amizade.

Minha mãe se aproximou da janela e continuou falando dali. Os galhos de uma castanheira carregada de folhas se recortavam contra o céu escurecido. Já não via sua expressão.

— Eu me culpei por isso a vida toda, Theo. Nunca devia ter me metido.

Seus olhos se encheram de lágrimas. Acendeu um cigarro e deu várias tragadas, jogando a fumaça para a lareira.

— Graças a ele agora tenho trabalho. Entende, mãe? — disse com uma impaciência que surgia da minha necessidade imperiosa de tirar conclusões. Minha mãe ficou calada.

— Ele a perdoou, está claro; foi a forma de corresponder ao que você fez por ele — continuei.

— Quando você intervém na vida dos outros dessa maneira tão definitiva, nunca pode saber se o que fez foi melhor ou pior. Talvez, se não fosse por mim, Bernard agora estivesse vivo. A doença da qual morreu se transmite por via sexual. Sabia isso? — Tinha o olhar ainda perdido na escuridão do jardim.

— Claro que sei; mas entenda, mãe, poderia tê-lo atacado da mesma forma. O fato de que se casasse com a tal Rose não garantia nada, imagine a quantidade de anos de infelicidade, o mal que teria causado a ela, para quê? Para adiar uma coisa que ia vir de qualquer forma? Você entendeu isso antes dele, só isso. Tenho certeza de que você não errou. Tenho certeza — disse com a voz embargada.

Minha mãe se virou, e ao cruzar nossos olhares notei que ela sabia. Entendia que eu precisava desesperadamente acreditar no que estava dizendo.

— Talvez você tenha razão, Theo — disse com lentidão, como se tentasse me acariciar com suas palavras.

Lembrei-me do diálogo que tinha mantido com Antonio no pub, quando, apesar da interdição do Partido, tinha resolvido entrar no Chile. Voltei a ver seu olhar febril e a incerteza que senti quando, por um instante, pensei que ele procurava em mim um argumento poderoso que o detivesse.

A relação entre o relato da minha mãe e minha experiência me fez pensar pela primeira vez que a vida tem certa simetria interna. Minha mãe tinha entendido sua lealdade com Bernard da mesma forma que eu com Antonio. Nem sequer necessitava mais do perdão dele. A mesma congruência que esta descoberta tinha me concedido agora se encarregaria, no devido tempo, de pôr as coisas no seu lugar. A humanidade da minha mãe me inundava. Senti uma imensa ternura por ela. Percebi que me observava, intuindo sem dúvida o impacto que sua história tinha tido sobre mim.

— Um dia lhe contarei — disse, como se ela estivesse ouvindo o meu diálogo interno.

— Você saberá quando, e eu estarei aqui. Sabe disso, não?

— Sei.

Antes de dormir lhe dei um abraço daqueles que lhe dava quando criança. Pensei por um instante que ia chorar. Sobressaltado pelo meu arroubo, desprendi-me de repente e, sem olhar para ela, subi correndo as escadas.

Depois dessa noite com minha mãe renunciei a todo afã de concluir meus estudos de *government*. Assim que cheguei a Londres, liguei para Tony e falei que estava preparado para viajar para a Nicarágua. Devia seguir o caminho que Bernard tinha traçado para mim. Embora sem ser consciente disso na época, o que na verdade me movia não era Bernard, mas a imperiosa necessidade de emigrar para um lugar onde os riscos exteriores fossem mais fortes que os do meu interior. Um mês mais tarde partia para aquele país centro-americano, a primeira de muitas viagens que viriam depois.

*

Quando voltei da Nicarágua tentei procurá-los. Deixei um bilhete para dom Arturo em sua casa pedindo notícias de Antonio, mas ele nunca entrou em contato comigo. Liguei também para Ester, a mãe de Clara; sua voz cortante me indicou que ela não queria saber de mim. As lembranças e a culpa continuaram me rondando por muito tempo e em certos momentos se tornaram inclusive insuportáveis. Então trazia para a minha memória a conversa com minha mãe, tentava com todas as forças reproduzir o sentimento de paz e redenção daquela noite, e, embora nunca tenha chegado a senti-lo outra vez em plenitude, pelo menos conseguia não arruinar irreparavelmente minha existência.

Não posso dizer que a lembrança de Clara não me perseguisse no transcurso desses anos. Sua presença na minha cabeça e também no meu corpo definiu os encontros que tive depois com outras mulheres. Com o fim de tornar a questão mais suportável, concluí que a minha incapacidade para entrar numa relação, até mesmo para chegar a imaginá-la, respondia a um princípio de vida que eu mesmo tinha estabelecido, em que os apegos não tinham um lugar onde se assentar. A única exceção a esta regra que eu mesmo me impus era meu amor por Sophie, minha filha, com quem de qualquer forma tinha uma dívida pendente.

# III. De Volta

# 22

NÃO SEI QUANTO TEMPO FICAMOS ASSIM, CALADOS, CLARA E EU no sofá naquela noite de 25 de dezembro, mas em algum momento percebi que a lua tinha desaparecido e com ela o lago e as silhuetas das colinas. Pensei no quanto a intimidade pode ser esquiva. Com freqüência, a rememoramos quando não está presente. Porque a intimidade não é aquela incontinência verbal ou física que às vezes se apodera de nós quando achamos ter encontrado no caminho alguém digno das nossas confissões ou de nossa paixão. A autêntica é escorregadia e escassa, manifesta-se no corpo como um calor pacífico, prazeroso, e provoca uma ilusão de permanência. Clara e eu na penumbra, entregues aos nossos pensamentos, não a experimentávamos de nenhuma forma. Pelo contrário, tenho certeza de que ela se sentia tão longe de mim quanto eu dela.

Estava cansado. Não tinha forças para provocar algum tipo de contato. Fosse como fosse, qualquer sinal ou movimento teria sido árduo e inútil. Em algum momento nos levantamos e nos despedimos com um beijo no rosto.

Na manhã seguinte, ao sair do meu quarto, Antonio preparava o café-da-manhã. Vestia uma camiseta que deixava a descoberto seus grossos antebraços. Sentei-me à mesa da cozinha. Ele me serviu uma xícara de café e se sentou de frente para mim com a dele. Sustentava na boca um cigarro enrolado por ele mesmo. Olhei pela janela, uma nuvem de chuva cobria parte das montanhas do fundo do lago. Antonio passou uma das mãos pelo rosto e disse:

— Certamente você nunca ficou sabendo que entrei no Chile oito meses depois. Marcos me ajudou. Conseguiu outro passaporte e uma passagem para retornados. Não foi tão difícil. Não podiam me deter. — Tinha os olhos brilhantes e o rosto animado.

Lançou uma baforada de fumaça para cima e contemplou como ela se desfazia em volutas brancas. Tinha-o visto fazer esse mesmo gesto tantas vezes na nossa juventude que alguma coisa dentro de mim se contraiu.

— Não sei se lhe interessa, mas posso lhe contar — declarou.

— Por favor — respondi com voz calma.

— Quando cheguei, o movimento de resistência estava desmantelado; mesmo assim, consegui fazer contato com um grupo que vivia na montanha. Eram dos poucos que não tinham se rendido. O restante começava a dar sorrisinhos a qualquer um, desde que fosse para conseguir a democracia. Vivi um tempo com eles. Conseguimos algumas coisas. As pessoas do povoado nos protegiam e pediam que acabássemos com a ditadura. Era uma vida simples, cheia de vigor. Numa madrugada, o Exército tomou de assalto nosso acampamento. Eram dezenas, e tinham ordem de nos aniquilar. Combater era impossível. Nosso comandante apareceu morto no rio alguns dias mais tarde. Os poucos que conseguiram fugir se espalharam pela cidade como foi possível.

Olhou para o campo. A nuvem carregada de chuva estava mais perto.

— Daqui a pouco estará aqui — disse apontando para ela. — É estranho poder observar o que ocorrerá mais tarde. Não lhe parece incrível? Oxalá tivéssemos essa possibilidade mais freqüentemente.

Concordei com a cabeça.

— E Clara — falou então —, quer saber como ela entra em tudo isso, não?

Abriu sua caixa de fumo e começou a enrolar outro cigarro. Sem me mover, esperei que retornasse à sua história. Nesse instante Clara entrou e se sentou conosco. Vestia um *short* de dormir e uma camiseta branca que deixava entrever seus mamilos. Tinha a aparência de não ter dormido bem.

— Antes da primeira xícara de café, Clara não sabe nem como se chama — disse Antonio acariciando-lhe o pescoço. — Certo?

Ela prendeu o cabelo, improvisando um rabo de cavalo.

— Não é isso. É uma maneira de não entrar tão rapidamente no dia — explicou.

A chuva alcançava nosso reduto, transformando-se depois de alguns minutos num furioso aguaceiro. Através da cortina de água se avistava o sol parado no monte vizinho.

— Deve haver um arco-íris — disse Clara, e saiu pela porta da cozinha para um campo extenso de grama sem aparar.

— É melhor que saia. É um espetáculo que não esquecerá — disse Antonio.

Um arco perfeito sulcava o céu cinza-prateado. Clara olhava para cima. Rodeou-se com os braços e depois de alguns minutos correu para se refugiar no interior da cabana. De repente a chuva ficou mais brilhante, deslizou para o lago a toda velocidade e desapareceu.

*

A manhã transcorreu em paz. Tentei falar com Sophie, mas o sinal do telefone estava muito fraco. À tarde, o sol saiu e descemos para o lago. Clara correu para a água. Antonio se deitou sobre uma toalha e fechou os olhos. Eu fiquei na margem observando Clara nadar lago adentro.

Ainda não conseguia acostumar meu corpo àquele clima incerto. Mas, sobretudo, invadia-me uma insegurança estranha. Um temor distinto ao da guerra. Nas minhas incursões como repórter, sempre encontrava um espaço interno onde me refugiar. Bastava que trouxesse à minha memória um instante remoto, uma paisagem, especialmente Sophie, com sua risada contagiosa e sua expressão de menina adulta. Mas nessa tarde nada vinha à minha cabeça. Encontrava-me à deriva.

Logo depois, Clara saiu da água e se deitou ao meu lado. Foi então que vimos a lancha pela primeira vez aproximando-se da baía a toda velocidade. Avistamos duas moças e um homem. Uma delas acenava para nós com os braços para cima. A embarcação deu duas voltas pela baía e em seguida acelerou em linha reta para o interior do lago.

A mesma menina que eu tinha visto no dia anterior recolhendo galhos no jardim se sentou a uns poucos metros de nós sem dizer uma palavra. Clara a chamou pelo nome e ela se aproximou um pouco mais, mantendo, porém, certa distância.

— Vamos para a água? — perguntou-lhe, e a menina concordou.

Estava ensinando-a a nadar. A garota levava jeito. Suas braçadas eram amplas e erguia a cabeça em perfeita sincronia. Antonio se levantou depois de um bom tempo. Clara tentou animá-lo para que se unisse a elas, mas ele negou a oferta com um enérgico e prolongado movimento de cabeça, como se sua negativa se estendesse a muitas outras coisas.

— Tem que manter as pernas mais firmes, Loreto, assim conseguirá avançar mais rápido sem se cansar. Muito bem — instruía-a.

Depois saíram da água pulando entre as pedras. Clara se deitou de costas sobre sua canga alaranjada. A menina se deitou ao seu lado. O ar era fresco e sereno. Antonio e eu ficamos sentados olhando a luz declinante que refulgia na água. Quando o sol abandonou o lago voltamos para a cabana.

*

Depois de tomar uma xícara de chá, Antonio me convidou para caminhar. O cão esfomeado nos seguiu parte do caminho e depois desapareceu. Alcançamos um promontório e nos sentamos numas pedras.

— Eu gostaria que você continuasse — declarei.

— Sei disso. Quer que eu fale de Clara a bela, Clara a luz.

— Esta casa é dela — observou, apontando para a figura avermelhada que se recortava contra uma das colinas. — Foi ela quem teve a idéia de convidá-lo para vir aqui. Foi bom vê-lo, Theo.

— Não sei se posso dizer a mesma coisa — confessei, consciente da minha descortesia.

— Entendo, é confuso trazer de volta coisas que esperaríamos esquecer.

— Eu nunca esqueci, Antonio. Quero que me conte o que aconteceu depois, como chegaram a isso.

Envergonhado do meu arrebatamento, me abaixei para recolher uma pedra. Fiz aquilo que tinha evitado com grande esforço desde a minha chegada: demonstrar com clareza minha ansiedade. Quando levantei a cabeça, ele estava olhando para mim.

— Você sabe que a vida de Clara e a minha sempre estiveram unidas, só que nos custa ficar juntos. É assim, veja só. O restante é circunstancial. O que importa como voltamos a nos encontrar, o que fizemos etc.

O cão apareceu entre os matagais e se virou a alguns metros com sua língua cor-de-rosa pendendo molhada da boca.

— Serrucho, venha cá — chamou-o Antonio.

— Importa sim — insisti diante da sua forma leviana de esquivar os fatos.

— O que você quer é poder nos julgar, não é? Poder dizer: claro, eu tinha razão, eles me traíram... e assim justificar a raiva, a desilusão, o tempo que investiu em lamber as feridas e tudo o que veio depois, a desconfiança, o terror a que alguém voltasse a lhe ferir. Você acha que eu não sei?

Olhamo-nos nos enfrentando, atados à estranha venerabilidade do silêncio. Os sentimentos que ele descrevia como meus eram também os seus. Essa simetria instalava uma nova ordem: nenhum dos dois podia se colocar no papel da vítima, tampouco dizer que as coisas haviam sido de uma determinada maneira. De qualquer forma, queria saber, tinha esperado muito tempo.

— É muito simples. Clara era a mulher que eu amava e você foi meu melhor amigo — murmurei. — O que importa o fim que procuro com tudo isso? Sim, pode ser que queira acalmar minha consciência ou fechar o capítulo chilenos — disse fazendo com os dedos o sinal de entre aspas. — E poderia enumerar outras tantas razões que também seriam verdadeiras.

— Diga — disse, notando com pudor o tom mendicante da minha voz.

— Clara me salvou a vida — declarou de repente. Tossiu violentamente e em seguida continuou. — Depois de abandonar a montanha, me escondi na casa de uma família. Não durou muito, minha presença era um risco para eles. Encontrei trabalho como vendedor de produtos de limpeza e aluguei um quarto numa pensão do centro. A única pessoa com quem mantinha contato era com um irmão do meu pai. A cada certo tempo, nos encontrávamos em algum lugar e ele me colocava a par das escassas notícias que lhe chegavam de meus companheiros. Vários caíram nessa época. A vida na pensão era monótona mas segura. Lia à noite e dedicava o resto do tempo a vender de casa em casa. Vendi centenas de alvejantes, cloros, detergentes, lustra móveis. O meu quarto estava cheio de caixas. Além do meu tio, a única relação sólida e estável que eu tinha era com o meu fornecedor — disse rindo. — Um sujeito que me pagava e me entregava os produtos sentado atrás da mesa. Nunca o vi de pé.

"Você estará se perguntando como pude chegar a isso. Não é muito complicado. Tinha que ganhar a vida e, enquanto o serviço de inteligência estivesse me procurando, não tinha outra alternativa a não ser evaporar. Além disso, como eu disse, tinha um montão de tempo livre para ler, o que fazia tudo mais suportável. Foi então que Clara me encontrou, com minhas caixas e meus livros. Foi através do meu tio. Eu lhe tinha falado dela, por isso lhe deu meu endereço. Clara sempre me diz que ele tinha cara de louco. — Sorriu ligeiramente, e balançou a cabeça. — Lembro-me de que começou a chutar as caixas como se fossem as culpadas de tudo. Tinha me procurado por todo lugar. Nessa época, ela era membro de uma companhia inglesa de dança moderna que estava excursionando pela América Latina. Renunciou para me procurar. Você a conhece — disse, e olhou para mim lembrando-se certamente dos mesmos episódios que eu lembrava. — Enfim, duas semanas depois me mudei para a casa onde ela vivia. Uma irmã do pai dela a deixara de herança. A estrela de Clara. Você sabe. Lembra-se de onde morava em Londres? St. John's Wood. Nenhum de nós sequer sonhava com um lugar como aquele. Bom, o caso é que Clara encontrou um psiquiatra que me deu antidepressivos. Quando veio a democracia, comecei a escrever num jornal. Em pouco tempo já colaborava em vários meios, inclusive alguns jornais estrangeiros. Foi isso o que Clara fez. Conseguiu que ao acordar pela manhã eu soubesse exatamente o que devia fazer, sem ter que me perguntar para que estava vivo. Mais do que suficiente, não? Foram bons tempos. Ela com seus livros para crianças, eu escrevendo. Uma vida tranqüila."

Assim que essa era a romântica história de Antonio e Clara. Não pude deixar de sentir raiva e ciúmes por aquela vida *tranqüila* que eles levavam, enquanto eu tinha passado os últimos 15 anos em bares de hotéis, campos de refugiados e cidades devastadas.

Ficamos um tempo ouvindo o canto dos pássaros com o olhar perdido nas sombras da tarde. Em seguida, Antonio continuou:

— Mas isso não durou muito. Uma noite despertei, olhei pela janela e me dei conta de que Clara tinha me abandonado. Era muito simples, suas flores estavam começando a murchar. Além desse detalhe, nada tinha mudado. Mas, imagine, tudo tinha mudado. Pode parecer ridículo, mas era uma certeza. Nunca tinha acontecido antes de Clara se esquecer das flores da janela. Inclusive, às vezes, ela me diz: "Olhe para elas". Deve ter sido um processo invisível, que foi se gerando no tempo. Suponho que os abandonos são assim. Primeiro, deixa de lhe importar o que o outro pensa, seus discursos e argumentos começam a soar rançosos; depois, você se desinteressa pelo que faz, pelo que sente e, sem se dar conta, paf, você vai embora. Não importa que continue ali, compartilhando o café-da-manhã. Você já foi embora e o que resta de você é apenas uma casca. Isso é o que Clara havia me deixado: uma bela casca dela mesma.

Balançou a cabeça e sorriu com uma expressão de ironia.

— Sem a esperança daquilo que eu chamava de "nosso" tudo voltou a perder sentido. Tinha substituído os ideais por Clara. Um mero substituto. Era duro perceber isso, mas também senti uma grande liberdade. Sei que pode parecer insólito. Apegar-se a alguém ou a alguma coisa, e quando isso perde sentido encontrar outro estímulo, e assim sucessivamente até sua morte. Mas não são mais do que isso. Um monte de miragens com que a gente esconde uma verdade irrefutável: que no fundo a gente está só e lá está o vazio. Soa batido, não? É impressionante como alguns desses lugares comuns que evitamos a vida inteira acabam sendo a maneira mais fiel de nomear certas coisas.

"Imagine que enquanto pensava isso me senti como um daqueles personagens dos filmes de Hollywood que no clímax vêem a luz e confrontam, por fim, a verdade. Mas agora começa o mais notável. Uma noite, enquanto dormia, Clara pronunciou o seu nome. Sim, não me olhe desse jeito, o que estou lhe dizendo é verdade."

Sobressaltei-me.

— Você não imagina o quanto agradeci que estivesse longe.

As lágrimas escorriam pelo seu rosto. Continuou falando sem enxugá-lo. Achei que estava sendo corajoso à maneira dos heróis homéricos que ele tanto admirava.

— Naquele dia não lhe disse nada e no seguinte também não. Enfim, pouco a pouco fui me desprendendo dela.

Guardou silêncio por alguns segundos e em seguida acrescentou:

— Aí está, era o que queria saber, não? Talvez por isso o tenha feito vir até aqui. Quem sabe...

— Para me dizer isso.

— Para lhe dizer isso.

Levantou-se do seu lugar e sem olhar começou a caminhar em direção à cabana. Alguns passos atrás, eu o segui.

Que Clara tivesse pronunciado o meu nome não a tornava mais acessível do que antes. O que exatamente Antonio tinha querido me dizer? Estava renunciando a ela? Visto desse modo, tudo era paradoxal e cruel: cada uma das portas que Antonio fechava era uma porta que eu podia abrir.

Dormi pouco. Na manhã seguinte, precisava falar com Sophie. Só a certeza do amor que sentia por ela permanecia intacta. Rebecca atendeu ao telefone. Foi amável, como se tivesse pressentido meu estado de ânimo. Ouvi a corrida de Sophie pelo corredor e em seguida sua voz. Senti um nó na garganta e mal consegui balbuciar um *hello*, ao qual Sophie reagiu com animação, precipitando-se a me contar sobre o potrinho que tinha nascido nessa manhã. Ela o batizara de Daddy. Desse modo, ao vê-lo se lembraria de mim. Contou-me que ele tinha uma mancha preta no nariz e que por isso pensou chamá-lo de Blacky, mas se decidiu por Daddy porque a mancha podia desaparecer quando crescesse, e então ninguém entenderia seu nome. Enquanto ela falava comigo, como se nunca tivéssemos deixado de nos ver, escondi o rosto com uma das mãos para conter a tristeza.

— Amo você, filha. — A única coisa real era sua voz. — Você sempre vai ser a minha menina, viu?

Ela riu da minha idéia, começando a sentir talvez que seu pai passava por um momento difícil e necessitava dela.

— Claro que serei sua menina sempre e você será meu *daddy*, mesmo que o potrinho morra, porque às vezes eles morrem, sabia? Às vezes não sobrevivem ao calor do verão, ou ao inverno.

*

Depois do café-da-manhã descemos para o lago. Desta vez levei a roupa de banho e fiquei um bom tempo na água. No meio da manhã apareceu Loreto, a garota que Clara estava ensinando a nadar. Sentou-se a certa distância de nós e esperou que Clara insistisse para se aproximar. Logo, envaidecida por nossos elogios, estava nadando sozinha lago adentro.

De repente a vimos ao longe. A mesma lancha do dia anterior se aproximava do nosso canto pelo lado esquerdo, onde uma península alta e povoada de árvores fecha a baía. Clara fez um gesto de desagrado, enquanto o ruído da lancha rasgava o ar do meio-dia. A idéia passou pela minha cabeça, mas a desprezei imediatamente. Antonio, por outro lado, não pensou o mesmo.

Correu para a água e nadou em direção ao lugar onde estava Loreto. O estrondo do motor ficava cada vez mais intenso. Divisei uma silhueta na proa. Depois de alguns segundos, Antonio alcançou Loreto. Vimos que a pegou pelos ombros e nadou com ela para a praia. A lancha continuava se aproximando. Clara gritou. Os tripulantes não conseguiam ouvi-la. Em dois segundos a embarcação passou sobre suas cabeças e os dois desapareceram. A estrutura branca, resplandecente, deteve-se a uns poucos metros. Por alguns instantes se ouviu o som de uma música latina e em seguida se produziu uma calma elétrica, agourenta, que tinha algo de irreal. Vi que Clara abria a boca, mas nenhum som saía dela. Achei que ia desmaiar, mas de qualquer forma corri para o lago. De repente, como uma explosão, as duas cabeças emergiram da água. Loreto deixou escapar um fraco grito de terror. Um homem, duas mulheres e um jovem de uns 16 anos berravam. As cabeças de Loreto e Antonio continuavam suspensas na água. A lancha se aproximava deles. Nadei naquela direção. De repente, só ela estava visível. Quando os alcancei, o garoto a tomava em seus braços. Antonio não emergia.

Mergulhei o mais fundo que foi possível. Nadei cegamente em linha reta para o fundo sem alcançá-lo, dava voltas. Antonio devia estar perto, mas eu não conseguia vê-lo. Embora desejasse continuar, tive que sair à superfície em busca de ar. Então a avistei. Clara tinha se jogado na água e nadava na minha direção. Enchi os pulmões de ar e voltei a mergulhar. Nossos corpos no fundo da água se tocaram, a água estava parada. Aterrorizava-me o que podia encontrar, mas ao mesmo tempo a emoção que me produzia o corpo de Clara era inevitável, seus braços sulcando a água, seu cabelo balançando em câmara lenta, um sonho, um sonho que habitava no interior do pesadelo, daquela realidade horrenda da qual nós dois procurávamos mudar o rumo. Mas era inútil. Antonio tinha desaparecido. Apesar de a margem estar a uns poucos metros, naquele lugar o lago afundava numa fossa profunda e escura. Dava para ver as silhuetas de troncos gigantes que espalhavam seus galhos como animais pré-históricos. Por um momento tive a impressão de que o lago, com suas garras mortíferas, nos levaria também para o seu fundo hermético. Puxei-a pela mão e saímos à superfície. O ar entrou de repente nos meus pulmões, como se me arrastasse para a vida, para a luz. Olhei para a extensão já plácida da água. Clara gritou, tinha os olhos frágeis mas não estava chorando. Eu também queria gritar. Vi que o homem na lancha agitava os braços de um lado para o outro como um boneco de pano.

— Onde está, onde está? Faça algo, puta que pariu, por favor, eu imploro.

Depois dos seus gritos ouvi o choro de Loreto. Voltei a mergulhar até anular meus sentidos, até que o coração acelerado e a ponto de arrebentar me deteve. O sujeito nos ajudou a subir na lancha. Loreto se agarrou a Clara. Tinha um corte sangrando na cabeça.

— Vamos ter que levá-la a um hospital — afirmei. O homem concordou.

O cheiro de álcool era evidente.

— Você consegue? — perguntei-lhe quando me dei conta de que estava bêbado.

— Eu posso dirigir a lancha — declarou o jovem. Parecia sóbrio e a têmpera do seu olhar me deu confiança. O homem mais velho não ofereceu resistência.

Clara começou a tremer como se tivesse perdido o controle do seu corpo. Balbuciava palavras incompreensíveis em voz baixa.

Combinamos que eu voltaria para a praia com Clara e que eles levariam Loreto ao povoado mais próximo. Assim que estivessem lá ligariam para meu celular. Agarrei a mão de Loreto e lhe disse algumas palavras para acalmá-la.

— E dom Antonio, onde está dom Antonio? — perguntou quase inconsciente.

— Ele está bem — menti. E, ao dizer isso, desejei que minhas palavras se tornassem realidade, que tudo o que aconteceu fosse apenas um sonho ruim. — Agora vão levá-la a um hospital para que curem esse ferimento. Não se preocupe, tudo vai ficar bem.

A lancha nos deixou na margem. Clara respirava com dificuldade. Peguei-a nos braços e a apertei contra o meu corpo. O dela estava gelado.

Ficamos assim, abraçados, até que um camponês chegou à praia.

# 23

UMA EQUIPE DE MERGULHO RESGATOU O CORPO DE ANTONIO NA mesma tarde. Sua cabeça tinha a aparência de um balão prestes a estourar. A água tinha desprendido parte de sua roupa, seu corpo, inchado e branco, lembrava a textura de um manequim; aberta no seu ventre, como um lábio gigante, havia um largo e profundo corte. Clara, ao vê-lo, fechou os olhos. Abracei-a, estava rígida. Ficou sentada na praia, sem chorar nem dizer uma palavra, enquanto a guarda costeira e os policiais iam de um lado para o outro fazendo perguntas, exigindo uma reconstituição dos fatos, comunicando-se por rádio com seus superiores, envolvendo o corpo de Antonio, detalhando rotinas burocráticas que ninguém queria ouvir.

Marcos e eu nos encarregamos dos detalhes do enterro. Pilar ligou para Santiago, para alguns amigos e parentes e tentou encontrar a mãe de Antonio. Clara permaneceu a maior parte do tempo encolhida na poltrona branca — a mesma onde Antonio costumava se sentar — com o olhar ausente e interrogante, como se a morte a houvesse devolvido à infância. Quando chegou a noite não quis sair dali. Nós a cobrimos com uma manta e velamos por turnos seu sono.

Na manhã seguinte, Marcos recolheu Ester — a mãe de Clara — em Puerto Montt. Custei a reconhecer naquela dama de cabelos brancos e magra que desceu da caminhonete a mulher viçosa que eu tinha conhecido em Wivenhoe. Clara continuava ausente. Assim Ester a encontrou. Ao vê-la, Clara se jogou nos seus braços. Sua dor represada tinha contido a nossa. Vê-la estremecer nos braços da mãe, o rosto oculto no seu peito, ouvi-la chorar, fez com que todo o horror vivido nas últimas horas se tornasse realidade. Pilar abraçou Marcos. Pensei em Sophie, na minha indiferença. Eu merecia estar ali em pé, sozinho.

À tarde enterramos Antonio.

*

Quando, depois do enterro, Clara caiu em si, percebi a verdadeira dimensão do seu vínculo com Antonio, que era muito mais forte e mais profundo do que ele tinha me confessado em longos e entrecortados arranques. Ester e eu a ajudamos a chegar até a casa. Não estava chorando, nem sequer estava com os olhos molhados, o corpo que sustentávamos tinha perdido todo vestígio de vida. Quando chegamos, Ester encheu a banheira. Clara, quase inconsciente e com a roupa manchada de lama, encolheu-se na poltrona branca. Logo depois, Ester a pegou pela mão e a guiou até o banheiro.

Os outros se reuniram no terraço. Começava a escurecer. A chuva da tarde parou.

— Fui eu quem os trouxe aqui — disse Marcos a certa altura. — Antonio e Clara. Faz quatro anos. Desde a primeira vez que veio, Antonio se apaixonou pelo lugar. Tentávamos afastá-lo de uma confusão que tinha causado com uma de suas colunas. Jogava a culpa de todos os males na Igreja católica. Esse era o seu passatempo favorito: medir sua força e a resistência das instituições — explicou, sem perceber que estava falando como se ele estivesse vivo.

Mãe e filha apareceram logo. Marcos e Pilar abraçaram Clara. Quando chegou minha vez a estreitei, desejando transmitir o amor que me havia unido e que ainda me unia a ela.

Seus olhos continuavam perdidos. Ester a acompanhou até o seu quarto, fecharam a porta e não voltaram a aparecer. Marcos e Pilar se despediram de mim e foram embora.

Fiquei um longo tempo no terraço, olhando para o céu e para as silhuetas escuras das árvores que ondulavam com o vento da noite. Pensei nas vezes em que Antonio devia ter olhado para essa mesma paisagem que agora tinha diante dos meus olhos. Imaginou alguma vez que seria ali que encontraria a morte? Não pude evitar a lembrança da cena do dia da minha chegada: enquanto eu desfazia a minha mala, ele recitou o poema de Horácio dedicado ao seu melhor amigo: "Você que está disposto a me acompanhar até o Hades, o remoto Cantábrico, até o fim do mundo. Ali, você orvalhará com uma lágrima ritual as cinzas ainda quentes do seu amigo poeta."

Suas palavras sugeriam, revelavam, escondiam — não sabia qual destas possibilidades era a mais precisa — uma coisa que me era difícil nomear. É verdade que as circunstâncias da sua morte tinham sido fortuitas, mas era possível que, dado seu desprendimento da vida, se atirasse na água sem medir conseqüências? E se de fato tivesse se entregado à morte, por que tinha feito isso? Talvez fosse um desses seres que, apanhado pelo chamado da ação, prefere ir ao encontro da morte com plenas faculdades antes de ser surpreendido naquele estado indigno em que a vida acaba por nos mergulhar.

Lembrei-me de uma conversa que tivemos anos atrás, pouco depois da morte do seu irmão. Caminhávamos pelo Soho depois de sair de um pub. Comparávamos uma morte por doença, velhice ou adversidade, com uma ligada a um intuito maior, uma morte plena de significado. Como a de Cristóbal. Era assim que queríamos morrer. De repente ele começou a pular e a se agitar. Fiquei pasmado olhando para ele, e ele soltou uma gargalhada.

— Falar disso me enche de energia, me dá vontade de sair correndo em busca de alguma coisa excitante, perigosa, e enfrentar de uma vez por todas a desgraçada — exclamou dando socos no ar.

Lembrei-me também de que o homem da lancha tinha tentado explicar várias vezes à polícia que, se Antonio tivesse estendido os braços, ele o teria alcançado; porém ele se deixou levar pela água e foi afundando com o rosto para cima. Tinha morrido sem baixar a cabeça, olhando para o céu, como os cavalos árabes. Essa versão podia ser refutada pelo ferimento que lhe atravessava o ventre e que deve ter afetado seu coração. O mais provável é que já estivesse morto.

Dessas conjeturas, só uma era inquestionável: Antonio não se conformou nunca — como a maioria dos homens — com armar seu herói no plano da imaginação, dos jogos, dos sonhos, e fiel à sua essência tinha morrido salvando uma vida.

Estas idéias e lembranças se agitavam dentro da minha cabeça apontando numa mesma direção. No entanto, o mais provável é que precisasse acreditar que Antonio tinha procurado a morte para assim evitar a culpa de ele próprio não ter reagido a tempo.

*

Na manhã seguinte, enquanto Clara e Ester ainda dormiam, Pilar se instalou com seu telefone celular na cozinha e daí fez os acertos para que todos retornássemos a Santiago.

— Quer que reserve um quarto num hotel, ou você vai ficar na casa de Clara? — perguntou-me enquanto esperava com o telefone na mão que lhe confirmassem nossos assentos na companhia aérea.

— Não sei, não tinha pensado nisso.

Sua pergunta me confundiu. Não sabia nem sequer o que faria nas próximas 24 horas. Sentia-me isolado. O contato com Clara era impossível, e isto me tornava um intruso, uma peça desnecessária. Da forma como estavam as coisas, não tinha sentido que eu ficasse, mas também não podia fugir.

— O que você acha que seria melhor para ela? — perguntei.

Olhou para mim com um sorriso. Era evidente que o fato de ser consultada a agradava.

— O que lhe diz o seu coração?

Odiei a pergunta. Não só porque soava brega, mas sim porque era o que a todo custo queria evitar. Velha bruxa, pensei.

— É o coração de Clara o que mais me preocupa, não o meu.

— Olhe, Theo, desculpe eu me intrometer nos assuntos de vocês — esclareceu —, mas foi você quem fez a pergunta. O que o coração de Clara esconde, nós não podemos saber. O que ela necessita, tampouco. Só podemos saber o que sente o seu, e o mais provável é que se o seguir estará fazendo a coisa certa — concluiu com um sorriso iluminado.

Eu tinha mil argumentos para rebater os dela. Quantas vezes tinha seguido meus impulsos e tinha dado de cara com a mais brutal das indiferenças?

Nesse momento apareceu Clara. Estava com o cabelo preso na nuca e a cara lavada. Seus olhos estavam inchados. Pilar olhava para mim expectante com o telefone na mão.

— E então? O que decidiu? — perguntou-me. — Se quiser ficar num hotel, temos que fazer a reserva agora mesmo.

Incomodou-me que falasse disso na frente de Clara. Nós dois olhamos para ela. Estava parada diante da janela, com o olhar perdido. Além do mundo onde vagava solitária, nada, nem ninguém, parecia tocá-la.

— Sim, faça isso — disse, e o assunto ficou resolvido. Ester apareceu depois de um tempo e agradeceu a Pilar por assumir o controle dos detalhes práticos.

— Você sabe que eu nunca me entendi bem com esses senhores que falam por telefone.

Pilar concordou com um sorriso, como se a falta de senso prático de Ester fosse conhecida e aceita por todos.

Depois de tomar o café-da-manhã, Clara arrumou suas coisas para partir, e então, enquanto terminávamos nossas xícaras de café, tive a oportunidade de conversar com Ester. Pediu-me que reconstituísse os fatos passo a passo. Queria saber cada detalhe, e sobretudo em que momento Clara tinha se fechado. Voltei a ver a mulher de antigamente, seu olhar atento e vivaz, sua maneira envolvente de ouvir. Depois me perguntou por minha vida e eu lhe fiz o relato de sempre na versão mais direta. Ela me contou que continuava dando aulas, sua grande paixão, e que vivia há dez anos com um inglês que trabalhava com antigüidades.

Por volta do meio-dia, Marcos e Pilar nos conduziram na sua caminhonete ao aeroporto. Clara, com a cabeça apoiada no vidro do carro, olhava em silêncio para aquelas mesmas paisagens que há cinco dias tinham me parecido exultantes e que agora só exalavam tristeza. Nada tinha mudado, no entanto, tudo era diferente. Pensei naquela madrugada, quando Antonio acordou e se deu conta de que as flores do seu quarto estavam murchas. Ao perder sua turgidez, as flores tinham rasgado o véu da ilusão. A realidade se revelava tal qual era. Não estava seguro disso, mas tinha o pressentimento de que Clara e Antonio faziam o que a maioria das pessoas faz: construir um lugar e povoá-lo de coisas com significados, para assim encobrir os silêncios e disfarçar a falta de comunicação. Pelo menos era o que eu queria acreditar.

Uma vez no aeroporto, nos despedimos de Marcos e Pilar. Enquanto caminhávamos pela pista quase deserta em direção ao avião, um vento levantou um redemoinho de poeira que avançou até o limite de cimento e se perdeu no campo. Ester passou à frente. Peguei uma das mãos de Clara e seus dedos se enlaçaram nos meus. No horizonte, atrás da silhueta do avião, vimos uma nuvem onde devia estar a chuva.

Clara e Ester se sentaram juntas. Uma vez no meu lugar, abri um jornal. Na segunda página aparecia uma foto de Antonio. Uma barba incipiente desenhava uma sombra no seu rosto alegre. Estava com um chapéu de aba larga à moda dos exploradores. "Antonio Sierra, o franco-atirador de idéias, morre sob a hélice de uma lancha." Mais abaixo especificavam que tinha morrido salvando a vida de uma menina. A matéria fazia uma retrospectiva de suas idéias mais virulentas. Uma de suas colunas estava reproduzida integralmente. Apoiando-se num parágrafo de Philip Roth, Antonio se referia ao adequado. Seu argumento se baseava na idéia de que o adequado é um valor imposto para regular os impulsos mais básicos da natureza humana, e por isso mesmo não é de nenhuma forma um valor durável. O adequado é tão-somente um dique que o tempo e a natureza humana acabam por derrubar. Dormi e acordei quando começávamos a descer.

Avistei um homem que fazia sinais para nós do outro lado da porta de saída. Matt, o inglês de Ester, era pelo menos 15 anos mais novo do que ela, robusto, de mandíbula quadrada e profusos bigodes castanhos.

Logo depois estávamos dentro de uma cidade predominantemente cinzenta, com um céu baixo e um calor denso. Ester ligou o som do carro. Era o quinteto para clarinete de Mozart.

— Quando você vai ouvir outra coisa, Matt? — perguntou.

— Também há Bob Dylan, lembre-se.

— É verdade, como posso ter esquecido — disse Ester. Clara sorriu pela primeira vez.

— Por que não fica conosco por alguns dias? — perguntou-lhe Ester com cautela e ansiedade.

— Prefiro a minha casa.

— Tem certeza? Não quer ficar comigo, Clara? Sabe o quanto nós gostaríamos.

— Tenho certeza, mãe. Quero a minha casa.

— Está bem — concluiu Ester com uma expressão derrotada.

— E você, Theo? É ridículo que fique num hotel. Quem teve essa idéia tão extravagante? Pode ficar conosco ou com Clara.

Clara permaneceu indiferente.

— Ficarei bem. Sabe como é, os vagabundos se sentem mais à vontade nos hotéis.

Não sei por que fiz isso. Poderia ter aceitado sua oferta, na verdade era o que eu queria. Talvez tenha sido a atitude de Clara, ou talvez eu precisasse me sentir ainda mais sozinho.

Avançávamos pela borda de um parque afrancesado. Lado a lado com a rua lotada de automóveis, uma miríade de crianças em traje de banho chapinhava numa fonte cuja escultura central tinha um ar wagneriano. Depois de uma viagem que se tornava longa pelo calor e pelo excesso de sentimentos contidos num espaço tão pequeno, chegamos ao hotel que Pilar tinha escolhido para mim. Combinamos de jantar na casa de Ester e Matt. Tirei minha bagagem do porta-malas. Clara saiu do carro.

— Obrigada, Theo, por tudo... — disse, com um fio de voz.

Dei-lhe um beijo, peguei minha mala, esperei que entrasse e não me movi até que desapareceram.

Assim que cheguei em meu quarto, liguei para Sophie. Fazia apenas dois dias que eu tinha falado com ela, mas parecia que tinha transcorrido um século desde então. Não conseguia tirar da cabeça a imagem de Ester abraçando a filha. Tudo o que havia ocorrido nesse lapso de tempo ficou cristalizado naquele abraço e no desconsolo de Clara. Era o horror, mas também a presença de um afeto poderoso. E, enquanto elas se abraçavam, a única coisa que eu desejei foi estar perto de Sophie.

Dania, a criada, atendeu. Eu a tinha visto em algumas das minhas visitas. Lembrava-me dela como uma mulher gordinha e sempre disposta a conversar sobre alguma coisa. Desta vez, no entanto, me cumprimentou seca e ríspida. Perguntei-lhe por Sophie e ficou calada.

— Aconteceu alguma coisa? — perguntei.

A mulher continuou em silêncio e então não consegui me conter.

— Responda, pelo amor de Deus! — Ela soltou um soluço. Era evidente que alguma coisa ia mal. Enquanto esperava que se acalmasse, fiquei dando voltas pelo quarto com o telefone sem fio na mão. Meu estado de descontrole era tal que tropecei numa mesinha e derrubei um abajur.

— A senhora e a menina foram embora — disse.

— Como foram embora? Para onde?

— Não sei.

— O que aconteceu? Diga.

— O senhor e a senhora brigaram. Foi ontem à noite. Não me pergunte o que aconteceu. Não sou fofoqueira. A senhora fez as malas e elas foram embora.

— Para onde?

— Já disse que não sei. — A mulher tinha recuperado a compostura e sua voz voltava a ser ríspida.

— Deve ter deixado o número do celular pelo menos.

— Não. Ela o deixou aqui. Como é o cavalheiro que paga... — falou num tom que delatava sua antipatia para com Rebecca. — Tocou a manhã inteira, mas não atendi. Já disse que não sou fofoqueira.

— E quem sabe onde elas estão?

— O senhor me disse que não queria saber mais da senhora e que se alguém perguntasse era para dizer isso.

Uma vertigem insuportável se apoderou de mim. Nos seus oito anos de vida, eu nunca tinha passado mais de duas semanas seguidas com Sophie, mas saber que ela estava num lugar ao qual eu tivesse acesso quando sentisse vontade me dava segurança. Rebecca sempre tinha deixado as portas abertas para eu falar com ela ou visitá-la. Sua postura era complacente, embora um pouco incrédula. Imagino que prevalecia nela a suspeita de que cedo ou tarde eu estabeleceria minha própria família e me esqueceria de Sophie. Mais de uma vez, ao presenciar a animação que manifestávamos em nossos encontros, interceptei no seu rosto um olhar desconfiado. Não sei se Rebecca falava sobre isso com Sophie, ou se pretendia fazê-lo quando fosse mais velha, mas minha sensação era de que fazia o possível para resguardar os sentimentos da filha, e se isto implicasse desconfiar de mim, ela o faria sem hesitar.

Dania teve piedade de mim e sugeriu que ligasse para Anne, uma amiga de Rebecca. Ela devia saber seu paradeiro.

Fazia cinco anos que Rebecca e Russell viviam juntos. Era pouco provável que ele tivesse se cansado dela.

Havia se casado duas vezes e isso o convertia num sujeito agradável, com vontade de levar uma vida sem muitas surpresas, mas suficientemente animada para não morrer antes do tempo. Tenho certeza de que Rebecca cumpria com suas expectativas. Continuava tendo a maior parte dos seus encantos, revestidos de uma pátina de maturidade que lhe caía bem. Imagino que de vez em quando devia fazer um show particular para ele, interpretando com sua voz melosa alguma daquelas canções que tinham me fisgado no México. Era possível, por outro lado, que ela tivesse se cansado de Russell. Mas, se este fosse o caso, o mais prudente da parte dela era não demonstrar isso. Fazia tempo que Rebecca tinha parado de cantar, e os anos, embora tivessem apaziguado seus traços, não a ajudariam a reatar sua carreira.

Dania me deu o número de Anne e eu liguei imediatamente para ela. Enquanto ouvia o sinal, experimentei o mesmo sentimento que costumava ter nas guerras: podia desaparecer nesse mesmo instante que ninguém sentiria falta de mim. Rebecca atendeu.

— Onde você está? — Era a pergunta que ela fazia assim que ouvia a minha voz, sabendo que eu podia estar em qualquer parte do mundo trabalhando em alguma reportagem.

— Continuo no Chile.

— Ah — falou com tom apático.

— E vocês, onde estão? — Minha pergunta era ridícula, posto que eu tinha ligado para ela na casa da sua amiga.

— Estou esperando que passem estas malditas festas para encontrar um lugar para mudar.

Ouvi como tragava com avidez o cigarro que devia ter entre os dedos. Tentando ser amável, perguntei-lhe:

— Você não vai me contar o que aconteceu, não é?

— É obvio que não.

Estremeci ao me dar conta de que o mundo de Sophie tinha vindo abaixo. Ficavam para trás a fazenda, Dania, o seu potro. A simples idéia de que Rebecca tivesse arrancado a vida da minha filha me enchia de raiva. Mas não ia ferir ainda mais o seu ânimo dizendo o que pensava. Uma idéia passou pela minha cabeça e, antes que me arrependesse, a lancei sem pensar:

— Vou tentar pegar um avião amanhã mesmo para Jackson Hole.

A possibilidade de um objetivo claro, um lugar concreto onde parar em meio a esse furacão, me aliviou.

— Não sei se é uma boa idéia — respondeu incomodada.

— Acho que será bom para Sophie me ver, depois de ter perdido tudo...

— Não seja tão dramático — declarou.

— Para mim também será bom vê-la.

— Já percebi. Como sempre. Suas necessidades são muito importantes. Faça como quiser.

— Peço, por favor, que não diga nada a Sophie. Quero lhe fazer uma surpresa; além disso, caso seja impossível encontrar passagem, não quero que ela crie falsas expectativas. — Dei-lhe o número de telefone do meu hotel e desliguei.

Liguei para o meu agente de viagens em Londres para que me conseguisse um vôo para Jackson Hole o mais rápido possível. Acostumado às minhas inoportunas mudanças de planos, meu pedido não o surpreendeu. Disse-me que ficasse tranqüilo e que assim que pudesse confirmaria o meu vôo.

Eu não estava nada tranqüilo. Nunca antes havia sentido tamanha necessidade de abraçar a minha filha. Olhei pela janela para a rua. Um amigo poeta das ilhas Canárias diz que a solidão é sempre uma janela que olha para uma árvore. A solidão é sempre um homem num hotel olhando por uma janela, eu o teria corrigido se tivesse o entusiasmo necessário para pegar o telefone e ligar para Tenerife.

*

Começava a escurecer. Faltavam dois dias para o ano novo e através das janelas dos edifícios dava para ver as frágeis luzes natalinas. Ester morava num bairro tranqüilo, de árvores frondosas, casas baixas e casais. A sua casa, térrea, era geminada com outra. Ester abriu a porta. Lembrei-me daquela vez, longínqua no tempo e na memória, em que Antonio me levou à sua casa de Wivenhoe. Aquele tinha sido o início da viagem que casualmente culminava nesse instante, no Chile, com Antonio morto, apodrecendo debaixo da terra. Fiquei imóvel no patamar, incapaz de reagir, até que a voz de Ester me tirou do labirinto onde tinha sido jogado pelas lembranças.

O interior da casa era pequeno, decorado a esmo, como se cada coisa tivesse encontrado seu lugar por acaso, produzindo um efeito informal e acolhedor. Clara, no canto de um sofá, parecia suspensa na meia-luz que ricocheteava de um abajur. Um casal maduro estava sentado diante dela. Matt saiu da cozinha com um avental amarrado na cintura.

— Estes são Emma e Mauricio Silberman — Ester nos apresentou. — Mauricio é professor de lógica na universidade e Emma é psicanalista. Atendeu um tempo a Antonio. Foi assim que se conheceram. Abandonaram a psicanálise e ficaram amigos. Longe de toda ortodoxia, como você pode perceber.

Emma se levantou e me cumprimentou com familiaridade, como se me conhecesse. Sua presença me causou um imediato bem-estar. Talvez por sua cara lavada, pela placidez maciça dos seus movimentos. Mauricio me estendeu uma mão ossuda mas decidida. Sua estrutura magra, seu nariz proeminente e seus olhos juntos o tornavam judeu, intelectual e complexo.

Clara fez um gesto para que eu me sentasse ao seu lado. Dei-lhe um beijo e acariciei o dorso de sua mão. A princípio, a conversa quase não fluiu, embora o casal fosse sem dúvida muito próximo da mãe e da filha. Matt serviu a comida e nos sentamos à mesa. Então Emma, estimulada por Ester, contou como Antonio tinha concluído sua terapia. Era uma história que todos conheciam, menos eu. Ocorreu assim. Um dia Antonio se sentou no divã e, em vez de falar, tirou a camisa. "Você já me conhecia por dentro — disse-lhe —, agora me conhece por fora; acho que podemos dar por terminada nossa aventura. O que quero é tomar um chá com Mauricio Silberman e suas duas filhas." Emma contou que fora a primeira vez, e confiava que a última, que deixara de lado sua estrita formação freudiana. Avivada agora por nossa atenção, falou da amizade que a tinha unido a Antonio, da forma lúcida e generosa com que ele esteve presente em sua vida. Enquanto falava, Clara, com uma taça de vinho na mão que enchia com freqüência, olhava fixamente para ela, e de vez em quando respirava fundo. Suas palavras nos faziam bem. Precisávamos falar de Antonio, trazê-lo à mesa sem ter de confrontar nem dizer o essencial: que sua morte era uma tragédia. Tenho certeza de que por suas cabeças passavam as mesmas idéias que tinham passado pela minha.

Ao relembrar para Ester os pormenores do acidente, eu tinha mencionado de passagem, sem me deter em seu significado, o instante em que o homem da lancha tentou resgatá-lo. Por sua expressão soube que esse detalhe a tinha impressionado. Nada disso podia ser explicitado. O que fazíamos era nos proteger; sobretudo, proteger Clara. Assim que acabou a refeição, ela voltou para o seu lugar no sofá, terminou o conteúdo de sua taça e cravou o olhar em um ponto indefinido da parede.

Pensei que nunca a tinha conhecido realmente.

Durante todos esses anos, ao tentar reconstruí-la nas minhas lembranças, eu a via andar, rir, pensar, me seduzir, dançar, sem conseguir concebê-la inteira, sem chegar nunca a dizer: Clara é deste ou daquele jeito. Era como Antonio, inapreensível, mas de uma maneira diferente. Ele estava sempre alguns passos à frente, como se os momentos em si não fossem suficientes e fosse preciso projetá-los para o futuro para lhes dar consistência e significado. Ela, em compensação, vivia cada instante sem projetá-lo para nenhum lugar, mas de uma forma etérea, como se uma parte dela vagasse em outro espaço.

Clara se levantou com insegurança.

— Quer ir ao banheiro? — perguntou Ester segurando seu braço.

Clara se desprendeu da mãe com um gesto contrariado. Nós a vimos desaparecer.

— Acho que você deveria ir vê-la — sugeriu-lhe Emma.

Ester seguiu seu conselho. Matt nos serviu de bebida e pôs um CD com uma sonata de piano. Emma me perguntou detalhes da morte de Antonio que não tinha querido averiguar na presença de Clara. Depois de um momento, mãe e filha voltaram à sala.

— Está tudo bem, não há nada com o que se preocupar — disse Clara pegando sua taça vazia. Tentou pegar a garrafa de vinho, mas Ester a deteve.

— Por acaso não me comportei maravilhosamente?

Tive a impressão de que o que estava fazendo com essa atitude era assumir seu papel de filha, pedir à mãe que tomasse o controle, que a aliviasse da responsabilidade de si mesma e de suas emoções. A morte tem isso: instala-se entre os vivos e transtorna nossas existências, penetra nas nossas mentes e traz à tona os sentimentos infantis.

Pegou a garrafa e encheu sua taça. Por um momento reinou um grave silêncio, enquanto as notas de piano vagavam entre nós. Recordei tê-la ouvido dizer alguma vez que tinha lhe faltado tempo para acabar de ser criança.

Ansiei vê-la chegar ao limite. Estremeci com a minha própria crueldade. O que sentia por Clara? O prazer de vê-la chegar ao fundo não era amor. Ao final, 15 anos fantasiando com uma mulher não significa muito. Amoldá-la aos seus desejos a faz perder toda realidade. A Clara que eu tinha relembrado infinitas vezes na fantasia, aquela que eclipsava todas as outras mulheres, a mulher da minha vida, só existia na minha imaginação. Tinha chegado o momento de humanizá-la e obter minha liberdade. Embora compreendesse também que abandonar sua imagem idealizada implicava ficar desprotegido. A idéia da mulher que ela encarnava aos meus olhos tinha me mantido fora do alcance dos relacionamentos amorosos.

— Theo foi a última pessoa que falou com Antonio — disse Clara de repente, olhando para mim. — Há algo que você possa me contar? Algo que possa me servir? — seu tom era suplicante e ao mesmo tempo, acho, esperançoso.

Senti o olhar de todos se fixar em mim. Não podia dizer que Antonio tinha falado dela com resignação e dor.

— Que a amava. Mas isso você sabe e não vai lhe ajudar a se conformar.

— É claro que não — disse num sussurro.

— É claro que não — repetiu Ester. Sentou-se ao lado dela e passou o braço em volta dos seus ombros.

Emma, Mauricio e Matt guardavam silêncio.

— Theo, você me leva para casa? — perguntou Clara pouco depois. Seus olhos, apesar da névoa de álcool que os cobria, eram decididos.

— Preferiria que você ficasse, meu amor — disse Ester.

— Não, mãe. Quero a minha casa. A minha cama.

— Então eu levo você — afirmou Ester.

— Quero que o Theo me leve — disse com a voz impetuosa de uma criança.

Impressionaram-me suas palavras, era seu primeiro gesto de vontade e tinha que ver comigo.

— Vou chamar um táxi — interveio Matt.

Antes de irmos, Ester me pediu que ficasse na casa de Clara. Pouco depois estávamos dentro de um táxi rumo à sua casa.

— Sabe, eu queria não me mexer nunca mais, ficar aqui sentada, pensando — murmurou.

Dito isto, voltou a se calar. Profundas olheiras se instalaram no seu rosto. Mantinha os joelhos unidos e as mãos quietas sobre eles.

— Podemos fazer isso, se você quiser... passar a noite neste táxi — disse com um sorriso que ela devolveu.

Acariciei seu rosto.

— Antonio contou que acompanhava você em todas as guerras? — Ao ver minha expressão interrogante, continuou: — Estou vendo que não lhe contou isso. Ele o procurava na rede. Guardava todas as suas matérias e artigos.

Impressionou-me que dissesse aquilo. Antonio tinha se mostrado insensível frente a qualquer coisa relacionada ao meu trabalho de jornalista. Talvez isso explicasse tudo, não precisava saber mais.

— Ele os guardava numa pasta por ordem cronológica, era muito minucioso para ordená-los.

— E você os lia?

— Em algumas ocasiões.

— Em quais?

— Quando Antonio me pedia — respondeu com seriedade.

Senti a mesma coisa que naquela noite em que irrompemos na casa de Antonio, quando tentávamos trazê-lo de volta, sabendo que qualquer gesto a mais ou a menos poria tudo a perder. O que eu precisava era saber o que Clara tinha sentido por mim todos esses anos. O homem que tinha definido o meu destino, fazendo com que eu me tornasse correspondente de guerra, obcecado pela idéia da existência heróica, estava morto. Agora queria saber se ela tinha me amado, se me amava ainda. Não podia, no entanto, mencionar essas coisas 48 horas depois de tê-lo enterrado.

— Eu sabia que Antonio ia partir cedo ou tarde. Não fiz mais que retardar o tempo. Talvez nem sequer isso — murmurou.

Tentei dizer alguma coisa, mas Clara, erguendo as duas mãos, me deteve antes que eu chegasse a abrir a boca.

— Não me diga que eu fiz tudo o que podia, que a minha consciência deveria estar em paz. Não sinto culpa. — Mordendo o lábio inferior, olhou friamente para a frente e cruzou os braços.

Quis abraçá-la, mas seu gesto me impediu. Tinha voltado para a atitude pétrea e ausente de antes. Era tão difícil ampará-la. Estávamos chegando ao nosso destino.

— Pode ficar se quiser, já sei o que minha mãe recomendou, que não me deixasse nem por um minuto — disse resignada.

Nada ia me desanimar. Não era a minha dignidade que estava em jogo. Entramos na sua casa, uma construção que subia a colina. Sem sequer acender a luz do primeiro andar, subimos para o segundo. Clara me mostrou o quarto de hóspedes, mas eu lhe disse que a acompanharia até vê-la adormecer. Não me olhava nos olhos, como se quem a escoltasse fosse um estranho, um enfermeiro contratado.

— Instruções da minha mãe? — perguntou. Eu disse que sim com um gesto e a segui até o seu quarto.

O mobiliário era escasso: uma ampla cama coberta com uma colcha branca abarrotada de almofadas, uma poltrona, uma estante e uma cômoda encostada na parede. Clara tirou os sapatos e se atirou na cama.

— Sinto-me como se tivesse 100 anos — disse esboçando um sorriso.

Pouco tempo depois tinha os olhos fechados e sua respiração se tornou pausada. Cobri-a com o cobertor e fiquei sentado na poltrona em frente à cama, olhando para ela, até que os meus olhos começaram a se fechar. Então a deixei e tentei dormir.

# 24

ERA UMA MANHÃ SEM MATIZES, DESSAS QUE ANTECEDEM OS DIAS de muito calor. Saí do quarto. A porta de Clara estava fechada. Entrei no banheiro, lavei o rosto e desci as escadas. Uma mulher de trança branca e avental azul varria o chão da sala.

— Bom-dia — disse-me sem desconfiança.

A sala não era grande e estava decorada com objetos de diversos lugares do mundo. Uma janela de armação de ferro que lembrava as construções de Eiffel deixava ver uma vegetação frondosa, produto do ambiente fresco que a ladeira da montanha gerava.

— Quer tomar o café-da-manhã? — perguntou-me.

— E Clara?

— A senhora está dormindo — disse comovida. — Está com a senhora Ester, ela veio cedo.

A princípio pensei ficar até que ela acordasse, mas em seguida decidi sair. Clara estava com sua mãe e minha presença seria um estorvo.

— Vou sair um pouco, voltarei mais tarde — disse-lhe e desci pelo longo caminho de cascalho que conduzia à rua.

Já não estava tão seguro da minha decisão precipitada do dia anterior. Queria estar perto de Sophie, disso não tinha dúvidas; também imaginava que, depois do ocorrido, minha visita a reconfortaria. Mas também havia Clara. O fato de que me pedisse para levá-la à sua casa, que conversasse comigo depois de longas horas de silêncio, me fazia hesitar. Talvez precisasse de mim. Embora, por outro lado, era possível que seus gestos não significassem grande coisa. Era pouco prudente da minha parte confiar em idéias que nasciam do anseio e do desejo.

Quando cheguei ao hotel, o recepcionista me entregou dois recados de Rebecca. Liguei com um pouco de ansiedade. Assim que ela atendeu, disse:

— Sua filha quer falar com você.

— Mas Rebecca, pedi que você não dissesse nada a ela — aleguei. Não era a idéia abortada de fazer uma surpresa à minha filha o que me incomodava. Se Sophie soubesse da minha viagem, não poderia mais dar para trás.

— Daddy! — gritou pelo telefone. — Mamãe me contou que você estava vindo.

— É o que eu queria, mas ainda não consegui passagem.

— Ah, mas isso é o de menos, você sempre dá um jeito. Quando chega?

A confiança de Sophie me desarmou. Era incapaz de trair aquele mínimo de fé que ela ainda conservava em mim.

— O quanto antes, meu amor. Tenho muita vontade de vê-la.

— Eu também estou com saudade de você — disse, e em seguida entregou o telefone para a mãe.

— Tive que lhe dizer que vinha. Estava muito desanimada. Você vem ou não? — perguntou-me Rebecca.

— Verei se posso conseguir um vôo, sabe como é, estas datas são complicadas.

— É questão de querer, só isso — concluiu.

Desliguei. Ela queria dizer que pelo menos uma vez pusesse minha vontade em alguma coisa relacionada com minha filha. Não foi fácil, mas ao final meu agente conseguiu uma intrincada combinação de vôos que me colocaria em Jackson Hole no dia seguinte. Liguei depois para a casa de Clara. Foi Ester quem atendeu. Disse-me que se mudaria para lá por uns dias e que me convidava a fazer o mesmo.

— E Clara, o que acha?

— Não falei com ela, mas tenho certeza de que achará bom. Sua resposta não era muito convincente. Não falei que iria embora nessa mesma noite. Primeiro queria ver Clara. A verdade é que guardava a remota esperança de que ela me retivesse. Disse que passaria por lá mais tarde. Ester mencionou que sairia um pouco, coisa que me convinha. Poderia ficar a sós com Clara.

Queria comprar-lhe um presente. O calor era insuportável e o barulho dos ônibus, infernal. Felizmente, não muito longe do hotel, em uma velha livraria, encontrei uma bela edição das obras completas de Jane Austen. Peguei um táxi e fui entregar meu obséquio.

A mesma mulher de trança grisalha abriu a porta. Subimos a longa escada de cascalho e madeira. Nesse momento tive a oportunidade de ver a casa recortada contra a densa vegetação. Tinha uma arquitetura estranha, porém harmônica, em que o espírito senhorial de um arquiteto do começo do século XX convivia com o sopro aventureiro das casas-barco dos anos 1930. A sombra das árvores do jardim me proporcionou imediato alívio. Entramos na casa e, enquanto a mulher avisava Clara da minha chegada, fiquei na sala. A combinação da sombria modorra de verão com os objetos atemporais fazia com que o tempo parecesse estar parado. Longe tinham ficado o calor, os arbustos empoeirados das ruas; longe, o rio e suas gaivotas de rapina. Até esse momento eu tinha teimado em ignorar a cidade de Antonio, mas o destino quis que eu gostasse muito do único lugar que tinha sido dele. O lugar onde, agora eu tinha certeza, encontrou proteção.

Clara apareceu logo depois. Vestia calças brancas e uma camisa da mesma cor. Alguma coisa da sua expressão nublada e ausente dos últimos dias havia desaparecido.

— Você não está mais com 100 anos — disse.

— Noventa e cinco — brincou.

Sentamo-nos em duas poltronas de cerejeira. Uma luz aparecia suave e dilatada pelos vidros da janela, banhando a sala nos tons de um daguerreótipo.

— Tenho um presente para você — disse-lhe, e entreguei o pacote que com extrema paciência o velho da livraria tinha feito.

Ela o abriu e observou as capas dos livros.

— São lindos, Theo. — Levantou-se de seu lugar e me deu um beijo no rosto.

— Sua casa é muito boa — apontei, e ambos percorremos com o olhar o espaço acolhedor que nos rodeava, como se uma terceira presença nos observasse.

— Vou embora esta noite — afirmei de repente. Tive a impressão de que minhas palavras possuíam a gravidade de uma sentença.

— Tão cedo? — perguntou. Sua expressão era neutra.

— Se soubesse que posso fazer alguma coisa por você, ficaria mais tempo. — Guardei silêncio por um segundo, ansiando que respondesse. — Mas vejo que está rodeada de pessoas que a amam e que cuidarão bem de você.

— Sei que ao final tudo volta ao seu curso, e um dia, sem que eu me dê conta, a dor desaparecerá. É assim — disse sem seguir o fio da minha conversa, como se um diálogo interno se realizasse em sua cabeça. — É questão de ter paciência, imagino. Eu também tenho um presente para você — continuou sem pausa, e seu rosto se iluminou.

A perspectiva de um presente não era suficiente para rebater o abatimento que tinha me assaltado. Não importava para Clara o que eu fizesse. Ao menos de uma coisa eu podia me alegrar. Partir para Jackson Hole tinha sido uma boa decisão.

Subimos as escadas e entramos no seu quarto, banhado agora em claridade e frescura. Não as tinha visto na noite anterior. Diante da janela estavam as flores de que Antonio havia falado. As flores de Clara. Um ramo de açucenas frescas e perfumadas. Interceptou meu olhar.

— Antonio lhe falou das flores, não é? — As flores da janela.
— Estava doente, e a febre fez com que me esquecesse de substituí-las.

— Não é a versão de Antonio.

— Sei. Mas foi assim. Você sabe que tudo o que dizemos, fazemos ou deixamos de fazer, sempre tem um significado diferente para o outro.

— É verdade... — disse. Suas palavras eram a chave de muitas coisas que tinham acontecido entre nós. Não me deu tempo para continuar. Estendendo-me um livro falou:

— Pegue, aqui está o seu presente.

Soube que era dela, inclusive antes de ler seu nome impresso na capa. Era a mesma borboleta com cabeça de menina que eu tinha visto no quarto dela há 15 anos. Peguei o livro e li em voz alta o texto da contracapa:

"Micaela subiu ao céu e observou o mundo durante trezentos e sessenta e cinco dias. Viu coisas lindas e coisas feias, mas quando voltou para a terra, não quis mais ser menina. Pediu à Natureza que a transformasse em borboleta, mas que conservasse sua cabeça de menina. Era ali que armazenava suas lembranças, e era com elas que poderia fazer alguma coisa pelo mundo. Se não lembrasse, como poderia reconhecer a tristeza e a desesperança?"

Peguei seus dedos ardentes e os levei ao rosto. Apertei-os contra o meu rosto, contra a minha boca. Acho que nós dois fechamos os olhos e ficamos assim um tempo, ouvindo os pássaros, e ao fundo o zumbido da cidade. Era o mais perto que tínhamos conseguido ficar. Era também um desses momentos dos quais é difícil sair para seguir adiante, porque a gente sabe que qualquer coisa que faça ou diga poderá desvirtuá-lo.

E, como se alguém do outro lado tivesse escutado o murmúrio dos meus pensamentos, o telefone tocou. Clara pegou o fone e se aproximou da janela. Era Ester. Fiquei olhando para ela enquanto falava com a mãe. Um salgueiro balançava com a brisa da tarde. Clara lhe contou que eu ia embora nessa noite. Passou-me o telefone e nos despedimos, não sem emoção.

Eram seis da tarde; tinha tempo apenas para pegar minhas coisas no hotel e chegar ao aeroporto. Clara chamou um radiotáxi e juntos saímos para esperá-lo. Em poucos minutos estava na porta.

Nós nos abraçamos e subi no carro. Alguns metros à frente, olhei pela janela traseira. Ela, com os braços cruzados, não tinha se movido. Levantei minha mão, e Clara levantou a sua.

# 25

ENQUANTO VOAVA PARA JACKSON HOLE NÃO DORMI. FOI DURANTE aquelas horas de insônia que decidi escrever nossa história. As imagens começaram a surgir na escuridão da cabine, como se alguém tivesse posto para rodar um filme sem edição. Vi Antonio com o olhar concentrado no bar da universidade; avistei-o caminhando no supermercado, o casaco cheio de mantimentos, otimista, ufano, como se o mundo estivesse ali para ser percorrido e conquistado; vi-o conversando, erguendo as mãos grandes e morenas; distingui sua rua, os meninos rindo na calçada, seu corpo recolhido no fundo do corredor. Estava tudo amontoado na minha memória. Abandonaria as guerras, viraria um homem sedentário, fecharia a porta do meu apartamento e escreveria. Não sabia bem com que fim, mas precisava fazer isso. Era uma questão de higiene.

Cheguei a Jackson Hole na manhã de 31 de dezembro. Tinha nevado na noite anterior e o frio era diabólico. Sob a luz de uma manhã diáfana e com os pés assentados na terra, minhas idéias noturnas me pareceram absurdas. Mesmo que usasse todos os meus recursos para me ajustar à verdade, nada do que dissesse seria a versão oficial dos fatos, pois isso não existia; o que acontecera tinha sido longamente processado pelos meus sentimentos e fantasmas. Do mesmo modo, não estava absolutamente seguro de conseguir distingui-lo do que havia vivido. Sobretudo, tinha a certeza de que o passado era um material maleável e que ao tocá-lo ele se transformaria.

Deixei minhas coisas no hotel onde costumava ficar e parti para o shopping mais próximo. Uma hora mais tarde estava em frente a uma pequena casa, com meus presentes para Sophie. Pedi ao táxi que me esperasse. Uma mulher cuja aparência lembrava as cabeças sem plumas de algumas aves de rapina abriu-me a porta.

Diante da televisão ligada, uma garota que devia pesar pelo menos oitenta quilos estava estendida numa poltrona. Por uma porta vi aparecer a cabeleira loira de Sophie. Ao ver-me, se atirou nos meus braços. Agarrou-se a mim e se escondeu no meu ombro. Sem soltá-la, cumprimentei Rebecca com um beijo.

— Trouxe os seus presentes de Natal — murmurei para Sophie.

Concordou com um gesto. Era a primeira vez que não mostrava interesse por eles.

Rebecca me deu uma mochila pequena que havia preparado para Sophie e nos encaminhou até a porta.

— Está abalada — sussurrou-me ao ouvido quando saímos. — Mas vai passar. Acontece com todos nós.

— O que vai fazer hoje à noite? — aventurei-me a lhe perguntar. Elevou os ombros em sinal de que não sabia e que tampouco lhe importava.

— Poderia passar para pegá-la e jantarmos com Sophie — propus.

Sem esperar resposta, subi no táxi. Antes de partir, baixei o vidro e lhe disse que às oito passaria para pegá-la. Sophie continuava agarrada em mim.

— Está tudo bem? — Ela negou com a cabeça.— Não está bem porque teve que deixar o seu potrinho e não gosta daquela mulher com cara de pássaro, não é?

Sophie concordou sem dizer uma palavra.

— Tem toda a razão de estar zangada e triste. Ergueu a cabeça e pude ver seus olhos amendoados, que mesmo alegres têm uma expressão melancólica.

— Isso é uma injustiça, não é? Que não possa ver o Daddy.

— Foi culpa daquele amigo do Russell — disse num desabafo.

— Que amigo? — perguntei, imaginando que era questão de puxar pelo que Sophie tinha iniciado para ficar sabendo dos últimos acontecimentos. Mas, consciente de sua indiscrição, Sophie mudou de assunto.

— Aquela menina é muito gorda, não? Parece um balão prestes a explodir. — Ela se desprendeu de mim e com um gesto de mulher experiente disse:

— Foi operada do estômago. Diminuíram-no para que ela não comesse mais. Agora só pode tomar Coca-cola light, sopas e gelatinas. Tem vergonha de ser tão gorda, por isso não se despediu de você. Mas, olha só, ela me deu o seu tesouro. Uma caixa cheia de guloseimas. Não conte para a mamãe. Agora é minha.

— Você não quer me falar do amigo do Russell? — tentei inquirir uma vez mais.

Passou o dorso da mão pelo nariz e sacudiu a cabeleira loira. — Mamãe me pediu que não comentasse com ninguém.

— Inclusive comigo?

— Não falou nada sobre você, mas imagino que ninguém é ninguém, não acha?

— Fixou seus olhos transparentes nos meus, consciente de que tinha me colocado numa encruzilhada.

Eu gostei da firmeza com que defendia sua integridade.

— Você está certa, pequena. Ninguém é ninguém. Vamos comer uma pizza. Quer?

Sophie aceitou e pedimos ao taxista que nos levasse à melhor pizzaria de Jackson Hole. Algum tempo depois estávamos na avenida principal: uma fileira de lojas ao estilo das cabanas de lenhadores, abarrotadas de chapéus, botas e jeans. Mas o que fazia o lugar parecer assustador era a montanha do fundo, que como um deus vigilante impedia a passagem da civilização. Bastava elevar a vista para vê-la e então, a rua, percorrida uma e outra vez por meninos de jeans Gap, tornava-se quase irreal, um ponto de civilização transplantado no meio de um nada.

Essa possibilidade de fugir através do simples golpe de uma imagem sempre me atraiu. Por isso, enquanto procurava com Sophie uma mesa onde nos sentarmos, olhei para a montanha. As luzes avermelhadas da tarde sobre sua extensão rochosa e irregular produziam a miragem de um incêndio. Devo ter ficado olhando por alguns segundos, pois Sophie, impaciente, empurrou-me para um canto onde havia um lugar desocupado.

Ela, com os braços cruzados sobre a mesa, me observava. Pensei que na sua companhia não precisava me evadir. Aquele momento com a minha filha, prestes a comer uma pizza, era suficiente. E, enquanto a ouvia falar com o garçom com seu inconfundível sotaque de menina texana, pensei também que tinha chegado o momento de morar com ela. Nunca antes tinha considerado esta possibilidade. Agora não havia nada que eu desejasse com mais veemência. Queria me ocupar das pequenas coisas da sua vida, estar perto quando um menino a paquerasse ou a desprezasse, quando precisasse me contar um segredo.

Quando era pequeno, quando a minha irmã queria me magoar, gritava que tinham me achado no Tâmisa. Meu tardio crescimento me fazia mais baixo do que o normal, e numa família de quase gigantes isso era uma boa razão para desconfiar da minha origem. Esta dúvida se instalava persistente na minha consciência, isolando-me. Eu não possuía, como a minha irmã, aquele laço indelével que vai mais à frente do entendimento e da vontade e que resguarda as pessoas de uma existência solitária. Esse mesmo elo que eu tanto temi não possuir era o que me unia a Sophie. O que unia Clara e sua mãe. Clara. Era difícil não pensar nela.

— O que você tem, papai? — perguntou-me, percebendo a emoção que esse pensamento causava em mim.

— Amo você, pequena.

— Mas isso nós já sabemos.

— Tem razão, estamos cansados de saber, mas é bom lembrar sempre.

Não podia falar sobre a minha idéia. Era uma coisa séria que eu tinha primeiro que discutir com Rebecca. Tudo parecia se encaixar. Tinha decidido abandonar as guerras, me assentar, escrever um livro. Decisões que há alguns dias teriam me parecido inconcebíveis. Pensei pela primeira vez que viver com Sophie não era renunciar à minha liberdade, mas ganhá-la. Seja como for, a idéia me abalou. Não podia levá-la comigo para descobrir depois de três meses que era incapaz de fazê-lo.

Sophie estava pensativa.

— Você tem muitas amigas aqui, não é? — inquiri.

— Só uma. Chama-se Sandy. Você a conheceu no ano passado, lembra? Mudou-se para Los Angeles e agora nos comunicamos por e-mail.

— Quer dizer que aqui mesmo não tem nenhuma amiga?

— Bom, não é bem assim, conheço quase todas as meninas da minha idade, só que...

— Só quê?

— Não sei — murmurou, e resolveu não continuar falando.

— Eu também não tenho muitos amigos.

Pensei em lhe contar que o melhor deles tinha morrido há alguns dias. Um sem-fim de imagens voltou a se amontoar na minha cabeça. Tive a impressão de que o homem que tinha construído aos olhos de Antonio e Clara se decompunha. Esse homem que eu mesmo tinha descoberto 15 anos atrás, quando, conversando com Bernard e seus amigos num pub, soube que Antonio e Clara estavam incrustados na minha cabeça, e que por eles me tornava alguém.

— Você está me ouvindo? — ouvi que Sophie me perguntava. Olhei para ela. A decepção estava impressa no seu rosto. Tinha visto essa expressão tantas vezes. Acontecia sempre. Eu divagava, enchia minha cabeça com outros pensamentos e Sophie, com justa razão, se ressentia. Em seguida, viria sua indiferença. Dei-lhe um beijo.

— Desculpe, Sophie. Meu melhor amigo morreu faz alguns dias, e quando você falou da sua amiga eu me lembrei dele.

— Estava pensando nele?

Concordei com um gesto de cabeça.

— Eu também penso muito na Sandy.

Tinha me perdoado.

— Falou que conhece quase todas as meninas de sua idade — disse.

Sophie ficou pensativa por um momento, respirou fundo e em seguida disse:

— O que acontece é que não é fácil ter uma mãe como a minha, sabe?

— Hahã — ratifiquei.

— Olhe, não pense que eu não a amo, viu? Ela é diferente, só isso; bem, isso não facilita as coisas. Muito menos aqui, onde todos se conhecem desde que nasceram, conhecem seus tios, seus avós. Você me entende.

— Sophie. — Tive que fazer uma pausa. Não era fácil desenvolver um argumento que convencesse uma menina de 8 anos de que sua diferença era benéfica para ela. Lembrei-me do conto de Clara e pensei que seria um bom começo.

— Sabe que uma amiga que vive no Chile me deu de presente um livro que ela mesma escreveu e desenhou? Vou mostrá-lo quando formos ao meu hotel, mas posso lhe contar a história agora. É para crianças mais novas do que você, mas acho que pode servir. Interessa?

Sophie aceitou sem muita convicção, mas não desisti. Contei-lhe sobre a menina que pediu à Natureza que a transformasse numa borboleta mas que deixasse intacta sua cabeça de menina. Não era mais uma menina, mas também não era borboleta. Era um ser diferente. Sophie começou a mexer os pés debaixo da mesa em sinal de impaciência. Elevei um pouco mais a voz e, em vez de me expressar como se faz com as crianças, utilizei uma linguagem mais douta que voltou a cativar sua atenção. Não queria nesse instante que eu a tratasse como criança. O fato de que seu pai a visitasse desde tão longe e que se encontrasse a sós com ela numa pizzaria devia ser uma das poucas diferenças com respeito às outras meninas que a faziam se sentir bem.

— No entanto — prossegui —, eram precisamente essas diferenças que lhe permitiam fazer coisas que nenhuma menina e nenhuma borboleta teriam podido fazer. Com sua cabecinha de menina conseguia entender os seres humanos, e com seu corpo colorido e alegre de borboleta os consolava.

— Acho que entendi — disse-me com seriedade. — Mas, como você disse, é uma história para crianças, porque ninguém de minha idade vai acreditar nessa historinha.

— Mas o que você entendeu? — sondei com todo o cuidado que foi possível.

— Papai, não sou boba. Ser diferente é chato, mas pelo menos você pode ter certeza de que vai ter um emprego.

Comecei a rir. O espírito prático de Sophie era surpreendente. Ela também riu. Pensei que teria sido estimulante para Clara ouvir essa conversa. Tentei imaginar o lugar exato onde se encontrava nesse momento. Outra vez Clara.

— Com essa sua cabeça, Sophie, não vai lhe faltar nada.

Minhas palavras, em vez de animá-la, a entristeceram, talvez porque a fizessem se lembrar de tudo o que tinha perdido nas últimas horas. Saímos para a rua. Ao desaparecerem os raios de sol da tarde, o frio se tornou mais intenso. Subi a gola do seu casaco e ela olhou para mim com uma expressão contraditória, como dizendo: "Já estou muito grande para que você me arrume assim", deixando entrever mais uma vez seu desejo de ser mimada.

Apertei sua mão com mais força e continuamos caminhando rumo ao hotel, olhando as vitrines que ainda exibiam suas decorações natalinas. Assim que entramos no vestíbulo, vi Rebecca sentada numa poltrona sob uma grande luminária dourada. Estava com as pernas cruzadas, o corpo inclinado para a frente, e levava ansiosa um cigarro à boca. Duas malas no chão me indicaram que alguma coisa não muito boa estava acontecendo. Sophie ainda não a tinha visto. Era melhor falar com Rebecca a sós. Subimos para o meu quarto. Já encontraria algum jeito de descer por alguns minutos.

— Quero lhe mostrar o livro de que falei — disse assim que chegamos.

Sophie pegou o livro e ficou olhando a menina borboleta com sua cabeleira escura. Folheamos o interior, os desenhos mostravam com detalhes a metamorfose.

— É um monstrinho muito bonito — observou.

— Como você, pequena.

— Se você está dizendo.

Liguei a televisão e lhe disse que precisava descer para ver se tinha alguma mensagem importante.

Rebecca conservava a mesma posição de há alguns minutos. Usava calça celeste, botas e um casaco de pele sintética preta. Fumava com avidez. Era evidente que não estava bem. Isto me colocava numa situação privilegiada para conseguir o que queria. Tentei lembrar o que tinha me cativado nela no México e o que me tinha provocado tanto rancor. Sua decisão de ter um filho sem considerar minha vontade fez com que no primeiro ano eu não tivesse querido saber de Sophie. Essa questão me remói a consciência até hoje. Naquele ano, Rebecca viveu numa pensão em São Francisco, cantando num restaurante à noite, enquanto uma vizinha cuidava de Sophie. Mantinha-me a par do seu paradeiro, embora suas intenções estivessem longe de exigir alguma responsabilidade. Pelo contrário, era categórica ao expressar que eu era dispensável. Em uma viagem que fiz ao Brasil decidi parar em São Francisco e conhecer a minha filha. Da primeira vez que a vi estava sentada numa mesinha no meio do quarto, tentando levar uma colher à boca. Seus olhos caídos e amendoados olharam para mim alegres, convencidos de que a vida seria boa com ela, que nada devia temer do desconhecido que do batente da porta a observava sem saber o que fazer. Depois comecei a vê-la de tempos em tempos e a me ocupar dos seus gastos. Rebecca me agradeceu, sempre deixando claro que ela era capaz de criar Sophie sem mim, e que a decisão que eu havia tomado quando a menina tinha um ano não me dava nenhum direito sobre ela.

Era talvez sua vontade à prova de tudo o que me chateava, sua inquebrantável determinação de ser mãe apesar das suas limitações: pais quase analfabetos, colégio sem terminar, talento duvidoso. Irritava-me também que, apesar da sua ignorância, sempre tivesse uma resposta para tudo; argumentos tirados das revistas femininas, que eu rebatia com a razão, enquanto ela olhava para mim com seus olhos redondos, convencida de que meus múltiplos discursos só serviam para me tornar mais infeliz.

Pensava tudo isso enquanto me aproximava a passo lento de Rebecca. Ao ver-me, levantou-se de um salto. Propus que deixasse suas coisas na recepção e tomássemos alguma coisa no bar.

— E Sophie? — perguntou.

— Está no quarto vendo televisão.

Sentamo-nos numa mesa distante da agitação. No centro do bar tinham instalado uma pista de dança; um homem de macacão azul trabalhava no nível do chão ligando fios. Evitando olhar para mim, Rebecca tirou um estojo de pó da bolsa e retocou o nariz. Um gesto próprio das divas dos anos 1930, com quem ela, conscientemente, compartilhava certo ar. Esperei que terminasse e em seguida perguntei o que tinha acontecido.

— Não podia mais ficar na casa de Anne. Há um tempo, Russell lhe emprestou alguns dólares para que montasse um salão. Hoje à tarde ele ligou e lhe disse que se eu ainda continuasse ali à noite, ela teria que lhe devolver o dinheiro imediatamente.

— Mas esse homem a odeia — exclamei sem poder ocultar minha surpresa.

— Acho que está no seu direito — disse, e baixou os olhos.

As luzes multicoloridas na pista de dança se acenderam de repente, e o cara de macacão se levantou do chão satisfeito.

— Você o traiu. — Ela assentiu.

— Não pretendo me justificar, mas viver com um cara de 60 anos quando se tem 34 não é nada fácil. Há os ritmos, os interesses etc.; mas além disso, e você sabe que eu não sou de fazer rodeios, um corpo velho é um corpo velho, por mais que se tente, com viagra e truques, esconder isso. Sempre tive amantes, Theo. A minha vocação é cantar e trepar.

Eu ri, e ela também. Eu tinha provas do que estava dizendo. A vocação dela era trepar, sem dúvida. E, se gostava disso e o fazia bem, era lógico que corresse atrás.

— Mas, se sempre teve amantes, o que aconteceu agora?

— Desta vez ele ficou sabendo.

Era a mesma história que se repetia, como se estivesse gravada no código genético dos seres humanos. Só que desta vez para mim era diferente. Aquela mulher que acendia outro cigarro com abatimento era a mãe da minha filha.

— E o que Sophie sabe sobre isso?

— Sabe que um amigo do Russell contou-lhe uma história sobre mim e ele ficou furioso.

— E ela sabe que tipo de história?

— Suponho que intui. Mas não me pergunta, e eu também não vou dizer.

Lembrei-me do criador de cavalos que Sophie tinha mencionado com tanto entusiasmo alguns dias atrás por telefone.

— E o que você pretende fazer agora?

— Não sei — disse e esmagou o cigarro no cinzeiro.

— Por enquanto, pode ficar aqui.

— Obrigada — murmurou com o olhar fixo nos joelhos.

Tinha chegado o momento de expor minhas intenções e pensei que a melhor forma de fazer isso era sendo o mais direto possível.

— Achei que seria bom que Sophie morasse um tempo comigo em Londres — disse num tom cuidadoso.

— Você quer tirá-la de mim? — perguntou quase gritando. Balançou a cabeça como se quisesse afastar essa idéia.

Mantive a calma e continuei:

— Não. Não quero levá-la para viver comigo. Minha intenção não é separá-la de você, mas estar mais perto dela.

Minha argumentação era confusa, e o mais provável é que Rebecca não visse nenhuma diferença entre um cenário e outro.

— Olhe, Rebecca. Não vou levar Sophie se você não concordar.

— Nem poderia — afirmou com fúria, deixando claros seus direitos como mãe.

— Não poderia, e não ia querer. Não é essa a idéia. Não sei o que você pretende fazer, e parece que você também não sabe. Não a culpo. Sei que viver com o Russell não era o paraíso. Mas é evidente que será difícil para você dar a Sophie a vida que tinha, e que sua vida seria muito mais suportável se estivesse por um tempo sozinha.

— Eu sempre me virei. Não vejo por que agora vai ser diferente — disse dando uma drástica tragada no cigarro. O casamento com o Russell durou o que durou. Sophie terá que se acostumar ao que venha, e eu me ocuparei de que não lhe falte nada. Ela me tem. E isso é o que importa.

— Estou falando de um tempo, não é para o resto da vida. Enquanto você encontra um trabalho, um lugar onde morar. Poderia acabar pegando a primeira coisa que encontre, simplesmente porque tem que pôr comida na boca de Sophie.

— Não me importa, Theo. Não pode entender isso? Estou disposta a fazer qualquer coisa. Nunca fui uma bonequinha mimada.

— Mas deveria deixar que eu a aliviasse um pouco.

— Você não quer me aliviar. O que você quer é levar Sophie. Agora ficou com muita vontade de ser pai, vai saber por que. Nunca se interessou por outra coisa além de sua deliciosa pessoa, Theo. Essa é a verdade.

— E Sophie — disse tentando um sorriso que diluísse a tensão.

— Porque tem o seu delicioso sangue.

— Pense sobre isso, Rebecca. Eu lhe imploro. Para ela pode ser bom morar em Londres com seu pai, conviver com os avós. Pensará nisso?

Esperei que me respondesse antes de continuar esgrimindo outros argumentos a favor de minha idéia. Com uma voz que transpirava doçura e aflição disse:

— Eu não sei viver sem Sophie. — Suas palavras me desarmaram.

— Nesse caso eu não disse nada. Esqueça. Era uma idéia que tinha me entusiasmado, mas vejo que é impossível — concluí, tão abatido quanto ela.

Ficamos um tempo em silêncio observando o vaivém dos garçons que mudavam a disposição das mesas, acendiam velas, penduravam guirlandas de luzes e instalavam buquês de flores. O bar estava se transformando num cenário da Broadway. Éramos uma ilha no meio de uma agitação festiva e histérica.

— Sophie deve estar lhe esperando.

Propus que arrumássemos um quarto para ela antes de subir. O sujeito da recepção abriu um sorriso zombeteiro quando lhe perguntamos se havia algum quarto desocupado. De todas as partes vinham turistas para ver os fogos que estouravam nas ladeiras das montanhas. Ofereceu-nos instalar uma cama adicional no meu quarto, e os dois concordamos sabendo que seria desconcertante para Sophie ver seus pais no mesmo quarto. De qualquer forma, não tínhamos outra alternativa.

Quando entramos juntos no quarto, Sophie, que estava vendo televisão jogada na cama, voltou os olhos para nós.

— Decidimos passar a noite aqui — exclamei num tom alegre, arrependido de não ter preparado com Rebecca alguma justificativa coerente para lhe dar. O que o instinto me dizia era que devia diminuir o máximo possível sua incerteza sem chegar a mentir para ela.

Sophie olhou para nós com uma expressão desconfiada, sabendo que a frase que eu havia dito com o maior dos otimismos escondia uma situação pouco clara.

— Nós três? — perguntou franzindo o cenho.

— Nós três — confirmou Rebecca.

— Aqui mesmo vão colocar uma cama onde a sua mãe vai dormir. Você e eu ficamos na minha, certo?

— Que bom. A casa da Anne cheirava à manteiga — disse, resolvendo o assunto.

Bateram na porta. Era o carregador trazendo as malas de Rebecca.

As duas se trancaram no banheiro como duas adolescentes se arrumando para um grande encontro. Ouvi que riam e brincavam. Depois de uma hora estávamos prontos para sair e celebrar juntos o ano novo. Antes de deixar o quarto, Rebecca colocou em cima de um dos criados-mudos um pequeno abajur que projetava desenhos ultramarinos no teto.

— É o abajur de Sophie, sem ele não conseguirá dormir quando voltarmos.

Dada a imensa quantidade de coisas que levava em cima, jeans justo com aplicações, botas pretas de salto agulha, camisa transparente aberta até o umbigo e colete dourado, ela estava bem bonita.

A pedido de Sophie, demos várias voltas pela rua principal, nos detendo nas esquinas decoradas com lâmpadas e guirlandas natalinas, nas vitrines com pinheiros com neve artificial e estrelas boreais. Seu entusiasmo me sobressaltava. Esses momentos junto com sua mãe e seu pai deviam ser a concretização de muitos dos seus sonhos. Por isso alargava nosso passeio, e nos transformava em parte daquelas ruas acolhedoras, das quais emanava uma sensação de confiança e permanência. Mas a verdade era que nada disso existia para nós. Nós três sabíamos que a harmonia que respirávamos estava assentada em alicerces tão efêmeros quanto os fogos que íamos ver. Eram dez da noite quando chegamos ao restaurante onde Rebecca tinha reservado mesa.

Depois de jantar saímos para a rua. Os atoleiros de gelo no asfalto reluziam. Os faróis com sua luz amarelada iluminavam os rostos expectantes de crianças e adultos que, apressados, aproximavam-se das encostas da montanha. O vento penetrava nos ossos.

De repente tudo começou. Um projétil rasgou a escuridão soltando faíscas brancas e explodiu em cascatas vermelhas e azuis que iluminaram o céu com tamanha intensidade que por alguns segundos se fez dia. Nós dois olhamos para Sophie. Olhando para cima, quase nem respirava. Antes que o rojão seguinte estourasse, nos abraçou. Nós três, abraçados como um bloco inseparável, éramos, por um instante, quase reais. Um espectador teria imaginado que formávamos uma família feliz. E de alguma forma era verdade. Ao se soltar, Sophie voltou para sua posição de vigilância. Olhei para Rebecca, tinha o rosto erguido para a luz que emanava da cadeia de projéteis. Passei meu braço por seus ombros e continuamos olhando para a cascata de fogos que foi ficando cada vez mais intensa, até o instante em que o céu inteiro se iluminou com mil cores. O ano novo tinha chegado. Duas meninas se aproximaram de nós e desejaram feliz ano novo. Nossa filha se uniu a elas. Rebecca e eu as observamos se afastar alguns metros.

— Amanhã eu gostaria que procurássemos um lugar para você e Sophie. Quero pagar seu aluguel até que encontre um trabalho — disse-lhe.

— Você pode levá-la.

— O que você disse? — Achei que não tinha entendido bem.

— Pode levar a Sophie — repetiu.

— Tem certeza?

— Será só por um tempo, até que eu consiga me estabelecer.

Olhei para ela, acendeu um cigarro e queimou os dedos com o fósforo. Guardei silêncio. Temi que qualquer intervenção minha desfizesse suas palavras.

— Ela ficará melhor com você. Vou para São Francisco. Não tem sentido ficar nesta vilinha de merda. Quero cantar. É a única coisa que sei fazer.

Concordei. Era mais provável que encontrasse trabalho como cantora em São Francisco do que nesta vilinha de merda, como ela disse.

— Não é preciso que você me ajude. Só peço que pague as viagens para que Sophie me visite. Com o tempo, tenho certeza de que conseguirei ir visitá-la e mais adiante poderemos viver juntas outra vez.

Seu otimismo me comoveu. Havia inclusive começado a sorrir frente ao prospecto desse futuro que se elevava diante dela.

— De qualquer forma vou ajudar, Rebecca. É o mínimo que posso fazer por você. Não é um favor nem nada desse tipo.

Nunca imaginei que chegaria a dizer isso. Sempre tinha evitado abrigar qualquer sentimento por ela. Minha contribuição estava destinada a resolver os gastos de Sophie; uma estranha mesquinharia se apoderava de mim ao pensar que Rebecca usufruiria daquele dinheiro. Sempre considerei que, apesar da felicidade que me outorgava Sophie, a vida tinha me pregado uma peça ao me unir a uma mulher tão vulgar, tão ignorante, tão curta de idéias como Rebecca. No entanto, os últimos acontecimentos me faziam ver as coisas sob novas perspectivas. Apesar de toda dificuldade, teve uma filha. Minha filha. Por outro lado, o que fazia eu que valesse a pena? Afinal de contas, todos esses anos cobrindo guerras respondiam apenas a um capricho adolescente para alcançar a imagem idealizada de um homem.

— O que eu disse à tarde continua valendo. Sophie é quem me mantém viva. Por isso prefiro que fique com você. É muita responsabilidade para alguém que mede tão pouco, não acha? — perguntou-me sorrindo com tristeza.

*

Quatro dias depois deixamos Jackson Hole. Antes de sair do hotel liguei para Clara. Sua voz parecia mais animada. De qualquer forma, nossa conversa não fluía. Não lhe contei que estava indo para Londres com minha filha e que aqueles dias no seu país tinham mudado a minha vida. Depois de desligar fiquei um bom tempo olhando pela janela enquanto Rebecca e Sophie iam e vinham com suas malas. Pensei que a única coisa que podia fazer era enfrentar os acontecimentos, um a um, do jeito que viessem, sem me projetar para um futuro que não podia predizer.

Rebecca pegou seu vôo rumo a São Francisco. Sophie e eu, o nosso para Londres. Tínhamos explicado juntos a situação a ela, tentando na medida do possível não usar palavras que tivessem tons definitivos. Moraria um tempo comigo e, se sentisse muita falta da mãe, poderia ir visitá-la em São Francisco. Combinamos inclusive que passaríamos a Semana Santa juntos, em algum lugar que ela escolhesse. A princípio reagiu com suspeita. Deve ter imaginado que a mãe talvez quisesse se desfazer dela ou que, pelo contrário, eu estivesse me aproveitando da situação de Rebecca. Perguntou-nos o que sentíamos um pelo outro, abrigando a esperança de que aquela noite de ano novo tivesse transformado nossa relação.

Fomos o mais honestos possível. Não queríamos que imaginasse coisas que depois não aconteceriam. De qualquer forma, as coisas entre mim e Rebecca tinham mudado, e a hostilidade com que tínhamos nos relacionado nesses oito anos se desvaneceu. Acho que, ao observar isso, Sophie entendeu que ambos desejávamos que ela estivesse bem e que faríamos qualquer coisa para que assim fosse.

O avião de Rebecca partia antes do nosso. Nós a deixamos no portão de embarque; poucos minutos antes de nos despedirmos, Sophie propôs que lhe déssemos de presente o livro da menina borboleta que levava em sua mochila.

Para que não lhe importe ser diferente das outras mães — disse-me ao ouvido.

# 26

MINHA VIDA COM SOPHIE NESSES DEZ MESES FOI FÁCIL EM alguns aspectos e difícil em outros. Minha filha era mais autônoma do que eu tinha imaginado e ao mesmo tempo mais frágil. No entanto, havia algo que simplificava as coisas. Sophie tinha uma habilidade especial para comunicar suas emoções. A questão era como lidar com elas. Pela primeira vez os sentimentos de outra pessoa me tocavam como se fossem meus. Quando me contava aflita que alguma colega a tinha insultado ou ignorado no colégio, a dor que sua confissão provocava em mim era muito mais intensa do que a que eu sentiria se fosse eu o objeto da ofensa. Meu primeiro impulso era chamar a mãe da menina e dizer a ela que sua lindinha era uma filha-da-puta, o segundo era me considerar incapaz de continuar vivendo com Sophie, e o terceiro era sair juntos para passear pelas margens do Tâmisa e comprar-lhe alguma coisa que compensasse seus infortúnios. Não estava seguro de estar fazendo bem as coisas, e esta incerteza ocupava um espaço considerável na minha cabeça.

Pelo menos nossa convivência estava organizada. Enquanto ela ia à escola, eu escrevia. Não era exatamente escrever o que eu fazia; passava a maior parte do tempo tentando arrumar de forma coerente as centenas de lembranças que se aglomeravam na minha mente. À tarde eu a ajudava com os deveres, e por volta das oito uma estudante que morava a poucas quadras de meu apartamento ficava com ela. Então eu ia ao pub do meu bairro e tomava algumas cervejas. Era uma vida extremamente ascética, sedentária e às vezes insuportável, mas eu a aceitava de boa vontade. Sobretudo porque descobri, entre outras coisas, que todo aquele tempo indo de um lugar para o outro tinha uma conseqüência com a qual eu não contava: eu havia parado de acreditar. Resumindo, não acreditava em nada. Tinha me transformado num mutilado de guerra que precisava aprender a viver de novo. Eram muitas as formas de fazer isso, e a que eu estava tentando era uma delas.

Com Sophie, voltei a visitar a casa de campo de Fawns, onde meus pais se aposentaram. Era ali que passávamos a maior parte dos fins de semana. Comíamos bem, dormíamos longas sestas, jogávamos *scrabble* à tarde em frente à lareira, e aproveitávamos, sobretudo, para nos separarmos um pouco. Descansávamos assim da nossa simbiose, garantindo sua sobrevivência.

Meu pai, depois de ter sofrido de síndrome do pânico, apaziguou-se, e encontrava especial prazer nos seus afazeres de avô. Embora, para falar a verdade, Sophie fosse a única depositária de sua tardia afeição. Suas expressões e aparência americanas, sua falta de formalidade, faziam com que meu pai se divertisse com ela mais do que com os filhos da minha irmã, que tinham passado parte de sua curta vida tentando sem êxito que ele prestasse atenção neles. Minha mãe, por sua vez, com os anos passou a se dedicar ao cultivo de flores, desenvolvendo na estufa espécies raras juntamente com seu jardineiro, que mudava depois de alguns anos e que ela chamava, qualquer que fosse seu nome, de Baltasar. Este era de fato o primeiro requisito na lista de condições para obter o posto: permitir que sua identidade se fundisse com a de todos os Baltasares que o tinham precedido.

Numa tarde, enquanto Sophie e meu pai jogavam *scrabble* na mesa de jantar, me vi sentado ao lado da minha mãe, com a lareira acesa enquanto a ópera *Manon* se ouvia pelas caixas de som.

Lembro-me da conversa que anos atrás tínhamos mantido nesse mesmo lugar, e que tinha me outorgado a paz que necessitava. Minha mãe tinha esperado todo esse tempo sem exigir sua parte. Ali estava, no mesmo lugar de 16 anos atrás, o rosto habitado por rugas, os olhos atentos, olhando para mim.

— Agora posso contar — disse-lhe.

— O que aconteceu com você naquele verão, certo? — perguntou sem surpresa.

Não me impressionou que soubesse. Era parte da sua natureza: saber. Contei-lhe sobre Clara e Antonio, sobre nossa amizade, sobre o dilema que ela havia resolvido na minha consciência com a história de Bernard. Agora, no entanto, eu sabia que minha ligação telefônica não impedira que Antonio entrasse no Chile e se unisse à Resistência. Tinha sido um gesto inútil e prejudicial. Seu ímpeto e sua convicção tinham sido mais fortes.

— Tenho certeza, Theo, de que ele não se esqueceu nem por um minuto da sua vida do que você fez por ele. Foi um ato de amor, querido. Seu amigo entrou no país dele de qualquer forma. Não deve ter sido fácil, mas conseguiu. Você, em compensação, por tentar salvá-lo, perdeu o que mais prezava, a mulher que amava e ele.

Não estava convencido do que ela dizia, mas não importava, eu gostava que ela acreditasse nisso, e quem sabe eu também chegasse a acreditar um dia. Peguei suas mãos. Impressionaram-me a aspereza das suas mãos e a placidez com que seguraram as minhas.

*

Foi no final de outubro que recebi a ligação de Clara. Tínhamos mantido uma discreta relação por e-mail que não prosperara, pois, diferentemente de Sophie, nem Clara nem eu chamávamos as coisas pelo seu nome. Tinha-lhe contado que desde a viagem ao Chile morava com minha filha. E também que estava escrevendo. Depois, nossa frágil comunicação se interrompeu de forma definitiva. Era surpreendente, pois, receber uma ligação dela. Sophie, ao meu lado, fazia seus deveres, enquanto eu tentava escrever um artigo para uma revista. Ao ouvir sua voz, me levantei da mesa e me tranquei no meu quarto. Era difícil falar com Clara na presença de minha filha.

— Como vai o livro? — perguntou no início da conversa.

Apesar do seu tom casual, era evidente que isso a preocupava.

— Vai indo. Com a escritura, nunca se sabe se está bem ou mal, pelo menos tento ser o mais honesto e rigoroso possível — disse, sabendo que minhas palavras, em vez de tranqüilizá-la, a inquietariam ainda mais.

— Você pensa mostrá-lo para mim antes de publicá-lo?

— Clara, nem sequer sei se vou publicá-lo.

— É evidente que sim. Ninguém abandona tudo para escrever uma coisa que depois vai jogar no lixo.

— Talvez eu seja o primeiro — falei no tom mais conciliador que foi possível.

— Bem — falou rispidamente —, não liguei para falar disso. No aniversário da morte de Antonio queremos fazer uma pequena cerimônia no lago e pensei que você gostaria de participar.

— É obvio que eu gostaria.

— Mais material para o seu livro.

— Não seja injusta, Clara. Refere-se a mim como se eu fosse um vampiro, e você sabe que eu não sou.

— Você tem razão. Desculpe. É só que...

— O quê?

— Então vai vir?

— É claro que vou.

— Você ia me dizer alguma coisa.

— Conversaremos quando estiver aqui — concluiu.

Entendi que era inútil prosseguir. Como tantas outras vezes, tinha fechado suas portas.

Fiquei jogado na cama, olhando pela janela um grupo de nuvens que transitava a grande velocidade. Os silêncios de Clara começavam a me esgotar. Pela primeira vez em todos esses anos pensei que não a desejava e que qualquer mulher era melhor do que ela. Esta convicção foi importante na hora de continuar meu trabalho. Tinha me desprendido de Clara. Minha visão dela não estava mais transtornada pelo desejo, nem tampouco por um possível futuro a proteger.

# 27

FAZIA UM ANO QUE NESSA MESMA COLINA DO FIM DO MUNDO tínhamos enterrado Antonio. Lembrava-me da chuva sempre presente, espreitando desde os montes vizinhos, aproximando-se a passos de gigante para se despejar sobre nós. Tinham sido três dias incertos que se instalaram na minha memória com seus infinitos detalhes.

Um ano depois não havia nuvens, o céu era azul intenso e o sol arrancava brilhos metálicos da superfície do lago. Sob nossos pés, Antonio era agora um monte de ossos, uma lembrança, uma presença invisível que enchia o ar. Sophie, agarrada à minha mão, observava as ovelhas passearem e pararem para comer os longos capins verdes que cresciam entre as tumbas. Éramos muitos os reunidos diante do túmulo dele nessa manhã. Ester, Marcos, Pilar, os Silberman, e outros tantos rostos que me eram desconhecidos. Um pouco afastada do resto do grupo vi uma mulher alta, de traços fortes, vestida com requinte. Estava ao lado de um homem de idade avançada cuja expressão tinha uma aura aristocrática de apatia e preguiça. Lembrei-me da fotografia que tinha chamado minha atenção anos atrás na casa de Antonio. Essa mulher era a mãe dele. "A pequena burguesa", segundo as palavras dele. Havia algo poderosamente digno na forma como permanecia imóvel, com os olhos detidos no túmulo do filho, como se ninguém além dela estivesse presente.

O túmulo estava agora coberto por azaléias que, em meio ao abandono dos vizinhos, outorgavam-lhe a aparência de um pequeno jardim. Alguém comentou comigo ao chegar que a zeladora era Loreto, a menina por quem Antonio tinha dado a vida.

Clara lia em voz alta um texto enviado por um velho poeta, amigo de Antonio. Falava do mundo que nos cabia viver, um mundo para o qual nem todos estávamos preparados. Dizia que Antonio tinha pertencido ao grupo dos que estão menos preparados para habitá-lo, e que este tinha sido seu grande valor. Eram ele e seus pares que, das margens, olhavam de frente para os lugares que os outros, aqueles que se acomodavam ao mundo, não eram capazes de ver. Quando Clara parou, um silêncio, interrompido apenas pela música das bandurrias, tomou conta do nosso grupo. Tomei a palavra. Não era algo que tivesse planejado de antemão. Simplesmente me vi falando de Antonio, daquele dia em que juntos comemoramos nosso aniversário olhando para o céu entre os blocos de cimento da universidade, desejando que nossa amizade durasse para sempre. Sempre. Que sentido taxativo tinha então essa palavra para nós. Um sempre que se elevava poderoso, que abrangia tudo o que desejávamos e que com nossa força obteríamos cedo ou tarde. Tinha obtido Antonio da vida o que procurava? Sim, tinha obtido, e a prova era esse céu azul, essa terra imponente onde encontrara repouso. Em seguida falei de Clara, imaginando que ela reprovaria isso. Mas não estava mais disposto a deixar que os silêncios transformassem os momentos num monte de cinzas. Tinha aprendido muitas coisas nesse ano vivendo com Sophie e escrevendo, e talvez o mais importante tenha sido o valor das palavras. Nomear as coisas não era um ato de debilidade; pelo contrário, representava uma amostra de integridade. Falei sobre o nosso triângulo invencível. Sophie devia perceber a tensão que me embargava, o tremor da minha voz e o suor das minhas mãos. Quando parei, Clara me deu um beijo. A emoção que seu gesto provocou em mim me fez ver que, apesar de todas as resoluções que tinha tomado com o fim de me liberar dessa mulher, ainda havia forças que me uniam a ela. E, enquanto um menino de cabelos negros e olhos rasgados cantava um salmo, pensei que nada, afinal, é definitivo. A gente acha que descobre alguma coisa, e decide feliz guiar os próximos dias à luz dessa descoberta. Mas é inútil, você não consegue. As pulsões não atendem à razão nem à experiência.

Empreendemos a descida da colina em pequenos grupos. Uma sensação de vertigem se apoderou de mim ao compreender que tudo o que estava vivendo seria parte desta história. Sem desejar, mas consciente disso desde o começo, era eu, e não Antonio, o protagonista, e para cumprir a promessa que eu tinha feito a mim mesmo, de não distorcer a narração dos acontecimentos em meu benefício, teria de assumir cada um de meus atos. Simplesmente por respirar, observando, me perguntando, o que fazia era traçar o rumo. Tive medo de não ser capaz de me desprender desta noção, de interagir com meu entorno livremente.

Ester se aproximou de mim e me parabenizou pelo meu pequeno discurso; também Emma, que lhe atribuiu efeitos terapêuticos. Clara, alguns metros à frente, descia ao lado de um homem que não se separou dela. Foi ele quem nos pegou no aeroporto. Apresentou-se como editor de Antonio e amigo de Clara. Era um homem jovem, forte e usava óculos de aros quadrados. A mãe de Antonio caminhava ao lado de uma mulher pequena, de traços indígenas. Apressei a marcha com o fim de falar com ela, mas Clara se adiantou e lhe deu o braço. Era evidente, pelos gestos e expressões de ambas, que se professavam afeto. Seguiram de braços dados até o caminho onde o homem de expressão aristocrática esperava ao lado de um automóvel. A mãe de Antonio segurou as mãos de Clara e lhe disse algo ao ouvido. Ela a ouviu muito séria. Despediram-se, e a mulher entrou no automóvel.

Na casa nos esperavam Loreto e sua mãe. Um homem assava no jardim um cordeiro atravessado por um grande espeto. Loreto distribuía taças de vinho, trabalho ao qual se uniram as duas filhas dos Silberman. Uma delas se aproximou de Sophie e num inglês perfeito a chamou para ajudá-las. Com um bom humor incrível, Ester me contou que Matt se fartara de procurar quinquilharias nos porões de anciãs pouco amáveis e tinha ido embora. Em todo caso, um cara bem mais novo que ela a andava rondando. Ester não pertencia ao grupo de mulheres que ficam sozinhas. Disso não havia dúvida.

Observei Sophie enquanto arrumava concentrada algumas taças. De vez em quando erguia a vista para ver se alguém a observava. Nossos olhares se cruzaram e nós dois sorrimos. Fez-me uma careta para que parasse de olhar para ela, um gesto que continha, não obstante, a segurança de que eu não faria isso. Clara se sentou diante dela. Conversavam. Clara ria. Talvez Sophie estivesse falando sobre a menina borboleta, a referência mais relevante que tinha dela. Sophie tem esse dom, o de saber escolher o que o outro ouvirá com deleite. Vi-a fazer isso dezenas de vezes, e também a satisfação que isso lhe dava. É como se desse alguma coisa de presente, e em seguida ficasse atenta observando o efeito disso no presenteado. Clara segurou a mão dela. Custava-me continuar olhando. Ver Sophie ao lado de Clara desencadeava em mim sentimentos que eu preferia evitar. Uma das meninas dos Silberman chamou Sophie para que se sentasse na sua mesa. Clara se aproximou de mim. Pensei que falaria um pouco sobre Sophie, mas não foi assim.

— Quero que se sente comigo, Theo.

Sem responder, segui-a até uma mesa que estava sob um frondoso olmo, onde já se haviam sentado seu amigo, Ester e o grupo do ano anterior. Clara exalava energia. Estava com uma saia-calça que deixava ver suas pernas firmes e sedosas. Tinha mudado durante esse ano. Conversava, andava de um lado para o outro, ria alto. Perguntei-lhe pela mãe de Antonio.

— Faz anos que mora na Itália. Casou-se com um italiano que tem títulos de não sei o quê.

— Ou seja, o que Antonio dizia era verdade.

— Que ela era uma pequena burguesa? — perguntou rindo.

— Claro que não. Era e é uma verdadeira burguesa que se apaixonou por um comunista e que teve dois filhos com ele. Quando se deu conta que a coisa não tinha futuro, separou-se. Isso é tudo.

— E abandonou os dois filhos?

— Viveu com eles até 1973. De certa forma foram os filhos que a abandonaram. Antonio decidiu partir para Londres com o pai, e Cristóbal foi morar com uns colegas de faculdade.

— E por que então Antonio falava dela dessa maneira?

— Porque naquele tempo para nós tudo era branco ou preto. Se alguém não era revolucionário, era reacionário. Não lembra?

— Sim — disse, não sem certa saudade pelos tempos em que meia dúzia de convicções ordenava nossa vida.

Na hora do café, Clara contou diante dos outros comensais trechos de nossa viagem a Dover. Pela meticulosidade com que descrevia alguns momentos, eu me dava conta de que ela se lembrava tão nitidamente quanto eu. Quando se aproximava um pouco mais, eu sentia a quentura da sua pele. Era difícil não olhar, não ficar preso diante da sua imagem alegre, desenvolta, tão diferente da mulher que um ano atrás fugia pelos cantos com o olhar ausente, melancólica, ou que nos observava a distância, evitando qualquer situação que pusesse em perigo o frágil equilíbrio do nosso encontro.

*

Passava das seis da tarde quando o grupo começou a se desfazer. A maioria retornaria de avião à noite rumo a Santiago, outros passariam o ano novo em Osomo ou em algum povoado próximo.

Os outros ficaram no jardim observando o sol que esmorecia atrás das montanhas. Por um longo tempo, enquanto jazíamos deitados em alguma rede ou numa cadeira de praia, reinou um plácido silêncio só interrompido pelo alvoroço de Sophie, Loreto e das garotas Silberman correndo colina abaixo.

Quando o sol desapareceu recolhemos as últimas taças de vinho e entramos na casa. Depois de um tempo, coloquei Sophie para dormir. Logo estava dormindo abraçada com seus dois ursos de pelúcia com o abajur azulado aceso em cima do criado-mudo. Quando saí do quarto, Ester e Emma conversavam em um canto da sala. Lembrei-me de Wivenhoe, Ester e Antonio naquela intimidade que era infranqueável, a mesma que agora observava entre ela e Emma. Na cozinha, Clara e o editor preparavam um drinque. Um marrasquino e gelo, suspensos numa taça de pisco, uma criação, conforme me contaram, de um dos primeiros citadinos chegados a esse lugar.

Clara serviu seu coquetel e eu saí para o terraço. O céu começava a adquirir uma cor azul-escura perfurada por pinceladas roxas. Não demoraria a anoitecer. Esse espetáculo tinha invadido centenas de vezes a minha memória. Apesar do seu ar desenvolto, não devia ser fácil para Clara estar ali. Também não era fácil para mim. Sentia que estava usurpando de Antonio alguma coisa que era dele. Algo que havia amado. Sentei-me numa das poltronas de vime, fechei os olhos e evoquei a imagem de Sophie, seu sorriso entregue e tênue que aparece no instante preciso que antecede o sono, sua última piscada amodorrada que lança para ter certeza de que permanecerei velando sua partida.

Ouvi que alguém se aproximava, abri os olhos e vi Clara com sua taça na mão nos degraus do terraço. Levou só um instante para se dar conta da minha presença.

— Estava lhe procurando — disse ao me ver e se sentou ao meu lado. Sua perfumada cabeleira atacou os meus sentidos.

— E o editor? — indaguei. Sem saber por que, havendo tantas formas de lhe expressar o prazer que me dava olhar para ela e tê-la ao meu lado, perguntava por ele. — É seu namorado? — continuei sem lhe dar tempo para uma resposta.

Clara começou a rir. Imaginei que havia algo de formal e antiquado no uso da palavra "namorado".

— Você se importa com isso? — perguntou-me olhando para a sua taça.

— Sim.

— Fico feliz, porque também me importaria se você estivesse aqui com uma namorada.

— Acho que temos que conversar — disse, olhando para as casas na margem oposta que se iluminavam como vaga-lumes.

— Não acho uma boa idéia você escrever esse livro, Theo — disse.

— Por quê?

— Porque são nossas vidas. Por isso. Porque o que você escrever será a nossa história, e não há uma única história para contar.

— Eu penso a mesma coisa. Mas será a minha história. Preciso fazê-la.

— Preciso fazê-la. — Suas palavras soaram como um eco das minhas. — É egoísta de sua parte — acrescentou com firmeza.

— Você pode me contar sua versão — afirmei sem negar sua declaração.

— Tenho medo, Theo — disse então com a voz entrecortada, frustrando toda possibilidade de iniciar uma batalha de ironias.

— Eu também — disse estremecido.

— E do que você tem medo? — perguntou.

— De que você acabe me ferindo mortalmente.

Pegou um cigarro e o acendeu. Depois de dar a primeira tragada, levantou o olhar.

— Se você está decidido a escrever esse livro terá que saber de muitas coisas. — Sua voz soava vacilante apesar do conteúdo definitório de suas palavras.

— Estou disposto. Mais do que isso, é a única coisa que eu quero, é o que desejei todos esses anos. Percebe? O famoso livro não me importa nada, é a minha vida que ficou suspensa em... — eu me detive ao perceber que estava falando tudo de uma vez.

— Suspensa no quê?

— No tempo e na incerteza.

— Como Antonio.

— Como Antonio?

— Certamente ele não lhe contou que só conseguiu entrar no Chile quatro anos mais tarde, quando chegou a democracia.

— Mas ele me disse que tinha voltado oito meses depois, você sabe, depois que eu... — disse com uma voz que quase não saiu da minha garganta.

— Não conseguiu dinheiro para outra passagem, nem outro passaporte, nem nada. Não foi capaz. Essa é a verdade. Não tinha forças. Lembra-se daquela vez em que o encontramos em sua casa?

Fiz que sim.

— Aquele episódio começou a se repetir cada vez com mais freqüência. De qualquer forma, naqueles anos trabalhou em Londres como professor de espanhol numa escola de idiomas. Eu entrei para uma companhia de dança e fui para a França. Mantivemo-nos em contato até que ele voltou para o Chile. Nos primeiros meses, mandou várias cartas, mas depois não tive mais notícias dele. Mais tarde fiquei sabendo que as coisas não lhe tinham sido fáceis. Tinha muita raiva e estava magoado. Custava-lhe entender que todos seguissem adiante, como se nada tivesse acontecido, enquanto seu pai e seu irmão estavam mortos. Seu pai, quando soube que estava doente, pediu para morrer no Chile, mas nunca conseguiu que o deixassem entrar. Além disso, Antonio não se preparou para a democracia. Preparou-se para a guerra. E não havia mais guerra. Não havia espaço para os atos heróicos que ele imaginava.

— Mas ele me contou que tinha feito parte de uma frente revolucionária, e inclusive que tinha vivido nas montanhas.

— Em sonhos.

— Mas por que mentiu?

— Porque não podia dizer a verdade. Muito menos para você — replicou com afligida ternura.

— Meu Deus! Antonio deve ter me odiado.

Essa certeza, que se instalou no meio do meu estômago, me provocou náuseas. Levantei-me e respirei fundo. Antonio tinha mentido para encobrir sua derrota.

Olhei para Clara, mordia o lábio, como se tentasse deter o que pudesse surgir da sua boca.

— Odiou-o por muito tempo — afirmou.

— E quando deixou de odiar? — perguntei consciente que estava dando por certo um fato do qual não tinha nenhuma certeza.

— Começou a seguir seus passos. Lembra quando lhe contei que lia suas matérias?

— Só para me odiar ainda mais — disse. Era a conclusão a que chegava, mas também uma forma de pedir a Clara que me rebatesse.

— Começou a admirá-lo. É outro sentimento.

— Gostaria, com todo meu coração, de poder acreditar nisso, mas você está sendo generosa, e isso não me adianta.

— Acredite em mim, Theo.

Pedi-lhe que acendesse um cigarro para mim e me contasse mais. Seu rosto se iluminou com a luz.

— Trabalhou um tempo no Ministério de Educação. Mas não se adaptou. O choque deve ter sido duro para ele. Antonio sempre conservou uma imagem idealizada do Chile. Lembra-se de quando ficava nostálgico e falava da cordilheira, do seu jardim, até das empanadas, e nós ríamos dele?

Respondi-lhe que sim.

— E que a Inglaterra lhe era hostil, que não conseguia se integrar, que se sentia diferente, incompreendido, pensava que lá longe estava o Chile, o lugar que lhe pertencia e onde ia se sentir bem. Mas quando voltou, a realidade era muito diferente. O Chile mítico das suas lembranças não existia. Tinha perdido todos os seus amigos. Alguns tinham ido embora, com outros já não tinha nada em comum, sua família era escassa e distante, e não tinha mais contato com o Partido. Caiu numa depressão profunda.

Clara olhou para cima procurando voltar para um centro que lhe fugia.

— Foi então que você o encontrou na pensão, não é?

Concordou com um gesto da cabeça.

— E abandonou sua carreira por ele?

— Sim e não. Já estava cansada de tanta excursão, queria parar por um tempo, mas Antonio sem querer apressou as coisas. Quando cheguei com a companhia de dança a Santiago, a primeira coisa que fiz foi tentar entrar em contato com ele. Não foi fácil. Ao final encontrei um tio, um irmão do pai dele, com quem viveu um tempo depois de sair do ministério.

— Falou-me sobre esse tio mas não mencionou que tinha morado com ele. Disse-me que era seu único contato quando estava na clandestinidade.

— Essa vida não existiu, Theo. Antonio nunca esteve clandestino nem nunca viveu nas montanhas.

— Entendo — murmurei.

— Foi seu tio quem me contou o quanto era difícil para ele se integrar ao Chile. Depois do ministério esteve muito tempo sem fazer nada, até que foi trabalhar vendendo produtos de limpeza de casa em casa. Ao que parecia, ia bem, você sabe, ele tinha jeito com as mulheres. — Ao dizer isto sorriu sem olhar para mim. — Um dia foi embora e seu tio perdeu contato com ele. Fui à empresa distribuidora dos produtos de limpeza, mas seu nome não constava na lista de vendedores. Já não tinha mais tempo, tinha que seguir viagem com a companhia de dança e terminar a excursão pela América Latina. Depois disso saí e voltei para o Chile. Tinha maus pressentimentos. Decidi encontrá-lo. Uma irmã do meu pai tinha deixado de herança uma casa, a que você conheceu, e me instalei ali. A única pista que eu tinha era o emprego como vendedor mencionado pelo tio e a data aproximada do seu início. Voltei à empresa e convenci um dos gerentes a me dar a lista de nomes e endereços dos vendedores que tinham começado a trabalhar mais ou menos naquela data. Eram dezenas. O entra-e-sai é rápido, ninguém dura muito nesse trabalho. Percorri os endereços da lista um a um. Batia na porta e perguntava por um homem com as características de Antonio. Não mencionava o seu nome porque era óbvio que tinha mudado de identidade. Demorei dois meses. Um dia bati numa porta no fundo de um corredor e Antonio abriu. Quando o vi, em vez de me alegrar, deu-me raiva vê-lo ali, naquela pecinha escura, encurralado...

— E começou a dar pontapés nas caixas.

— Vejo que também lhe contou isso.

— Não como você está me contando.

— Deu-me raiva vê-lo escondido como um rato. Que não fizesse nada para remediar sua situação, que não se levantasse e sobrevivesse como todos nós tínhamos feito. Deu-me raiva que não tivesse forças para fazer isso.

— Então você fez por ele.

— Na verdade, não.

— Por que diz isso? Tirou-o daquela vida que levava.

Sua expressão adquiriu uma dureza inusitada.

— Uma vez me disse que o que procurava era chegar àquele lugar onde já não teria escapatória. Que, ao dar-se conta de sua debilidade, já não queria nem podia lutar contra ela. Preferia entregar-se, procurar a forma de se tornar ainda mais débil.

— E qual era a debilidade dele?

— Não ser capaz de se adaptar às circunstâncias, ou de acreditar muito. Não sei... Alguns anos depois tentou suicidar-se.

— Suicídio? — perguntei sem conseguir acreditar nas suas palavras.

— Eu estava sentada aqui mesmo. Desceu a colina, entrou na água e ficou nadando lago adentro com uma determinação suspeita. Você o viu, estendia-se na praia e quase não entrava na água. Num momento o perdi. Corri colina abaixo e subi num bote a motor que tínhamos nessa época. Encontrei-o a três quilômetros da margem lutando pela vida. É incrível, sabe? Sempre se luta pela vida quando chega o momento. Eu não sabia. É um instinto ao que poucos podem resistir. Essa foi a primeira tentativa.

— E a segunda?

— A segunda foi poucos dias antes de que, em segredo, ligasse para você para que viesse.

— Mas ele me disse que tinha sido idéia sua.

— Eu nunca teria proposto isso.

— E por que então, por que ele fez isso?

— Não sei. Contou-me que você vinha na semana da sua chegada. Eu não podia fazer mais nada.

— E se pudesse, o que teria feito?

— Também queria vê-lo. Mas acho que teria evitado.

— Por quê?

Por que, por que, perguntas e mais perguntas, que se erguiam diante das outras centenas que tinham ficado suspensas no tempo, junto com a minha vida e a de Antonio.

— Sua presença lhe traria mais lembranças. E as lembranças lhe faziam mal. Estava vencido interiormente. E essa ausência de metas fazia com que seus pensamentos se enchessem de lembranças.

Tomou um gole de sua taça e, sem olhar para mim, continuou.

— Embora considerasse o esquecimento como algo desumano, precisava esquecer. Obcecava-o a idéia de que ele estava vivo inutilmente enquanto seu pai e seu irmão estavam mortos. Sentia que lhe tinham usurpado a oportunidade de fazer alguma coisa importante, que valesse a pena.

— A oportunidade que eu lhe usurpei.

— Foi você quem fez aquela ligação, mas poderia ter sido qualquer um. Foi o que ele entendeu com o tempo. E imagino que por isso um dia deixou de odiá-lo e começou a odiar-se, por não ter sido capaz de torcer a mão do destino.

— Antonio morreu me odiando, Clara. Percebe? — disse, e fechei os olhos numa tentativa de conter as lágrimas.

— Você tinha razão — ouvi que me dizia.

— Que você me feriria mortalmente — disse.

Quando abri os olhos, Clara olhava para mim. Acariciou o meu rosto, por onde escorriam duas lágrimas que eu não tinha conseguido deter.

— Tenho que saber por que me fez vir presenciar sua morte.

— Você acha que ele a procurou?

— E você não?

— Não sei. Pode ser que sim, mas é provável que não. Você mesmo viu os relatórios.

— Não significam nada. Suas intenções podem ter se concretizado naquele segundo que se deixou levar, naquele segundo que viu a oportunidade de mudar o destino. Não pôde morrer por uma causa como a de seu irmão, mas podia morrer salvando Loreto — disse.

— Talvez sim, talvez esse último gesto fosse o que ele necessitava para recuperar o sentido da sua vida, embora fosse por um segundo. É uma coisa que não podemos saber.

— Mas podemos procurar uma resposta com a razão.

— E que diferença faz?

— Para mim muita. Toda a diferença. Você não percebe? Quero saber se Antonio esperava que o nosso encontro o ajudasse a sair da sua depressão ou, pelo contrário, se o que queria era que eu visse as conseqüências daquela maldita ligação — disse, sem conseguir esconder o meu desespero.

— Antonio está morto, Theo. De qualquer forma, o que você podia fazer era pouco ou nada.

— Mas você está viva.

— Sim, estou viva — disse movendo a cabeça e as mãos de um lado para o outro, como se representasse o símbolo da vida.

— E você?

— E eu o quê?

— Você me perdoou?

— Não acredito nisso de culpar outras pessoas pelas coisas que acontecem conosco. Além disso, não sabemos o que teria acontecido até este momento. Antonio estava mais deprimido do que nós conseguíamos perceber. Era mais débil.

Impressionou-me sua frieza, a distância com que tinha falado. Provavelmente já tinha sofrido tudo o que tinha que sofrer por Antonio, e essa forma asséptica de ver as coisas fosse agora a única possível.

— Eu a amava, Clara. Eu teria feito uma vida com você.

— Por que fez aquilo, então, por que fez aquela merda de ligação se sabia que depois disso não íamos poder continuar juntos?

— Pensei que estava fazendo a coisa certa. Que tinha que sacrificar tudo o que me importava, você e ele.

— Eu fiz a mesma coisa. Também pensei que estava fazendo a coisa certa quando decidi não vê-lo mais.

— E se enganou?

— Você tinha me colocado numa posição impossível. Não tinha alternativa.

Calou-se e fechou os olhos num gesto de cansaço.

— Eu sei — disse com firmeza.

— O que pode saber?

— Que perdi você.

— Você está vermelho — afirmou, e me rodeou com seus braços.

Abracei-a com força. Beijamo-nos. Tinha esperado esse contato por muito tempo e agora que estava acontecendo, me parecia irreal.

Depois de um instante, ela se desprendeu de mim e se levantou com lentidão.

— Estão se sentando à mesa — disse apontando para dentro da casa.

Antes de entrar nos entreolhamos. Tínhamos trilhado um trecho do caminho, mas ainda nos faltava outro tanto. Seu olhar me fez entender que por agora esse era o lugar onde devíamos atracar.

Depois, todo o restante ficou distante. Ester, os encantadores Silberman, o editor, tudo. Minha condição de estrangeiro, ao me eximir de participar, poucas vezes tinha sido tão útil. Não conseguia conversar. Minha mente viajava a uma velocidade vertiginosa pelas revelações de Clara, que mudavam diametralmente minha apreciação de Antonio e do que ocorrera entre nós. Uma pontada no peito quase não me deixava respirar. Aquele beijo desencadeou o caudal de emoções que com grande esforço tinha mantido afastado até então.

Tentava com todas as minhas forças entender os sentimentos de Clara. Olhei para ela várias vezes, procurando em troca seu olhar, algum gesto que me guiasse. Ela, no entanto, tinha descido uma tela, sob a qual se ocultava uma vez mais. Pensei que talvez a dor e a frustração a tivessem secado por dentro. Que estava cansada da dor. Eu era parte daquele passado que a tinha ferido.

— Por Antonio — ouvi que Mauricio Silberman brindava, e todos erguemos nossas taças.

Era a última noite que dormiríamos no lago. Clara tinha me convidado para ficar uns dias com Sophie em Santiago antes de tomar nosso vôo para São Francisco, onde passaríamos o ano novo com Rebecca.

Os que estavam ali prometeram que todos os anos nessa data se encontrariam no lago. As expressões decididas me fizeram pensar que cumpriríamos nossa promessa. Eu, ao menos, ao erguer minha taça tomei a determinação de que assim seria.

Lembrei-me da conversa mantida há alguns meses com minha mãe. Segundo ela, eu tinha feito um ato de amor, e Antonio, desde seu objetivo conseguido, deve ter olhado para trás com benevolência e reconhecimento. O quanto estava então longe da verdade e o quanto continuava a estar. Não podia saber se ele tinha me odiado todos esses anos, o que lhe teria acontecido se não tivesse sido detido, o que teria sido da sua vida. A única coisa definitiva era sua morte e eu desejava acreditar pelo menos que o meu remorso, ao não ter rumo a seguir nem objetivo a alcançar, era um ato estéril.

Depois do jantar me despedi e fui me deitar. Tinha sido um dia muito longo.

Clara me acompanhou até meu quarto para se certificar de que tudo estava bem. Abri a porta, o abajur de Sophie projetava suas figuras azuis sobre o teto.

— O pequeno mundo de Sophie — disse.

— Você tem sorte de tê-la, é uma menina muito linda — falou observando Sophie que dormia sob o reflexo da luminária.

— Nós dois temos um ao outro — afirmei.

Intuindo que a imagem de Sophie devia exacerbar seu sentimento de perda, abracei-a. A princípio recebeu meu abraço com cautela, em seguida com abandono. Estremeci. Não era apenas o contato do seu corpo, era a sensação de que, por mais que eu a estreitasse, que a capturasse entre meus braços, nunca alcançaria aquele espaço solitário onde ela habitava.

# 28

A PRIMEIRA COISA QUE VI NO QUARTO DE CLARA AO CHEGAR A Santiago foi o jarro de louça albergando de maneira surpreendente um ramo de lírios brancos. Lembrei-me de Antonio dizendo: "É a forma que Clara tem de manter a vida a ponto de abrir-se." Só que sua ampla cama tinha desaparecido e um leito de menina, uma televisão e uma casa da Barbie ocupavam seu lugar. As vivas cores de um pôster e as aves do paraíso estampadas nas cortinas passavam uma sensação de alegria.

Diante de nossa surpresa, Clara disse:

— Sophie, se vai ficar aqui alguns dias, é melhor que fique bem, não?

Tive medo de entender seu gesto de forma equivocada. Era fácil pôr a imaginação em movimento.

O quarto que eu ocuparia ficava no fundo de um longo e luminoso corredor. Era amplo e estava orientado para o jardim. Em vez das aves do paraíso, da televisão e da casinha da Barbie, no meu quarto havia uma mesa que, apoiada numa janela de vidro esmerilhado, recebia a luz da tarde.

— Você pensou em tudo, Clara — disse, comovido.

— Assim não tenho que me preocupar com vocês. Sophie brinca e você escreve — disse num tom alegre.

Nessa tarde passeamos pelo seu bairro. O céu do verão santiaguino era esbranquiçado, como se da montanha emanasse uma marejada. Caminhamos até uma praça rodeada de construções coloniais. A vida calma de bairro convivia com a energia de um grupo de jovens, que numa esquina da praça atirava suas gargalhadas como projéteis. Sentamo-nos ali um bom tempo, olhando como ao chegar a noite e acender as luzes, as mulheres e as crianças iam embora, ao mesmo tempo que os jovens tomavam conta da praça. Clara entrelaçou as mãos e contemplou esta metamorfose, olhando para mim de vez em quando com certo orgulho, como se tudo isso se devesse à sua contribuição pessoal.

Voltamos para casa caminhando. Rosa, a mulher de trança grisalha, tinha preparado um esplêndido jantar. Sophie monopolizou nossa atenção com suas múltiplas histórias, afastando com sua risada as sombras e as lembranças. Depois de jantar, a acompanhei ao seu novo quarto e enquanto ela, abraçada aos seus ursinhos, via televisão na cama, a inquietação que tinha me acompanhado parte da tarde começou a ficar mais intensa. Era difícil entender o estado de ânimo de Clara. Também não conseguia decifrar suas intenções ao nos convidar para ficar em sua casa esses dias e nos receber de maneira tão aberta e generosa. Não podia evitar um sentimento de desconfiança. Ela e Antonio esconderam tantas coisas de mim. Temia que a qualquer instante Clara me surpreendesse com uma nova reviravolta, estraçalhando aquilo que mal começava a se assentar na minha consciência. Não era nada concreto. Clara não tinha dado nenhum indício que me fizesse duvidar de suas intenções: ser amável com um amigo que escrevia uma história em que ela era um personagem fundamental. Não estaria ali a resposta? Embora soasse possível em qualquer outra pessoa, em Clara parecia absurdo. Provavelmente minha inquietação era produto do terror de sentir falta dela novamente. A dimensão deste temor era tamanha que inclusive me fazia capaz de lhe atribuir intenções mesquinhas.

No quarto escuro, a tela da televisão se agitava como um ser vivo. Os olhos de Sophie foram se fechando pouco a pouco até que ela adormeceu. Antes de sair, abri a janela do quarto. A noite estava quente, tinha uma cor sépia. Uma vez no corredor, ouvi as notas de um concerto de clavicórdio que provinham da sala. Desci as escadas. Sob uma luz âmbar vi Clara sentada na beirada de uma poltrona. Tinha um caderno de capa vermelha sobre os joelhos. O mesmo caderno que eu tinha visto no lago, que a tinha acompanhado naquele verão de 1986. Sentei-me ao seu lado e me servi uma taça da garrafa de vinho que ela tinha deixado em cima de uma mesa. Estávamos, como há um ano atrás, em frente à janela entreaberta, que em vez de se abrir para a vegetação da tarde, agora projetava nossas imagens.

Olhou-me com uma expressão desafiante e ao mesmo tempo animada, avaliando o efeito que aquele caderno provocava em mim.

— Você ainda o guarda — disse tentando esconder a mistura de inquietação e cobiça que me provocava.

Elevou as sobrancelhas, sorriu sem dizer uma palavra e em seguida me entregou o caderno.

— Pode ficar com ele. Está tudo aí — disse, e baixou os olhos.

Sabia que um simples agradecimento seria insignificante em relação ao que ela me entregava. Estendi minha mão e rocei seu rosto, da mesma forma que ela tinha feito na noite anterior no lago.

— Você não vai acreditar, Theo, mas às vezes eu ia àquele restaurante italiano que ficava perto do apartamento dos seus pais, lembra? Imaginava que nada tinha acontecido e que o estava esperando.

— Fazia isso?

— Minha intenção não era encontrar você. Teria sido muito difícil. Procurava me sentir um pouco melhor. A raiva do Antonio me envenenava, adoecia-me. Mas tinha que ficar ao seu lado. Era assim. Felizmente, tinha a dança. Nunca tinha dançado com tanta paixão. Pensei em ligar para você, sabe? Com o tempo, vi as coisas com distanciamento, e o que você fez não me pareceu tão monstruoso. Dezenas de vezes, estive com o telefone na mão. Mas já era muito tarde. O que ia dizer para você? *Oi, é a Clara, eu o perdôo?* Não sei, me parecia falso. Eu também tinha tido minha cota de responsabilidade. O que estou dizendo? São desculpas. Não tive coragem de fazer isso. E ponto.

— Eu também quis ligar, não dezenas de vezes, milhares. De todas as partes do mundo. Quantas vezes teremos estado com o fone na mão simultaneamente?

Nós dois rimos.

— Durante muitos anos pensei que esta necessidade de estar ao lado dele e protegê-lo fosse amor. Mas depois me dei conta de que gostar de alguém por compaixão não é gostar de verdade. Não se pode fazer com que o amor apareça com força de vontade. E durante todo esse tempo me lembrava de coisas, não sei, coisas que fazíamos juntos. Não temia sua chegada ao Chile só pelo Antonio, também por mim.

— Eu também, quando a vi, quis morrer, sabe? Pensei que já estava fora do alcance dos afetos. Assim que a vi... E você quase nem me dirigia a palavra.

— O que queria que fizesse? Antonio tinha tido uma tentativa de suicídio fazia dois meses. Tinha que continuar protegendo-o. Até o final — disse e cobriu o rosto.

— Até o final — repeti com voz trêmula.

Peguei sua mão e ela levou a minha à sua boca. Seu semblante tinha se tornado pálido na fraca luz da sala. Senti o calor e a umidade dos seus lábios. Seu olhar estava calmo. Afundei meu rosto no seu pescoço, contendo meu ritmo até o limite que era capaz de suportar. Clara não tinha se mexido. Não tentei tocá-la. Pressenti que não era o momento. Suas palavras confirmaram minhas previsões:

— É importante para mim que você o leia agora, Theo — disse com suplicante doçura, apontando para o caderno vermelho que eu tinha nas mãos.

Fugia mais uma vez. Senti-me frustrado. No entanto, não tinha outra alternativa a não ser respeitar seu intuito. Ela queria me dizer alguma coisa e eu devia tomar conhecimento.

Levantou-se do seu lugar e observei seu corpo que se afastava para as escadas, o mesmo que tinha me cativado há 15 anos e com o qual tinha comparado o de todas as mulheres que conheci depois.

Fiquei um bom tempo na sala com o caderno nas mãos sem me animar a abri-lo. O clavicórdio de Bach, expandindo suas notas pelos cantos, minha imagem refletida na janela, a luz âmbar fazendo com que cada um dos objetos recolhidos por Clara nas suas viagens brilhasse com um matiz particular. Ela tinha me deixado rodeado pelo seu universo amplo e solitário para que eu o absorvesse. Abri o caderno e meu primeiro impulso foi encontrar as páginas onde tinha deixado impressa aquela última noite. Mas, enquanto passava uma página atrás de outra, deixando que seus desenhos e suas letras voassem diante dos meus olhos, entendi que não podia fazer isso. Devia ir passo a passo, reconstituindo seu olhar. Logo, a calma brisa do verão parecia eletrizada por suas palavras. Clara me revelava tudo aquilo que tinha ficado velado pelo mero fato de sermos dois seres diferentes um do outro. Revivi cada instante, mas da janela oposta, do outro lado da experiência, através de seus olhos. Em algum momento me dava conta de que já não procurava entender. Nenhum sinal conduziria à sua alma, porque os sinais são infinitos e vão mudando, e não há intimidade, nem sequer esta, que permita a um ser tocar o espaço único e solitário do outro. Era o que eu tinha intuído ao abraçá-la na noite anterior, enquanto nós dois estávamos olhando para Sophie. Em vez de me entristecer, esta revelação me alegrou. Compreendi que era o mais perto que chegaria a estar de outra pessoa. Na quietude me pareceu ouvir a brisa que penetrava pela janela entreaberta. Li sem avidez nem ansiedade, até que apareceram os primeiros girassóis da alvorada nos vidros da janela. Subi para o meu quarto. A umidade que vinha do jardim estava suspensa no ar como uma gaze. Deixei o caderno em cima da mesa e me deitei na cama. Adormeci entre as paredes brancas que pareciam ondular e respirar.

Talvez tenha sido poucos minutos depois, ou talvez muitos. Deslizou silenciosa para dentro da minha cama e se aproximou de mim. Acariciei lentamente suas curvas e a plenitude de seu corpo. Era uma coisa que eu não podia saber nesse momento, mas quis acreditar que os tempos errantes tinham chegado ao fim.

# Agradecimentos

*A Carlos Altamirano*
*por seu apoio incondicional.*

*E aos meus amigos:*

*Tere Scott, Eugenio Cox, Antonio Bascuñán, Sebastian*
*Brett, Pablo Simonetti, Alejandra Altamirano,*
*Andrés Velasco, Juan Cruz, Richard Wilkinson.*
*A todos eles, obrigada por seus*
*conselhos e iluminada leitura.*
*A Mario Valdovinos pelas tardes de edição.*
*A Julio Donoso por sua delicadeza e talento.*
*A Karen Rosenblatt por me ceder*
*generosamente a fotografia de Felipe.*

Este livro foi composto na tipologia Electra LH,
em corpo 11/15, impresso em papel off-white 80g/$m^2$,
no Sistema Cameron da Divisão Gráfica
da Distribuidora Record.